ブレヒトと音楽3

ブレヒト テクストと音楽

上演台本集

市川明 翻訳

花伝社

『マハゴニー』

（劇団「大阪」上演 1987年 演出／堀江ひろゆき）

『セチュアンの善人』

（劇団「大阪」上演 1998年 演出／堀江ひろゆき）

『小市民の結婚式』

（演劇創造集団「ブレヒト・ケラー」上演 2004年 演出／堀江ひろゆき）

『ゴビ砂漠殺人事件』

（演劇創造集団「ブレヒト・ケラー」上演 2001年 演出／堀江ひろゆき）

『セチュアンの善人』チラシ
（デザイン／奥家友一郎）

『マハゴニー』チラシ

（デザイン／何泰江）

ブレヒト　テクストと音楽

上演台本集

Brecht. Text und Musik

Bühnenfassungen

Aufstieg und Fall der Stadt Mahagonny (1929)

Der gute Mensch von Sezuan (1940)

Die Kleinbürgerhochzeit (1919)

Die Ausnahme und die Regel (1931)

Übersetzt von

Akira Ichikawa

Originaltext:

Brecht, Bertolt: *Werke. Große kommentierte Berliner und Frankfurter Ausgabe.*

Hg. v. Werner Hecht, Jan Knopf, Werner Mittenzwei, Klaus-Detlef Müller.

30 Bde. u. ein Registerbd. Frankfurt a. M. 1988-2000.

まえがき

私にとって韓国はずっと近くて遠い国だった。初めて韓国に行ったのは二〇〇七年の夏である。演出家のイ・ユンテク（李潤澤）が主催する国際演劇祭が毎年夏にミリャン（密陽）で開かれている。韓国ブレヒト協会の設立集会に呼ばれ、ブレヒトの『セチュアンの善人』について講演するためこの演劇村を訪れた。大阪での私たちの上演の一部をビデオで示しながら、「変身のオピウム（阿片）――『セチュアンの善人』を喜劇として演じる試み」というタイトルで、八月一日に話をした。

静岡（静岡芸術劇場、二〇〇七年五月）で見逃したイ（李）が演出するブレヒトの『肝っ玉おっ母とその子どもたち』を見られたのは、大きな収穫だった。一九五〇年から五三年当時の、朝鮮戦争に場面を移し変え、パンソリなどを取り入れた大胆な演出だ。主役のキム・ミンスク（金美淑）のスケールの大きな演技にも感心した。ヘレーネ・ヴァイゲルのイメージが強すぎるのか、肝っ玉というと年老いた女性を思い浮かべるが、キムはまだ若く、エネルギッシュだ。「歌いながら、語りかける。語りながら、歌いかける」というイ（李）がワークショップで徹底して子どもたちにやらせている基本練習が、この上演でも生かされていると改めて感じた。

演劇村の象徴とも言うべきものが、肝っ玉のほろ車で、劇場横にずっと置かれている。想像したものより大きい。このほろ車で一家四人が寝起きし、時に肝っ玉が男とセックスをするのだから、これぐらいの大きさは必要だと思った。時代を現代に移したものの、ほろ車をトラックなどに変えることはしていない。時とともにほろ車は表情を変え、時折流れるショパンの『葬送行進曲』が雨のように車に降り注ぐ。劇中のソングはすべて韓国の作曲家が作った「韓国版」音楽を用いている。

ブレヒトの演劇は音楽抜きには考えられない。『カラールのおかみさんの銃』以外のすべての戯曲で劇中にソングが挿入されている。ソングは詩的なメタテクストとして働き、ブレヒトの叙事詩的演劇には欠かせない。それだけにどのような音楽を使うかが上演者には問われることになる。だが従来はブレヒトのパートナーとされたクルト・ヴァイルやハンス・アイスラー、パウル・デッサウなどの音楽を使うことが義務付けられ、上演権を取るのに厳しい制限が付けられてきた。

私はブレヒトだけでなくすべての演劇上演で音楽のあるテクストを求めてきたが、同時に日本人の観客にあった独自の音楽の必要性も感じていた。『セチュアンの善人』の上演権をドイツのズーアカンプ社から直接取ったときには、電話でヒアリングがあった。上演を許可する条件は（上演料を払うことのほかに）二つある。まず第一に作品を変えたり短くしてはだめで、オリジナルのまま上演すること。第二に音楽は決められたパートナー（『セチュアン』の場合はデッサウ）のものを使うか、そうでない場合は音楽を使わないこと、だと言う。私は正直に「作品は短くしたし、音楽は日本の作曲家のものを使っている」と報告した。電話口の向こうから「今のは聞かなかったことにしましょう。音楽なしということで許可します」と返事が返ってきた。

ドイツやヨーロッパ諸国でブレヒト上演をたくさん観てきたが、たいていテクストを刈り込んで短くしている。すでに本家のベルリーナー・アンサンブルがそうだ。ブレヒトには完成したテクストなどなく、上演のたびに改作や手直しを重ねてきた。演劇は時代・場所・状況に応じて変化せねばならないというのが弁証法家ブレヒトの考え方だ。上演において、オリジナルに縛りつけるのはブレヒトの本意ではないだろう。テクストの改変、脚色などに柔軟に対応することが求められているはずだ。

音楽についても同じ結論にならざるをえないだろう。『セチュアンの善人』について言えば、デッサウの音楽は個人的には好きだが、日本の観客には難しく、なじみにくいというのが率直な感想だ。テクストと音楽は従来、同質の文化のコラボレーションで、切り離せないものと考えられてきた。だが日本やほかのアジア諸国のような異文化圏にあっては、観客の肌に合った独自のメロディが必要なように思われる。

本書には私が翻訳・脚色し、上演した四つのブレヒト作品が収録されているが、いずれも日本人の作曲家が曲をつけている。上演作品は自分の子どものようなもので、私の内にずっと生き続けている。ブレヒトや現代演劇と取り組む中で、スタジオを酒場風に改造し上演する「ブレヒト酒場の会」が生まれ、演劇創造集団ブレヒト・ケラーに発展した。すべての演出を担当してくれた堀江ひろゆきをはじめ、音響の青地瑛久、東條利秀、照明の新田三郎、装置の内山勉、制作の山室功などのチームメンバーに深く感謝する。協力していただいた多くの俳優、スタッフの方にもお礼を言いたい。

＊＊＊

科研費プロジェクト「ブレヒトと音楽――演劇学と音楽学の視点からの総合的研究」は、ドイツ文学・演劇を専門とする市川明が研究代表者になり、音楽学者の大田美佐子が研究分担者として加わった。さらにブレヒト全集やハンドブックの編者として著名なヤン・クノップと、ハンドブックの編集協力者で音楽学者のヨアヒム・ルケージーが研究協力者として名前を連ねた。私たちは二度の国際シンポジウムを開催し、「ブレヒトの詩と音楽」、「ブレヒトの演劇と音楽」の関係を探ってきた。

『ブレヒト　テクストと音楽――上演台本集』では、ブレヒト作品においてテクストと音楽がどのように共生しているかを実践面から検証するのが狙いである。ブレヒト没後五十年を機に、ブレヒトに関する上演の制限が大幅に緩和されたこともあり、今後のブレヒトソングは大きく変わっていくだろう。本書が一つの道しるべになればいいと思っている。

皆さんから忌憚のない意見をいただき、さらなる上演の契機にしたい。

市川　明

目次

マハゴニー

［原題　マハゴニー市の興亡］

登場人物

パウル（山林労働者）
ハインリヒ（山林労働者）
ヤーコプ（山林労働者）
ヨーゼフ、別名ジョー（山林労働者）

レオカディア・ベグビク
三位一体のモーゼス
支配人のウィリー
ジェニー
マハゴニーの男たち、女たち

I　マハゴニー市の誕生

マハゴニー市ができる。

（荒野の真っ只中に、大きなオンボロトラックが止まる）

［支配人のウィリー］　よう、もっと先へ進もうぜ。

［三位一体のモーゼス］　車がえんこだよ。

［ウィリー］　そうか。それじゃあ先へ進めねえな。

（間）

［モーゼス］　でも先へ進まないとやばいぜ。

［ウィリー］　先は一面の砂漠だぜ。

［モーゼス］　そうか。それじゃあ先に進めねえな。

（間）

［ウィリー］　だったら引き返そうぜ。

［モーゼス］　でも後ろからはポリ公が追っかけてきてるぜ。連中、俺たちのつらをようく御存じだ。

［ウィリー］　そうか。それじゃあ引っ返せねえな。

（彼らは車の昇降口のステップに腰掛けて煙草を吸う）

［モーゼス］　でもこの先の北部の海岸じゃ金《きん》が出るって言うぜ。

［ウィリー］　海岸て言っても、ずうっと続いてるんだぞ。

［モーゼス］　そうか。それじゃそこへも行けねえな。

［ウィリー］　でも、そこへ行きゃ金が出る。

［モーゼス］　でも、海岸線は果てしなく長い。

［レオカディア・ベグビク］（自動車の上に姿を見せる）先へは行けないのかい!!

［モーゼス］　お手上げだ。

［ベグビク］　そう。じゃあここにいましょう。北へ進めないのならここに腰を落ち着けるのよ。北部から帰ってくる連中は、アラスカの川から砂金を取るのは難しいって口をそろえて言ってるわ。とても辛い仕事だって。おまえたちにできっこないわね。それで私は目を付けたの。あの連中から金を絞り取ることを。川から砂金を取るよりも、男たちから金を取る方が簡単ってわけ。だからここに町を作るの。町の名は……。

［ウィリー、モーゼス］　町の名は？

［ベグビク］ マハゴニー。
［ウィリー、モーゼス］ マハゴニー⁉

網の町

ベグビク
その意味は「網の町」
私たちは網を張る
すてきなカモを捕まえるために
ウィリー
この世は苦労が絶えない。
でもここは楽しみの町。好きなことをし放題
男はゾクゾク、お金を使いなさい
モーゼス
ジンとウィスキー
女の子も坊やも
一週間、ここで遊んでいきなさい
ウィリー
こわい台風も
ここまではやって来ない
男たちは
安らかに夜を待つ
モーゼス
二日おきにボクシング
荒々しくて、ちょっとした
大騒ぎ。だけども
とてもフェアな試合だ
ウィリー
さあ、ここに釣りざお立て
リネンの旗を上げよ
黄金海岸からの
船が気付くように

バーのテーブルを
ゴムの木の下に置け
ここが町、町の中心だ
ああ、金持ちホテル

（マハゴニーの赤いペナントが長い釣りざおを上っていく）

だからマハゴニー

ウィリー、モーゼス
何もかもがひどい時代
心の休まる時がない
人と仲良くなんて
できやしない——

すがって生きられるものもなし
だからマハゴニー
だからマハゴニー
だからマハゴニー
だからマハゴニー

2　マハ行きさん

（ヘリコプター、飛行機の着陸音）

［ウィリー］　わずか数週間のうちに、マハゴニーの町は急速に大きくなり、最初の「強欲なサメ」たちが移住してきた。マハ行きさんご一行!!

（大きなトランクを下げてジェニーと六人の娘たちが登場。トランクに腰を掛けて、アラバマソングを歌う）

アラバマソング

どこよ、教えて、次のウィスキーバー
聞かないで、そのわけは
見つけなきゃ、次のウィスキーバー
どうしても、次のウィスキーバー
だって、だって、だめなら死んじゃう

oh moon of Alabama
今日でお別れ
老いぼれママが死んで
欲しいのウィスキー
分かるでしょう

どこよ、教えて、次のプリティボーイ
聞かないで、そのわけは
見つけなきゃ、次のプリティボーイ
だって、だって、だめなら死んじゃう

分かるでしょう
欲しいの男が
老いぼれママが死んで
今日でお別れ
oh moon of Alabama

どこよ、教えて、金のなる木を
聞かないで、そのわけは
見つけなきゃ、金のなる木を
どうしても、金のなる木を
だって、だって、だめなら死んじゃう

oh moon of Alabama
今日でお別れ
老いぼれママが死んで
欲しいのお金が
分かるでしょう

（娘たちはトランクを下げて退場）

3　おいでよ、マハゴニーへ

［ウィリー］　パラダイスの町マハゴニーのニュースが大都会という大都会に伝わった。
（スライドが百万都市の眺めや、たくさんの男たちの写真を映し出す）

町の下には下水がある

男たち
町の下には下水が流れ
空を見上げりゃスモッグさ
むなしさだけの残る町
そんな町におさらばも言えず
暮らしてる
何の楽しみもなく
あっという間に俺たちゃくたばり
町もいつかは滅びゆく

（支配人のウィリーと三位一体のモーゼスが、プラカードを下げてやって来る）

［モーゼス、ウィリー］　さあさ、寄ってらっしゃい、見てらっしゃい

［ウィリー］　この世の慌ただしさとはかけ離れたところ、

［モーゼス］　新幹線も通っちゃいない、静かな楽園。

［ウィリー］　われらが夢みる、黄金の町マハゴニー、

［モーゼス］　労働者諸君！　まず君たちが選ばれた。

［ウィリー］　大都会で不満に満ちた人々よ、この黄金の町マハゴニーへおいで。この町こそ、俺たちの時代が作った町。

［モーゼス］　ジンとウィスキー、ビールにワイン。何でも激安。

［ウィリー］　激辛もあるよ。

［ウィリー］　君たちの町は騒がしすぎる。地上げ屋が横行し、保険金殺人と偽金造り、食品偽装、霊感商法、エトセトラ。

［モーゼス］　君たちは都会から時間と若さを奪われている。

［ウィリー］　マハゴニーに来てごらん、禁煙なんてクソ食らえ。タバコぷかぷか、煙もうもう。空は煙で羊雲。都会の灰色雲に比べりゃ、優雅なもんさ。マハゴニーのタバコは最高。

［モーゼス］　このインフレの世の中で、せっせせっせと金を貯め、家を建てたら二時間通勤。マグニチュード7.5の地震が来たら、家もお金も燃えっかす。

［ウィリー、モーゼス］　ああ、あわれな労働者諸君！

町の下には下水がある

男たち

町の下には下水が流れ
空を見上げりゃスモッグさ
むなしさだけの残る町
そんな町におさらばも言えず
暮らしてる
何の楽しみもなく
あっというまに俺たちゃくたばり
町もいつかは滅びゆく

ウィリー

だからおいで、マハゴニーへ！

モーゼス

そこで、まず君たちが選ばれた。
ウィリー、モーゼス
　マハゴニーは、君たちの楽園だ！

4　行こうマハゴニーへ

わずか数年の間に、全世界の不満を持った連中が黄金の町マハゴニーへ向かった。

（四人の男、パウル、ヤーコプ、ハインリヒ、ヨーゼフがトランクを下げてやって来る）

行こうマハゴニーへ

行こうマハゴニーへ
さわやかな風が来る
馬の肉と女の肉と
ウィスキーとポーカーサロン
　きれいな緑の
アラバマの月

俺たちを照らせ
なぜって今日は
たんまり持ってるぜ
だから笑って迎えてね

行こうマハゴニーへ
東の風が吹く
新鮮な肉のサラダもあって
上役なんぞいやしない
　きれいな緑の
アラバマの月
俺たちを照らせ
なぜって今日は
たんまり持ってるぜ
だから笑って迎えてね

行こうマハゴニーへ
船がやがて出る
恐ろしいエイエイエイ、エイズも
心配ない

きれいな緑の
アラバマの月
俺たちを照らせ
なぜって今日は
たんまり持ってるぜ
だから笑って迎えてね

（男たち、退場）

5　マハゴニーへの到着

［ハインリヒ］　俺たち四人は山林労働者。はるばるアラスカからこのマハゴニーの町にやって来た。これから話すのは親友パウル・アッカーマンの話。俺はハインリヒ・メルク。皆は、貯金箱のハイニとか定期預金のハイニって呼んでる。

（マハゴニーの船着き場。「ようこそマハゴニーへ」という標識に値段表がぶら下がっている）

［パウル］　見知らぬ町に着くと、いつも最初は戸惑うけど、田舎者には見られるな。フトコロに気を付けて、ちょっとやそっとの呼びこみに引っかかるな。
［ヤーコプ］　どこへ行ったらいいんだい？
［ハインリヒ］　気に入らなけりゃ、怒鳴りつけていいのかい？
［ヨーゼフ］　どいつにペコペコすりゃ、こってりサービスしてもらえるんかね？
［パウル］　これだから、見知らぬ土地は困るんだ。

（マダム・レオカディア・ベグビクが大きな名簿を持って登場）

［ベグビク］　あら、旦那衆。ようこそ私のお店に。（名簿を調べて）あなた、パウル・アッカーマンさんでしょう？　ドスのパウルって、皆が呼んでる。毎晩寝る前にマムシドリンク引っかけてるっていうじゃないの。
［パウル］　お初にお目にかかりやす。
［ベグビク］　やもめのベグビク。私は空き家。よろしくね。（あいさつする）ヤーコプ・シュミットさん？　あんた

がお出でになるっていうからニンニク入り特製ハンバーガーを用意しといたわ。
［ヤーコプ］ そいつはどうも。
［ベグビク］ あんたがハインリヒ・メルクさん？
［パウル］ （紹介して）定期預金のハイニ。
［ベグビク］ あんたがヨーゼフ・レットナーさん？
［パウル］ （同様に紹介して）アラスカ狼のジョー。
［ベグビク］ 歓迎の印に、値段を少し安くしましょう。（値段表を掛け替える）
［ハインリヒ、ヨーゼフ（＝ジョー）］ こいつは、ありがたい。
（あいさつする）
［ベグビク］ ピチピチした娘をお望みですか。
［モーゼス］ （娘たちの写真を持ってきて、それを紙芝居のように並べる）皆さん。男というものは誰でも、恋人の面影を心に抱いているものです。同じ娘が人によってグラマーに見えたり、スマートに見えたりするのはそのせいです。このヒップライン、あなた向きですな、ジョーさん。
［ヤーコプ］ 多分、この娘は俺にぴったんこだ。
［ジョー］ 俺はもっとセクシーなのがいいな。
［ベグビク］ メルクさん。あなたは？
［ハインリヒ］ どうかお構いなく。
［ベグビク］ アッカーマンさんは？
［パウル］ そんな写真じゃだめだ。愛を感じるかどうか、実物に手を突っこんでみなくちゃ。出てこい、マハゴニーのきれい衆。金はあるぞ。さあ、どうしてくれる？
［ヤーコプ］ アラスカで七年、寒さに耐えて金を稼いだ。
［ヤーコプ、ハインリヒ、ジョー］ 出てこい、マハゴニーのきれい衆。
［ジョー］ 気に入ったら、現ナマで払ってやる。
［ベグビク］ いいわ。今日は特別サービス。皆出ておいで。
［ジェニー］ ハロー！ ハーイ！ アラスカのお兄さんたち。
［六人の娘たち］ （口々に）ハロー！ ハーイ！ アラスカのお兄さんたち。向こうは、寒かったでしょう。あたしたちが、あっためてあげるわ。お金はあるの？
［パウル］ こんにちは、マハゴニーの娘さん。
［ジェニー、六人の娘］ 私たちはマハゴニーの生娘たち。お金を払ってくれれば、何でもしてあげるわ。
［ベグビク］ （ジェニーを指して）この娘はあんたのものよ、

ヤーコプ・シュミットさん。この娘のヒップはすばらしくプルンプルンするわ。あんたが五十ドル、ちゃんと払ってさえくれれば。
[ヤーコプ]　三十ドルだ。
[ベグビク]　（ジェニーに肩をすぼめて）三十ドルだって！

ハバナソング

ジェニー

ああ、考えてよ、ヤーコプ・シュミット
三十ドルで何が買えるか
せいぜい靴下十足
あたしはハバナ生まれ
ああ、母さんは白人だったわ
母さん　わたしによく言ったわ
「おまえ、あたしみたいにハシタ金で
体を売っちゃいけないよ
とくとごらん　母さんの末路を」
ああ、考えてよ、ヤーコプ・シュミット

[ヤーコプ]　じゃあ二十ドルだ。
[ベグビク]　三十ドルよ。あんた。三十。
[ヤーコプ]　とんでもない。
[パウル]　じゃ、俺がその娘を買うよ。（ジェニーに）名前は。
[ジェニー]　ジェニー・スミス。オクラホマ生まれよ。二ヶ月前にここに来たの。それまで、南部の大都会を転々としてたわ。あんたが気に入ったから何でも言われる通りにするわ。

ああパウル、あたしのひざに座って

ジェニー

パウルって男なら山と知ってるわ。アラスカから来たパウルもたくさん
あの人たち、アラスカで犬みたいなひどい扱い受けて
それでもお金を貯めて、貯めて
上着を札束で一杯にして
特別列車を仕立ててやって来る。マハゴニーへ、マハゴニーへ
パウル、あたしのいとしいパウル
男の人は、みんなあたしの脚を見るの

あたしの脚はあなただけのものよ
ああ、パウル、あたしのひざに座って
ああ、パウル、あたし、恋を知らないの
あたしのグラスを飲んで、パウル。

［パウル］　よし、この娘に決めた。
［ジェニー］　うまくやって、パウル。

（皆、船着き場からマハゴニーへ出発しようとしていると、そこへトランクを下げた人たちが戻ってくる）

［ジョー］　どうしたんだい、あいつら。
［声］　もう船は出たかい？　よかった。まだあそこに泊まっている。

（トランクを下げた人々が船着き場に殺到する）

［ベグビク］　（彼らの後ろから悪態をつく）ドアホ、とうへんぼく、何で逃げ出すのさ。財布の中には、まだお金が一杯残っているのに。下司野郎、ドケチ、ユーモアのない連中だよ、まったく。
［ヤーコプ］　変だぜ、帰っていくなんて。そんなにいいところなら、みんなそそくさと逃げ出すはずはないだろう。どこか腐ったところがあるってことだ！
［ベグビク］　何を言ってるのよ、旦那衆。あなた方は来てくださるわね、うちへ。ウィスキーの値段をもう一度下げてもかまわないわ。

（彼女は、もっと安い値段の書かれた三番目の板を二番目の板の上に掛ける）

［ジョー］　派手に宣伝されたこのマハゴニーは、えらく安いみたいだけど、こうコロコロ値段が変わるのは気に入らねえな。
［ハインリヒ］　俺には、すべてが高すぎる。
［ヤーコプ］　パウル。おまえはどう思う。ここはいいところだと思うか？
［パウル］　俺たちの行くところは、皆いいところだよ。あの寒いアラスカに比べりゃ。

ああパウル、あたしのひざに座って

ジェニーと六人の娘たち
ああ、パウル、あたしのひざに座って

ああ、パウル、あたしのひざに座って
ああ、パウル、あたし、恋を知らないの。
あたしのグラスを飲んで、パウル。
パウルって男なら山と知ってるわ。アラスカから来たパウルもたくさん
あの人たちアラスカで、犬みたいなひどい扱いを受けて
それでもお金を貯めて、貯めて
上着を札束で一杯にして
特別列車を仕立ててやって来る。マハゴニーへ、マハゴニーへ。

6 パウルとジェニー

パウルとジェニーの部屋

［ジェニー］男の人と知り合ったら、いつもはどういう風にしているのか聞くように教わったの。だから、あなた、おっしゃって。あたし、どんなだったらいい。

［パウル］今のままの君でいいよ。もし良かったら「あんた」って言ってくれたら、君も俺のことが好きだって思うんだけど。

［ジェニー］あんた、あたしのヘアースタイルどう。前へ垂らした方がいい。それとも後ろでくくる？

［パウル］その時によって変えればいいさ。

［ジェニー］下着は？ スカートの下に下着は着けましょうか？ それとも下着なしの方がいい？

［パウル］下着なし。

［ジェニー］あなたの言う通りにするわ。パウル。

［パウル］君の希望は。

［ジェニー］それを言うのは、まだ早すぎるんじゃないかしら。

7 マハゴニーの危機

あらゆる大企業が危機にひんする。マハゴニーも危機に陥る。

(スライドが、円高、ドル安、石油戦争等、世界中の経済危機を映す)
(七種類の値段表。「金持ちホテル」のバーのテーブルに支配人ウィリーと三位一体のモーゼスが、売り上げを見ながら肩を落としている。おしろいを塗りたてたベグビクが駆け込んでくる)

[ベグビク] ウィリーにモーゼス、ウィリーにモーゼス、見た? 客がここから帰っていくのを。もう船着き場に集まってるわ。どうしよう。
[ウィリー] 引き止めようがねえさ。飲み屋もみな店を閉じちまって、開いているのは二、三軒、しかもまったくの閑古鳥さ。
[モーゼス] なんて連中だ。魚一匹釣ったってだけで大喜び。家の前で腰掛けて一服すれば大満足。

ああ、マハゴニーじゃ商売にならない

ベグビク、ウィリー、モーゼス
ああー　このマハゴニーじゃ
商売にならない
ベグビク
今日はウィスキーが十二ドル
明日になれば、きっと八ドル
二度と上がることはないだろう
どうしようもないね
ベグビク、ウィリー、モーゼス
ああー　このマハゴニーじゃ
商売にならない
ベグビク
どうしたらいいの
みんないろいろ欲しがるけど
私の店には売るものもなし
これじゃ暮らしてゆけない
ベグビク、ウィリー、モーゼス
ああー　このマハゴニーじゃ
商売にならない
ベグビク
私も昔、街角にたたずみ
愛を語った、一人の男と

けれど男にゃお金なし
たちまち色気も消え失せた
ベグビク、ウィリー、モーゼス
ああー　色気の度合いも
金しだい
ベグビク
思えば十九年前に
引いてしまった貧乏くじ
これは最後のカケなのさ
けれど獲物はかからない
ベグビク、ウィリー、モーゼス
ああー　このマハゴニーじゃ
商売にならない

［ベグビク］　さて。それじゃ、ずらかるとするか。渡り歩いた千の町をまた通って、十九年の歳月をかみしめながら。トランクを詰めて、さあ、出発。

［ウィリー］　待てよ、マダム・ベグビク。あっちじゃあんたを待ってるぜ。（新聞を読んで聞かせる）ペンサコラに警官の一行が到着。彼らはベグビクという名の女性を追跡中。彼らは家という家を捜索し……。

［ベグビク］　ああ。もう救いようがないわね。

［ウィリー、モーゼス］　そうだ。マダム・ベグビク。不正はまかり通らない。悪徳業者は長生きしない。

［ベグビク］　お金さえあればねえ！　お金さえ稼げていたらねえ、このマハゴニーで。だったら警官が来ても平気。金さえ見せればイチコロさ！　ちょっと待って。きょう何人かやって来たんじゃない、アラスカから。お金持ちのようだったわ。ひょっとしたら、あの人たち、お金を吐き出してくれるかもしれない。

8　パウルの幻滅

真の探求者は幻滅に見舞われる。
（マハゴニーの船着場。町から――先にトランクを下げた人々が来たように――今度はパウルがやって来る。

彼を仲間が引き止めようとする）
［ヤーコプ］　パウル、どうしてここを出ていくんだい。
［パウル］　ここには何の未練もない。
［ハインリヒ］　ここに来た時はあんなに喜んでいたのに。どうしたんだい。
［パウル］　見たか、あの立て看板。ここでは「騒ぐことを禁止する」「夜歌うことを禁止する」「下品な言葉はやめよう」禁止、禁止、禁止……。
［ジョー］　ジンやウィスキー、ブランデー、ここじゃありとあらゆる酒が安く飲めるぜ。
［パウル］　安すぎる。
［ハインリヒ］　魚が食いたけりゃ、釣ることだってできる。
［パウル］　俺は、そんなことで幸福になれない。
［ヤーコプ］　平和で静かな町。大気汚染も騒音公害もなし。
［パウル］　平和すぎる。静かすぎる。
［ジョー］　けんかやもめごと、一切ない。夜が来れば最高だ。男どうしの話はすばらしい。
［パウル］　あの、お行儀のよいおりこうさんの連中とか？
［ハインリヒ］　タバコが吸える。
［パウル］　タバコが吸える。
［ヤーコプ］　ゆっくり眠れる。
［パウル］　眠れる。
［ジョー］　泳げる。
［パウル］　（彼のまねをして）まつたけも食える。キャビアもフォアグラも。
［ハインリヒ］　海も見える。
（パウルは肩をすぼめるだけ）
［ヤーコプ］　くよくよ思いわずらうこともなし。
［パウル］　でも何か足りない。
［ヤーコプ］　安息と平和はすばらしい。
［パウル］　でも何か足りない。
［ジョー］　みんな仲良し、だからみんな幸福だ。
［パウル］　でも何か足りない。
［ハインリヒ］　ここじゃ何でも手に入る。金さえあれば。
［パウル］　でも何か足りない。

パウルの嘆き

俺は食ってしまうぜ、帽子を全部
そうすりゃきっと満足するだろう

どうして帽子を食ってはいけない
ほかに何も（ほかに何も）
何もすることがないなら

俺は出かけるぜ、ジョージアさして
そこにはあるさ、夢の町
どうしてジョージアへ行ってはいけないのか
ほかに何も（ほかに何も）
何もすることがないなら

君たちはカクテルの味を覚えた
君たちは一晩中、月を眺めた
閉まってるよ、マンダレーのバーは
ああ、いまだ（ああ、いまだ）
何も起こっちゃいない

［ヤーコプ、ハインリヒ、ジョー］落ち着けよ、パウル。

［ジョー］パウルのやつ、帽子が食いたいって。

［ハインリヒ］どうして帽子なんか食いたいんだ。

［ヤーコプ］帽子なんか食えてたまるか。

［ジョー］いったい何がしたいんだ。何が言いたいんだ、おまえは。

［パウル］（しばらくの沈黙の後）人生は、……バクハツだ。

［ヤーコプ、ハインリヒ、ジョー］（三人とも怒鳴って）おまえをぶん殴ってやる。パウル、おまえをまともな人間にしてやる。

［パウル］（静かに）俺は、もう人間なんかまっぴらご免だ。

［ジョー］さあ、言いたいことはみんな言ったろう。今度はいい子ちゃんして、また一緒にマハゴニーへ戻ろう。


（三人はパウルを町へ連れ戻す）

9　パウルの反抗

（金持ちホテルの前の大空の下、マハゴニーの男たちが腰掛けて、タバコを吸ったり、揺りイスを動かしたり、酒を飲んだりしている。その中にわれわれの四人の友人もいる。彼らは音楽を聴きながら、夢見るように白い雲を眺めている。雲は、左から右へ流れたかと思うとまた右から左へ流れたりする。彼らの周りには「イスを大事にしましょう」「喧嘩はよしましょう」「下品な歌はやめましょう」と書かれたプラカードが目に付く）

アラスカの白い雪

パウル
深い雪に埋《うず》もれたアラスカの森深く
俺は三人の仲間とともに
木を切り倒し、川辺へ運んだ
生の肉を食い、金を貯めた
七年かかったよ、
ここへ来るのに

川辺の小屋で過ごした七回の冬
ナイフで机に何度も刻んだ
コンチクショー!!
俺たちは決めたんだ、どこへ行くかを
あらゆることを耐え忍んだ、
ここへ来るために

時がきて、俺たちは金を詰めこみ
数ある町からマハゴニーを選び
最短の道をやって来た
だのに、ここはどうだ、なんとひどいことばかり
ああ、最大の失敗、
ここへ来たことは

（彼は、さっと立ち上がる）

［パウル］何を考えてるんだ、てめえらは。俺たちを引きずり込もうたって、そうはいかねえぞ。それはお見立て違いというもんだ。（彼は拳銃を発射する）出てこい。規則、規則のあばずれめ。こちとらアラスカ生まれのパウル・アッカーマンだ。俺はここが気に入らねえ。

［ベグビク］（家から飛び出してきて）ここのどこが気に入らないのさ。

（雲は震えて、急いで逃げていく）

［パウル］　全部さ。七年間、俺たちは木を切ってきた。
［六人の娘、ヤーコプ、ハインリヒ、ジョー］　やつは木を切ってきた。
［パウル］　洗練されたお上品なこの町が気に入らねえ。お行儀のよいここの連中が気に入らねえ。すべてが規則ずくめのここの生活が気に入らねえ。何でも手に入る受け身の楽しみなんてクソくらえだ。（パウルはナイフを天に向かって突き上げ）バクハツだ！
［ヤーコプ、ハインリヒ、ジョー］　やつは木を切ってきた。
［ヤーコプ］　落ち着け、パウル。
［パウル］　水は、水の温度はたったの四度だった。
［六人の娘、ヤーコプ、ハインリヒ、ジョー］　水の温度はたったの四度だった。
［パウル］　あらゆることを耐え忍んできた。あらゆることを。ここに来るために。でも、ここは俺の気に入らねえ。ここじゃ、何もかもが枠にはまっている！
［ジェニー］　パウル、愛しいパウル。私たちの言うことを聞いて。ナイフをしまって。
［パウル］　止めるなら今のうちだ。
［ヤーコプ、ハインリヒ、ジョー］　俺たちの言うことを聞いて、ナイフをしまえ。
［ジェニー］　パウル。あたしたちと一緒に行きましょう。……やめて。
［パウル］　止めるなら今のうちだ。
［ヤーコプ、ハインリヒ、ジョー］　俺たちと一緒に行こう、パウル。
［パウル］　七年間木を切り、七年間寒さに苦しみ、あらゆることを耐え忍んできたこの俺が、この町で出くわすことといったら。
［ベグビク、ウィリー、モーゼス］　平和、安息、ウィスキー、女。
［パウル］　平和、安息、ウィスキー、女か！
［ジェニー］　ナイフを捨てて！
［ヤーコプ、ハインリヒ、ジョー］　ナイフを捨てろ！
［コーラス］　ヘ・イ・ワ・ヘ・イ・ワ。
［ベグビク、ウィリー、モーゼス］　眠れる。吸える。釣れる。泳げる。
［パウル］　眠れる。吸える。釣れる。泳げるか！
［ジェニー、六人の娘］　パウル、ナイフを捨てて！
［ヤーコプ、ハインリヒ、ジョー］　パウル、ナイフを捨てろ！
［コーラス］　ヘ・イ・ワ・ヘ・イ・ワ。

［ベグビク］　アラスカ生まれのパウルは皆こうね。
［ウィリー、モーゼス］　アラスカ生まれのパウルは皆こうだ。
［パウル］　俺を止めるなら今のうちだ。さもないと不幸なことになるぞ。なぜって、ここはすべてが枠にはまってるから。

（彼は机の上に立つ）

パウル
ああ、てめえらの町マハゴニーじゃ
誰も幸福にはなれないさ
あんまり平和すぎて
あんまり仲良しすぎて
あんまり物がありすぎて
皆それに溺れてしまう

（灯りが消える。皆、暗黒の舞台に立ちつくす）

IO　ハリケーン

（背景のボード上に「ハリケーン」というばかでかい文字が現れる。それから二番目の表示「ハリケーンがマハゴニーに向かっている」）

恐ろしいできごと

全員
おお、恐ろしいできごと
喜びの町が破壊される
山上にはハリケーンが立ちはだかり
海からは死に神が現れ
おお、恐ろしいできごと
むごい運命《さだめ》

どこにあるのか、私を守る壁
どこにあるのか、私を隠す洞窟
おお、恐ろしいできごと
むごい運命《さだめ》

11　幸福の法則の発見

この恐怖の夜、素朴な山林労働者パウル・アッカーマンは人間の幸福の法則を発見した。
（ハリケーンの夜。壁にもたれ、ジェニー、ベグビク、パウル、ヤーコプ、ハインリヒ、ジョーが地面に座っている。みな絶望しているが、パウルだけは笑っている。舞台奥から壁の後ろを通りすぎる避難者たちの声が聞こえる）

背をしゃんとしろ

マハゴニーの男たち（外から）
背をしゃんとしろ　怖がるな
兄弟よ　たとえこの世の光が消えようと
がっくりきちゃいけない
ハリケーンと闘おうって男が
メソメソしてどうする

アラバマ・ソング

ジェニー（小声で悲しそうに）
oh moon of Alabama
今日でお別れ
老いぼれママが死んで
欲しいのウィスキー
分かるでしょう

［ヤーコプ］　どこへ行ってもどうにもならぬ。どこへ行っても助からぬ。一番いいのは腰を下ろしたまま待つこった、死ぬのを。

背をしゃんとしろ

マハゴニーの男たち（外から）
背をしゃんとしろ　怖がるな
兄弟よ　たとえこの世の光が消えようと
がっくりきちゃいけない
ハリケーンと闘おうって男が
メソメソしてどうなる

（パウル、笑う）

［ベグビク］（パウルに）何がおかしいの？

［パウル］　ほら、世界ってこんなもんさ。満ち足りた連中にとっちゃ、ハリケーンと聞いただけでこの有様さ。平和と安息、そんなものはありゃしない。だがハリケーン、こいつはある。そこじゃ平和もくそもない。人間もよく似たもんさ。あるものは何でもぶっつぶさずにはおられない。だったらハリケーンなんていらない。ハリケーンなんて怖くない、破壊を楽しむ人間に比べれば。

（遠くから）しゃんとしろ（等々）

［ヤーコプ］　落ち着けパウル。
［ハインリヒ］　またぞろ何の演説だ。

ハリケーンなんていらない

パウル

なんだってヒマラヤのような塔を建てるのか
そいつをひっくり返して
お笑いの種にできないのなら
平らなものは、やがてひしゃげる
高くそびえるものは、やがては崩れる
ハリケーンなんていらない
ハリケーンがやるようなことは
俺たち、自分でできる
自分でちゃんとできる

（遠くから）しゃんとしろ（等々）

［ベグビク］　やっかいなのはハリケーン。でも、もっとやっかいなのは人間。
［パウル］　（ベグビクに）ほら、おまえさん。立て札立てて、こう書いたろう。あれは禁止、これはやっちゃいけないって。そんなことから幸福なんて生まれっこない。みんな、ここに立て札がある。こう書いてあるよ。今夜は禁止、楽しい歌は。でも時計が二時を打たないうちに、このパウル・アッカーマンさまが、楽しい歌を歌ってやる。ここじゃ何をやってもよい、欲望のおもむくまま何でもやり放題ってことを、てめえらに分からせるためにな。
［ヤーコプ］　ハリケーンなんていらない。なぜってハリケーンがやるようなことは、俺たち自分でできるから。
［ジェニー］　落ちついて、パウル。何の演説？　あたしと

一緒に外へ出て、私を愛して。
［パウル］ いいや、今は演説だ。

パウルの演説

誘惑に乗るな
失ったものは帰ってこない
日は暮れかけて
もう風も夜の風
二度と朝は来やしない

丸めこまれるな
命なんて、ちっぽけなものだと
貪欲に生を吸いこめ
死ぬ間際になっても
まだ生きたりないと思うもの

なだめに乗るな
言うほどの時間《とき》はない
腐ってゆくのは死体だけ
今、人生の花盛り
自ら進んで享受せよ

誘惑に乗るな
いやな仕事で消耗はご免
不安におびえることはない
死ぬのは動物も同じ
あとには、何も来やしない

（彼はエプロンステージに出る）

金で得られる
ものあれば
まず、その金を手に入れよ
金持つやつが通ったら
頭かち割って金奪え
かまいはしない

一軒家に住みたいなら
さっさと家に入りこみ
ベッドにもぐりこんじまえ
女が来たら泊めてやれ

穴あき屋根なら消えちまえ
かまいはしない

君の知らない
考えあれば
その考えを考えろ
金がかかっても、家を失っても
その考えを考えろ
かまいはしない

秩序のために
国家のために
人類の未来のために
君自身のために
健康のために
かまいはしない

（皆立ち上がり脱帽。パウルは後ろへ下がって、お祝いの言葉を受ける）

［マハゴニーの男たち］（外で）ひるむな。ハリケーンと闘おうという男が、めそめそしてどうなる。

［ベグビク］（パウルを呼びよせ、彼と一緒に隅へ行き）あんた。私があれやこれや禁止したのが、間違いだって言いたいの。

［パウル］そうだ。陽気なおまえさんの立て札や法律なんか、ぶっ壊してしまいたい。壁だって何だって壊しちまうぞ。ハリケーンがやるように俺がやってやる。金は払うぜ。ほら、この通り。

何をやってもかまわない

ベグビク（みんなに）
いいわ、好きなようになさい
どうせハリケーンがやってくれることだから。
何をやってもかまわないわ
何をやってもかまわないわ
何をやってもかまわないわ

［パウル］ハリケーンが発生した時のようにいつも俺たちは生きよう。

［ヤーコプ］好きなことだけをやっていこう。

［ハインリヒ］　なぜって。ハリケーンは気まぐれだから。
［ジョー］　その気になれば、いつだって俺たちの命をおびやかす。
（支配人ウィリーと三位一体のモーゼスが、興奮して飛び込んでくる）
［ウィリー、モーゼス］　ペンサコラの町がやられた。ペンサコラの町がやられた。ハリケーンが進路を速めて、マハゴニーにもやって来る。
［ベグビク］　ペンサコラ！　ペンサコラ！　ポリ公もおだぶつさ。正義漢も悪党も滅びる。みんなくたばればいいのさ。
［パウル］　君たちに要求する、今夜禁止されたことを、みんなやっちまえ。ハリケーンが来れば、どうせ同じことをするんだ。だったら禁じられてる歌を歌え！
［マハゴニーの男たち］（壁のすぐ後ろから）静かに、静かに。
［パウル］　ジェニー、ジョー、一緒に歌おう。ぱあっと歌おう。陽気なやつを。だめだと言われりゃ、よけいに歌おう。

（パウル、壁の上に飛び上がる）

踏みつけるのはあたし

パウル
自分のことは、自分でする。
誰も面倒なんか見てくれない
踏みつけるのは俺
踏みつけられるのはてめえ

全員
自分のことは自分でする
誰も面倒なんか見てくれない
踏みつけるのは俺（あたし）
踏みつけられるのはてめえ（あんた）

（灯りが消える。背景の板上に貼られた地図が見える。マハゴニーに向かうハリケーンの進路を表す矢印が地図上をゆっくりと動く）

12 奇跡

（青白い光の中。マハゴニーのはずれの街頭で、娘たちや男連中が待っている。背景の板上には第11場の終わり同様矢印が示され、それがゆっくりマハゴニーへ向けて進んでいく。オーケストラが間奏を奏でている間、スピーカーが断続的にアナウンスする）

［第一のアナウンス］　ハリケーンは時速百二十マイルでアーツェナに向かっています。

［第二のアナウンス］　アーツェナは町ごと全部破壊されました。連絡は途絶え、アーツェナとの回路は修復の見込みがたっていません。

［第三のアナウンス］　ハリケーンはスピードを速め、まっすぐにマハゴニーに向かっています。マハゴニーとの電話回線はすでに不通になっています。ペンサコラでは一万一千人の死者が出ました。

［第四のアナウンス］　ハリケーンはあと一分でマハゴニーに到着します。マハゴニーは風前の灯となりました。

（全員が恐怖のまなざしで矢印を見つめる。あと一分でマハゴニーに到着というところで、矢印は止まる。死のような静けさ。それから矢印は、すばやく半円を描いてマハゴニーを迂回し、先へと進む）

［アナウンス］　おお、何という奇跡。ハリケーンはマハゴニーを迂回し、先へ進んでいます。

おお、何たる奇跡

コーラス、娘たち、男たち

おお、何たる奇跡
歓びの町は守られた
ハリケーンははるか空高く行き
死神は海底にもぐった
おお、何たる奇跡、奇跡、奇跡

［男たち］　今から俺たちのモットーは、「何をやってもかまわない」だ。俺たちは、それをこの恐怖の夜に学びとったのだ。

13　大食

マハゴニーの大活況。あの大きなハリケーンの約一年後。

（男たちがエプロンステージへ出て歌う）

コーラス

まず第一に、腹一杯食うこと
お次はセックス
ボクシングもいいぜ
あとには飲むのが決まり
でも大切なのは
ここじゃ何をやってもいいってこと

［男たち］　大食いのヤーコプ!!

（男たちは舞台に戻り、色々なことに参加する。背景の板には、大きな文字で「大食」と書かれている。何人かの男がたくさん肉が乗った食卓についている。パウルもいる。今では「大食い」とよばれているヤーコプが、テーブルの中央に座って休みなく食べている。脇には二人の楽士）

［大食いのヤーコプ］　子牛を二頭たいらげて、いま三頭目を食べてます。まだ全然足りません。自分の肉も食べたいくらい。

［パウル］　よう、これがお前さんの幸福かい。

［ジョー］　（立って）中途はんぱなことだけはするなよ。とことんまでやれ。

［何人かの男たち］　シュミットさん。あんたもうお腹ポンポンだよ。子牛を、もう一頭食べろよ。

［ヤーコプ］　そこのお兄さん方、俺を見ろ。見ろよ俺の食べっぷりを。こいつを食べちまえばほっとする。肉のことなんか忘れられるから。兄弟よ、俺にもう一頭く……。

（彼は倒れて死ぬ）

（彼の後ろに半円を描いてとり囲み、帽子を取って）

［モーゼス］　死んだ。見ろよ。

［全員］　シュミットが死んだ。見ろよ、なんと幸福な。見ろよ、なんと貪欲な表情を浮かべていることか。恐れを知らぬ男だ。

コーラス　「まず第一に、腹一杯食うこと」を全員でくり返す。

（男たちは再び帽子をかぶる）

［男たち］　お次はセックスだ。

14
愛

（背景の板には、大きく「愛」という文字。壇の上に簡素な部屋が作られている。部屋の真ん中にベグビク、左に娘、右に男が座っている。壇の上にはマハゴニーの男たちが長蛇の列。背景から音楽）

［ベグビク］　チューインガムを吐き出しな。まず手を洗っておいで。すぐにはやらず、二言、三言声をかけてやりな。

［男たち］　チューインガムを吐き出すこと。まず手を洗って、すぐにはやらず、二言、三言声をかけてやること。

（部屋が次第に暗くなる）

マンダレーの歌

男たち

若者よ、今だ
あいつを歌え！
マンダレーの歌を今歌え
セックスに時間の長さなど関係ない
若者よ、早くやれ。
一秒でももったいない。
マンダレーの月はいつまでも照ってるわけじゃない！

（部屋の中は、また次第に明るくなる。男の椅子は空っぽ。ベグビクは娘の方を向く）

［ベグビク］　色気の度合いは、金だけで決まるもんじゃない。

［男たち］　（顔をあげずに）色気の度合いは、金だけで決まるもんじゃない。

男たち

若者よ、今だ
あいつを歌え!
マンダレーの歌を今歌え
セックスに時間の長さなど関係ない
若者よ、早くやれ。
一秒でももったいない。
マンダレーの月はいつまでも照ってるわけじゃない!

(部屋の中は、また明るくなる。別の男が部屋に入ってきて壁に帽子を掛け、空の椅子に座る。部屋はまた次第に暗くなる)

男たち
マンダレーの月はいつまでも照ってるわけじゃない!

(再び明るくなると、パウルとジェニーが少し離れて並べられた二つの椅子に座っている。彼はタバコを吸い、彼女は化粧している)

二人は恋人

パウルとジェニー(パートを分けて)
〔ジェニー〕ごらん。大きな弧を描いて飛んでいく鶴を
〔パウル〕寄り添うように雲が
〔ジェニー〕鶴と一緒に流れていく
〔パウル〕別の新しい暮らしを求めて
〔ジェニー〕同じ高さを同じ速さで
〔二人〕二人は並んで飛んでゆく
〔ジェニー〕過ぎゆく美しい大空を
ともに分かちあえるように
〔パウル〕どちらかが長くとどまることのないよう
〔ジェニー〕寄りそって飛ぶ二人に
風が吹きつけても
お互いの姿だけが目に入るように
〔パウル〕風が虚無の中へ二人を誘いこもうと
二人が命を生きて自己を失わずにいる限り
〔ジェニー〕誰も二人をおびやかすものはいない
〔パウル〕二人は雨降り砲弾飛ぶ、
どんな場所からも逃れるのだ

〔ジェニー〕二人は太陽と月の相似《あい》た円盤の下を
　よぎり、飛んでゆく
〔パウル〕どこへ？
〔ジェニー〕どこへも
〔パウル〕誰から離れて？
〔ジェニー〕みんなから
〔パウル〕二人はいつから一緒だった？
〔ジェニー〕ついさっきから
〔パウル〕いつ別れる？
〔ジェニー〕もうすぐ
〔二人〕愛は、愛する二人の支え

（エプロンステージを、男たちが通りすぎていく）

男たち
　まず第一に、腹一杯食うこと
　お次はセックス
　ボクシングもいいぜ
　あとには飲むのが決まり
　でも大切なのは
　ここじゃ何をやってもいいってこと

（お金があればの話だけど）

15 ボクシング

（男たちは舞台に戻る。「闘争」という文字が吊るされた背景の前で、ボクシングのリングが設営される。脇の演壇では吹奏楽）

〔ジョー〕（椅子の上に立ち上がって）さあさ、今からお目にかけますはボクシング。倒すか倒されるかの大試合。しかも、登場しますは三位一体のモーゼス。相手は、このアラスカ狼のジョーだ。
〔ウィリー〕何だって。おまえさんが、三位一体のモーゼスと？　お若いの。今からでも、すぐにずらかりな。言っとくけど、あいつはただのボクサーじゃない。プロの殺し屋だ。
〔ジョー〕今のとこ、俺はまだ死んじゃいない。アラスカで稼いだ全財産を、今日は残らず俺に賭けてみせるぜ。パウル、おまえは特に当てにしてるぜ。ゲンコツよりもアタマ。力よりも作戦。荒々しさよりも賢さが大切と思っている理性的な人間は、みんなアラスカ狼のジョーに賭けてくれ。
[男]　ゲンコツよりもアタマ。力よりも作戦。荒々しさよりも賢さが大切と思っている理性的な人間は、みんなアラスカ狼のジョーに賭けてくれ。

（ジョーがハインリヒに歩み寄る）

[ハインリヒ]　ジョー、俺とおまえは親友だ。でも三位一体のモーゼスを見ると、神経がピリピリしてきて、とてもじゃないけど金なんか賭けられない。

（ジョーはパウルのところへ行く）

[パウル]　ジョー。俺はおまえをずっと買ってきた。ゆりかごから墓場まで。だから今日は、おまえに賭けるぜ。俺の持ち金、全部。
[ジョー]　パウル。おまえのその言葉を聞くと、アラスカが思い浮かぶ。七回の冬、すごい寒さ。木を切り続けた俺たち二人の姿が。
[パウル]　ジョー。親友のおまえに、俺は一切合財賭けるぜ。七回の冬、すごい寒さ。二人して木を切り倒したな。アラスカって言葉を聞くと、ジョー、おまえの姿が思い浮かぶ。
[ジョー]　だいじょうぶ。おまえを破産させたりはしねえから。そんなことさせるぐらいなら俺は死んだ方がましだ。

（そうこうする間に、ボクシングのリングができあがっている。三位一体のモーゼスがリングに上がる）

[男たち]　バンザイ。三位一体のモーゼス。ようモーゼス。やっちまえ。
[一人の女性]　これじゃ殺人よ！
[モーゼス]　遺憾です。
[男たち]　ストレート一発で十分だ。
[レフェリー]　レディース、エンド、ジェントルメン。ただいまから今夜のメイン・イベント、マハゴニー選手権試合、三位一体のモーゼス対アラスカ狼のジョーのタイトルマッチを行います。（両選手を紹介して）赤コーナー三位一体のモーゼス、二百ポンド。青コーナーアラスカ狼のジョー、百七十ポンド。

［男］（わめいて）ポンコツめ！

（試合の最後の準備）

［パウル］（リングの下から）よう、ジョー。
［ジョー］（リング上から答えて）よう、パウル。
［パウル］入れ歯にされるなよ。
［ジョー］馬鹿言うな。

（戦闘開始）

［男たち］（代わる代わる）今だ行け。ずるい。／ばしっ！効いてるぞ！／気をつけろ！　倒れるな！　ロープロー！　クリンチやめ！／当たった！　平気だ！　唇が切れた！／行け、ジョー！　うまい！　相手はぐらついてるぞ！

（三位一体のモーゼスとジョーはリズミカルにボクシングをする）

［男たち］モーゼス、ずたずたにしちまえ！／ミンチにしちまえ！／のしちまえ！／痛めつけろ！

（ジョー、リングに沈む）

［レフェリー］死んだ。

（大きな笑いが続く。群衆は帰っていく）

［男たち］ＫＯはＫＯだ。からっきし駄目だったなあ。
［レフェリー］三位一体のモーゼスの勝ち。
［モーゼス］遺憾です。

（退場）

［ハインリヒ］（パウルに。リングには二人だけ）だから言わんこっちゃない。やられたじゃないか。
［パウル］よう、ジョー。

（エプロンステージを男たちが通り過ぎる）

男たち
まず第一に、腹一杯食うこと
お次はセックス
ボクシングもいいぜ
あとには飲むのが決まり

でも大切なのは
ここじゃ何をやってもいいってこと

16　鯨飲

（男たちは舞台へ戻る。背景の板の上には、大きく「鯨飲」という文字。男たちは腰掛けて、足を板の上に乗せて酒を飲む。舞台前面ではパウル、ジェニー、ハインリヒがビリヤードをしている）

［パウル］　来いよ。おごってやるから。一杯、一緒にやらんか。見たろう。何てあっけなくジョーの野郎くたばっちまったんだ。マダム・ベグビク、みんなに一杯ずつやってくれ。

［男たち］　ブラボー、パウル。飲むぜ。いただきます。

マハゴニーにい続けたら

男たち
　マハゴニーにい続けたら

一日、五ドルかかる
他のことに手を出せば
それだけ余分に金がいる
でもあの頃はみんな
マハゴニーのポーカー酒場にたむろしてた
勝負にゃ負け続けたけど
かわりに何かを得た

海でも陸でも
人間はみな皮まで
はぎ取られる。
だからみんな腰を落ち着けて
自分の皮まで売っちまう
なぜって皮ならいつでも
ドルに換えられる
なぜって皮ならいつでも
ドルに換えられる

［パウル］　マダム・ベグビク。連中に、もう一杯やってくれ。

（ベグビクはパウルにすり寄る）

［男たち］　ブラボー、パウル。ウィスキーをいただきます。

（一人の女が一気飲み、皆は唱和。飲み終わって倒れる女。歓声）

（歌――続き）

男たち

海でも陸でも
新鮮な皮が出まわる
君たちはがぶりと
やられて皮をはがされる
でも酔っぱらうための金は
誰が払ってくれる
なぜって皮は安く
ウィスキーは高い

マハゴニーにい続けたら
一日、五ドルかかる

他のことに手を出せば
それだけ余分に金がいる
でもあの頃はみんな
マハゴニーのポーカー酒場にたむろしてた
勝負にゃ負け続けたけど
かわりに何かを得た

［ベグビク］　お勘定を願います、皆さん。

［パウル］　（小声でジェニーに）ジェニー、こっちへ来い。ジェニー、俺にはもう金がない。一番いいのは二人でずらかることだ。行き先はどこでもいい。（ビリヤード台を指しながら、皆に大声で）諸君、この小船に乗ろう。ちょいと船出して、太平洋へ。（再び小声で）俺から絶対離れるな、ジェニー。甲板は地震にあったように揺れているから。それからハインリヒ、おまえさんも俺の側にいろ。俺はまたアラスカに戻るんだ。この町にはもう愛想がつきた。（大声で）今晩、俺は船でアラスカに帰るぜ。

（皆で、ビリヤード台、カーテン棒などで「船」を作り上げる。パウル、ハインリヒ、ジェニーがそれに乗る。ジェニー、パウル、ハインリヒはビリヤード台で船員のようなしぐさをする）
用意はできたか。イカリを上げろ。

アルコールをトイレへ流せ

パウル
アルコールをトイレへ流せ
バラ色のブラインドを降ろせ
タバコも吸ったし
十分楽しみもした
さあ、アラスカへ向けて、出航
（男たちは、床に座って楽しむ）

［男たち］イカリを上げろ。帆をいっぱいに張れ。よう、パウル。大航海士。／おい、見ろ。やつのみごとな帆さばきを。／ジェニー、脱いじまえ。暑くなるぞ。赤道だ。／ハインリヒ。帽子を飛ばされるな、メキシコ湾の風に。

［ジェニー］あら、ずっと向こうに見えるのは台風じゃない。

［男たち］（男性合唱隊のように厳かに）空はなんて真っ黒な雲に覆われているんだろう。

（男たちは口笛を吹いたり、吠えたりして嵐のまねをする）

［ジェニー、パウル］（わめく）船、そいつはソファじゃない。

嵐の夜

ジェニー、パウル
嵐の夜は吹き荒れ、海は波高し
船は横揺れし、夜空は深く沈みゆく

［パウル］俺たちはみんなひどい船酔いだ。

［男たち］何と空は真っ暗か。ほら、何て真っ暗に……。

［ジェニー］（不安そうにマストにつかまって）一番いいのは勇気をなくさないように、皆で「嵐の夜」を歌うことよ。

［ハインリヒ］「嵐の夜」は勇気をくじかれた時に歌うにはもってこいだぜ。

［パウル］歌おう。

［ジェニー、パウル、ハインリヒ］

嵐の夜は吹き荒れ、海は波高し
勇敢に戦い、船は進みゆく
ゾッとするような鐘の音を聞け

［ハインリヒ］　注意。岩礁に近付いている！
［ジェニー］　急いで。でもよく注意して。どんな場合でも風に逆らっちゃだめ。新しい実験もだめ。
［男たち］　ただ聞け。帆桁を渡る風のうなり。
［男たち］　ただ見よ、黒い雲に覆われた空を。

（激しく揺れる。歓声、悲鳴）

［ハインリヒ］　嵐がもっと強くなったら、マストに体を縛りつけようか？
［パウル］　いや、あのまっ黒いのはな、あれはアラスカの森だ。気を付けろ。岩にぶつけるな。着いた。さあ降りよう。これでのんびりできる。（彼は、降りて叫ぶ）おおい、ここはアラスカかい。
［モーゼス］　（彼の横に現れて）酒代を払え。
［パウル］　（すっかり気落ちして）ああ、ここはマハゴニーか。

（グラスを持った男たちが、舞台前方に出てくる）

［男たち］　俺たちに飲み物をおごってくれたから、長生きさせたい。ごちそうし、飲ませてくれた。食事も酒も全部君持ちで。
［ベグビク］　さあ、旦那、勘定を払ってもらいましょう。
［パウル］　マダム・ベグビク。今気付いたけど、おまえさんには一銭も払えねえよ。どうやら有り金すっかり使い果たしたらしい。
［ベグビク］　何だって。払わない気かい。

（モーゼス、ウィリーに合図）

［ジェニー］　パウル、もう一度探してごらん。どこかに、きっとお金が残ってるから。
［パウル］　さっき話したように……。
［モーゼス］　何だって、この旦那にはゼニがない？　この旦那には金を払う気がない？　どうなるか分かってるんだろうな！
［ウィリー］　ああ、あんたの人生も終了のゴングだな。
［ベグビク］　（ハインリヒとジェニーに）あんたたち。この

旦那の借金を払ってくれないかい。（ハインリヒ、黙って去る）ジェニー、おまえさんは？
［ジェニー］　あたし？
［ベグビク］　あんた以外に誰が払うのさ。
［ジェニー］　バカらしい。どうして女の子がみんな尻拭いしなきゃならないの。
［ベグビク］　それじゃ、全然その気がないんだね。
［ジェニー］　あたりまえよ。はっきり言わせないでよ。
［モーゼス］　こいつを縛れ。

（ジェニーが舞台の前を行きつ戻りつしながら歌を歌う間に、パウルは縛られている）

踏みつけるのはあたし

ジェニー
ねえ聞いて、昔、母さんたら
あたしにひどいこと言うのよ
あんたなんか身元も分からず
死体の引き取り手もないまま
死んでゆくわ
いともあっさりこう言われたの
ほっといて、あたしは平気よ
誰かがあたしの運命を変えてくれるわけじゃない
見ててよ、なるようになれだから
人間は畜生じゃないわ

全員
自分のことは自分でする
誰も面倒なんか見てくれない
踏みつけるのはあたし
踏みつけられるのはあんた

ジェニー
ねえ聞いて、前の彼氏ったら
あたしにはっきり言うのよ
この世で一番大事なもの、愛
今の今が大切だって
そして愛してる
いともあっさりこう言われたの
ほっといてよ、あたしは平気よ
誰かが年老いてゆくのを止めてくれるわけじゃなし

見ててよ、盛りを楽しまなきゃ
人間は畜生じゃないわ

全員
自分のことは自分でする
誰も面倒なんか見てくれない
踏みつけるのはあたし
踏みつけられるのはあんた

［モーゼス］　おい。みんな、ここにいる旦那は自分の勘定が払えねえんだ。粗野でもの分かりの悪い俗悪人だ。一番よくないのは、ゼニがないこと。（パウルは連れ去られる）もちろん絞首刑が待ってるさ。でも皆さん、かかわり合いにならぬよう。
［ベグビク］　さあ皆さん、飲んでくださいよ。
（全員、元の位置に戻る。また酒を飲んだりビリヤードを始める）

神様の安酒場に

男たち
自分の家から出なければ
一日、五ドルはかからない
女房持ちなら
余計な支出もないだろう
でも今日びはみんな
神様の安酒場にたむろしてる
勝負にゃ勝ち続けるが
（彼らは足を踏み鳴らして拍子を取る）
そこから何も得られない
（彼らは拍子を取るのをやめ、静かにまた足を机の上に乗せる。舞台前方では男たちが歌いながらエプロンステージに沿って歩き、舞台奥に引っ込む）

男たち
まず第一に、腹一杯食うこと
お次はセックス
ボクシングもいいぜ
あとには飲むのが決まり
でも大切なのは

ここじゃ何をやってもいいってこと

17

(縛られたパウル・アッカーマン。夜)

パウルの夜

パウル

夜が明けると
呪わしい一日が始まる。
でもまだ空は白んでいない。
夜が
明けないように
朝が
来ないように。

連中、もう来るんじゃないだろうか?

やつらが来たら
床にしがみつかないとだめだ。
やつらは床から引っぱがして
俺を連れてゆこうとする。
夜が
明けないように
朝が
来ないように。

老いたる若者よ
パイプに詰めて
最後まで吸え。
君の過去はいいことずくめ
これから来るものは
パイプに詰めて吸っちまえ。

確かに夜はまだ当分明けない

(明るくなる)

明るくなっちゃだめだ
だって呪わしい一日が始まってしまうから

18　マハゴニーの法廷

［ハインリヒ］　これから親友のパウル・アッカーマンの裁判が始まる。マハゴニーの裁判所は他の裁判所よりまだましだった。

（テント法廷。一つの机と三つの椅子が置かれ、外科の臨床講義室に似た鉄筋の小さな円形劇場風の構造をしている。そこに傍聴人がいて、新聞を読んだりガムを噛んだりタバコを吸ったりしている。判事席にベグビク、弁護人席に支配人ウィリー、横手の被告席にトビー・ヒギンズという男）

［モーゼス］　（検事のなりをして入り口のところで）　見物の皆さん、切符はお持ちで。まだ三枚残ってるぜ。一枚五ドル。すばらしい裁判が二つ、五ドルで傍聴できる。諸君！　たったの五ドルで正義の言葉が聞ける。もう五ドルはずめば、灰色高官の名前や盗聴事件の真相も教えるよ。（誰も来ないので、彼は検事席に戻る）　最初に、トビー・ヒギンズの件。（被告席の男が起立する）　あなたは計画的殺人のかどで起訴された。自分の雇人に保険をかけて殺した罪でだ。かくも粗暴きわまる犯行は前例がない。あらゆる人間感情をあなたは恥知らずにも傷つけた。侮辱された正義は心から罪のあがないを求める叫びの声を上げる。従って私、（ベグビクとヒギンズのやりとり開始。傍聴人の目、耳左右する）　検事は提案する。信じがたい極悪非道のこの男、かたくなな態度を崩さぬこの被告を、正義の裁きにかけんことを。（ためらいながら）　そして彼を……事と次第によっては……無罪とすることを。

（「検事」のこの論告の間、被告とベグビクの沈黙の必死の闘争が行われる。被告は指を上げて、どれくらい賄賂を支払う用意があるかをほのめかす。同じようにベグビクも被告の申し出額を次第に吊り上げていく。検事の論告最後のためらいは、被告の申し出額がこれ以上高くならない時点を示している）

［ベグビク］　弁護士の言い分は？

［ウィリー］　被害者はどこにいますか？

（沈黙）

［男たち］（傍聴席の被告人として）死人に口なし。

［ベグビク］被害者が名乗り出ないのなら、やむを得ません。被告は無罪です。

［モーゼス］（読み続ける）次は、パウル・アッカーマンの件。窃盗および無銭飲食で告訴された。

（パウルは縛られたまま、ハインリヒに付き添われて現れる）

［パウル］（被告席に着く前に）頼む、ハイニ。俺に百ドルくれないか。俺の裁判がここで人間的な結末が着くように。

［ハインリヒ］パウル。君と俺とは親密な関係だ。でも金のこととなると別だ。

［パウル］ハイニ。アラスカにいた時のこと、まだ覚えているだろう。七回の冬、ひどい寒さ。一緒に木を切り倒したこと。だから俺に金をくれ。

［ハインリヒ］パウル。アラスカにいた時のことは忘れはしないさ。いっしょに木を切り倒したこと、それに金を稼ぐことがどんなに難しいかってことも。だからパウル、おまえに金はやれない。

［モーゼス］被告。あなたはウィスキーをただ飲みし、玉突き台とキューを盗んだ。かくも粗暴きわまる犯行は前例がない。あらゆる人間感情を、あなたは恥知らずにも傷つけた。侮辱された正義は心から罪のあがないを求める叫び声をあげる。したがって私、検事は提案する。信じがたい極悪非道のこの男、かたくなな態度を崩さぬこの被告を正義の裁きにかけんことを。

（検事の論告の間、ベグビク、支配人のウィリー、三位一体のモーゼスは、意味ありげな目付きを交わす）

［ベグビク］それではパウル・アッカーマンに対する総括尋問を始めます。ジェニー・スミスという娘を誘惑し、金と引き替えに体を与えることを強要した。

［ウィリー］被害者はどこにいます？

［ジェニー］（進み出て）あたしです。

（傍聴人の間に、ぶつぶついう声）

［傍聴人たち］よく言うわ、ジェニーったら。パウルに貢

がせといて。ジェニー、何考えてるのかしら。恋人どうしだったのに。
［ベグビク］　ハリケーンが襲来して、皆、どん底に落ち込んだ時に、おまえは陽気な歌を歌った。
［ウィリー］　被害者はどこにいますか？
［男たち］　被害者など誰もいない。／被害者がいなければ、君、パウル・アッカーマンにも望みがある。／そうだ、被害者など誰もいない。
［モーゼス］　（さえぎって、コヅチで机をたたく）しかし同じ晩、この男はハリケーンも顔負けの振る舞いをした。そして町全体を誘惑して、平和と安息を打ち破った。
［男たち］　ブラボー！　パウル万歳！
［ハインリヒ］　（傍聴席で立ち上がり）皆、聞いてくれ！　アラスカからやってきたこの素朴な山林労働者は、幸福の法則を発見したんだ。その法則にのっとって、マハゴニーで君たちはみんな、今生きている。
［男たち］　だからパウル・アッカーマンは当然無罪だ！／そうだ、パウルは無罪だ！
［ハインリヒ］　パウル、君のために俺が弁護するのも、俺がアラスカを忘れないからだ。七回の冬。ひどい寒さ。一緒に木を切り倒したこと。
［パウル］　七回の冬。ひどい寒さ。一緒に木を切り倒したこと。
［男たち］　いいぞ、パウル。／いいぞ、ハイニ。／男の友情っていいいな。（拍手）
［モーゼス］　（机を叩いて）しかしボクシングの時、このアラスカからきた山林労働者は一獲千金を夢見て、友だちを死に追いやった。
［ハインリヒ］　（飛び上がり）裁判長。誰が、誰が友だちを殴り殺したんですか。
［ベグビク］　今、話に出てるアラスカ狼のジョーを、誰が殺しましたか。
［モーゼス］　（間があって）その事実については当法廷には、報告が入っておりません。
［ハインリヒ］　そこに居あわせた者のうち、誰一人としてアラスカ狼のジョーにお金を賭けなかった。試合で命を落としたジョーに誰一人として。ここにいるパウル・アッカーマン以外は。
［男たち］　（代わる代わる）だから、パウル・アッカーマンは当然死刑だ。／だから、パウル・アッカーマンは当

然無罪だ。／アラスカからきた山林労働者は無罪だ。
（死刑の連呼）（無罪の連呼）

（男たちは拍手し、口笛を吹く）

［モーゼス］　今や、告発のもっとも重要な点に入る。おまえはウィスキーを三本あけ、玉突き台とキューを無断で持ち出した。だのにパウル・アッカーマン、どうして、おまえは代金を払わなかったのだ。
［パウル］　俺には金がない。
［男たち］　（かわるがわる）やつには金がない。／やつは代金を支払わなかった。／くたばれ、パウル・アッカーマン。のしちまえ、やつを。
［ベグビク］　ところで被害者はどこにいますか。

（ベグビク、支配人ウィリー、三位一体のモーゼスが立ち上がる）

［男たち］　見ろ。被害者がいる。この人たちが被害者だ。
［ウィリー］　裁判長、判決を。
［ベグビク］　経済状況の悪さを考慮し、当法廷は被告に情状酌量の余地ありと判断します。パウル・アッカーマン。判決を言い渡します。
［モーゼス］　友人に対する間接的殺人のかどで。
［ベグビク］　拘留二日。
［モーゼス］　平和と静寂を破ったかどで。
［ベグビク］　公民権停止二年。
［モーゼス］　ジェニーなる娘を誘惑したかどで。
［ベグビク］　保護観察四年。
［モーゼス］　ハリケーン襲来の時、禁止された歌を歌ったかどで。
［ベグビク］　懲役十年。しかも私のウィスキー三本と、玉突き台とキューの代金を払わなかったから、だからおまえに死刑を宣告する。パウル・アッカーマン。
［ベグビク、ウィリー、モーゼス］　金のないこと、それこそ、この地球での最大の犯罪。

19　パウルの処刑

［ハインリヒ］　これから行われるパウル・アッカーマンの

処刑を、見たくない人はたくさんいるかも知れない。でもわれわれが思うに、そういう人でも彼に代わって金を払ってはくれないだろう。われわれの時代には、かくもお金は大切なのだ。

（背景にスライド。穏やかな光に包まれたマハゴニーの全景が映し出される。その回りにいくつかのグループに分かれてたくさんの人が立っている。モーゼス、ジェニー、ハインリヒに伴われてパウルが現れると、男たちは帽子を取る。右手には電気椅子の処刑の用意がされていく）

［モーゼス］（パウルに）おじぎをしろ！　見えねえのか、皆があいさつしているのが。（パウルはおじぎする）この世のいろんなことを今すぐ片付けとけ。おまえのプライベートなことには興味がないからな。

［パウル］愛しいジェニー、お別れだ。君と過ごした日々はとても良かった。結末も。

［ジェニー］愛しいパウル、あたしも楽しかったわ、あなたといた時が。でもあたしには分からない、これからどうなるか。

［パウル］言っとくけど、俺みたいなやつは、まだたくさんいるさ。

［ジェニー］それは嘘。分かってるわ、ああいう時はもう二度と来ないってこと。

［パウル］未亡人みたいに白い服でも着るか。

［ジェニー］そうよ。あたしはあんたの未亡人。あんたのことは忘れない。娼婦の仲間のとこに戻ったとしても。

［パウル］キスしてくれ、ジェニー。

［ジェニー］キスして、パウル。

［パウル］俺を忘れないでくれ。

［ジェニー］絶対忘れない。

［パウル］俺を悪く思わんでくれ。

［ジェニー］どうして、そんなこと。

［パウル］キスしてくれ、ジェニー。

［ジェニー］キスして、パウル。

［パウル］俺の最後の友だちハインリヒを、おまえの相手に勧めるよ。アラスカからきた俺たちのうちで、やつだけ残ったんだ。

［ハインリヒ］あばよ、パウル。

［パウル］あばよ、ハイニ。（彼は処刑台の方へ行く）

［数人の男たち］（彼らのそばを通りながら、互いにしゃべる）

（コーラス）

男たち

まず第一に、腹一杯食うこと
お次はセックス
ボクシングもいいぜ
あとには飲むのが決まり

（パウルは、立ち止まって彼らを見る）

［モーゼス］ まだ何か言い残したことがあるか。
［パウル］ おまえら、本気で俺のこと処刑する気か。
［ベグビク］ そうよ。当たり前でしょ。
［パウル］ おまえら、神を信じないのか。そんなことすると神さまのバチが当たるぞ。
［ベグビク］ 何のバチ？
［パウル］ 神さまの。
［ベグビク］ 神さまのバチが当たるって。あっそう……。私たちが神を信じているか、答えを聞かせてあげる。こいつに、マハゴニーの神の劇をやっておやり。でもおまえは電気椅子に座っておいで。

（四人とジェニー・スミスがパウルの前に進み出て、マハゴニーの神の劇を演じる）

ある灰色の朝

四人の男

ある灰色の朝、ウィスキーびたりの町
マハゴニーへ神様がやって来た
ウィスキーびたりの俺たちは
神様に気が付いた

モーゼス（神の役を演ずる彼は、他の連中とは別に前へ進み出て帽子で顔を隠す）

毎年とれる上等の小麦でできたウィスキーを
底無しのように、がぶ飲みしおって
わしが来るなど思いもしなかったみたいだ
いざ来てみると、一滴もないのか？

ジェニー

マハゴニーの男たちは
顔を見合わせて、一滴もない、と答えた

四人の男
ある灰色の朝、ウィスキーびたりの町
マハゴニーへ神様がやって来た
ウィスキーびたりの俺たちは
神様に気が付いた

モーゼス
笑うのか、おまえたちは金曜日の晩に？
遠くからメアリー・ウィーマンを見たぜ
塩水びたりの干しだらみたいに酒びたりだ
もうあの娘はお酒をやめられねえ

ジェニー
マハゴニーの男たちは
顔を見合わせて、やめられねえ、と答えた

四人の男
ある灰色の朝、ウィスキーびたりの町
マハゴニーへ神様がやって来た
ウィスキーびたりの俺たちは
神様に気が付いた

モーゼス
この弾丸に見覚えがあるだろう？
わしの善良な牧師を撃ったな？
酔っ払いのおまえらと天国に住んで
機嫌よくずっと付き合えとでも言うのか？

ジェニー
マハゴニーの男たちは
顔を見合わせて、そうだ、と答えた

四人の男
ある灰色の朝、ウィスキーびたりの町
マハゴニーへ神様がやって来た
ウィスキーびたりの俺たちは
神様に気が付いた

モーゼス
皆、地獄へ落ちろ！
さっさと葉巻を袋に詰めて
俺の地獄へ皆一緒につき進め！
まっ暗な地獄へ皆落ちろ、げす野郎！

ジェニー
マハゴニーの男たちは
顔を見合わせて、いやだ、と答えた

四人の男
ある灰色の朝、ウィスキーびたりの町
マハゴニーへ君はやって来た
ウィスキーびたりの君は
マハゴニーで始めた
じたばたするな
皆でストライキだ。俺たちの髪を
つかんで地獄へ引きずっていくことなんてできやしないぞ
俺たちはずっと地獄にいたんだから

ジェニー（メガホンで叫ぶ）
マハゴニーの男たちは神を見すえて
そうだ、できない、と答えた

［パウル］やっと分かったよ。金で歓びを買おうと思って、この町に足を踏み入れたときに、俺の破滅は決まってたんだ。七年間の抑圧の日々、語る言葉もなくして俺はこの町にやって来た。ここで俺は俺の欲望を爆発させた。でも、結局何も得られなかった。「ナイフがあれば肉を切り取れ」って言ったのはこの俺だ。でも肝心の肉が腐ってた。俺が買った歓びは歓びじゃなかったし、金で買った自由は自由じゃなかった。食っても満腹せず、飲んだら喉が乾く。水を一杯くれ。
［モーゼス］（ヘルメットを頭にかぶせて）終了。

20　マハゴニーの崩壊

［ハインリヒ］　パウル・アッカーマンの処刑を境にして、マハゴニーの人々の間には金をめぐるすさまじい闘争が起きた。秩序の混乱、物価の高騰、人間どうしの敵対が増大する中で、網の町マハゴニーの最後の数週間。まだくたばっていない俺たちは、性懲りもなく理想をかかげてデモをする。

（背景の板の上に、炎上するマハゴニーが見える。デモ行進が始まる。行列は入り乱れ、ぶつかり合ったりして進み、最後まで続く）

第一の行列
（ベグビク、支配人ウィリー、三位一体のモーゼスと彼らの取り巻き。第一の行列のプラカードには、次のように書かれている）
「物価の値上げ賛成」「人と人とが闘うことに賛成」「われわれの町の混沌とした状態に賛成」「黄金時代の永続に賛成」

第一の行列
お金がすべての、この町では
金さえあればマハゴニー
こんなすてきな町はない
何でも買える
何でもできる
歓びも自由も
かけごと、セックス、飲み放題
この世は万事金しだい！

第二の行列
（第二の行列のプラカードには、次のように書かれている）
「私有財産に賛成」「他人の財産の没収に賛成」「天上の財産の公平な分配に賛成」「地上の財産の不公平な分配に賛成」「愛に賛成」「愛が買えることに賛成」「物事の自然な無秩序に賛成」「黄金時代の永続に賛成」

ハリケーンはいらない
第二の行列

ハリケーンなんていらない
台風なんていらない
台風がやるようなことは
俺たち、自分でできる
俺たち、自分でできる

第二の行列
（第二の行列のプラカードには、次のように書かれている）
「金持ちの自由に賛成」「無防備の者を寄ってたかって襲うことに賛成」「人殺しを称えることに賛成」「汚職が広がることに賛成」「卑劣さが不滅なことに賛成」「黄金時代の永続に賛成」

踏みつけるのはあたし

第三の行列
自分のことは自分でする
誰も面倒なんか見てくれない
踏みつけるのはあたし
踏みつけられるのは
あんた
第一の行列
（プラカードを持って戻ってくる）
お金がすべての、この町では
第一の行列
金がなけりゃマハゴニー
こんなむごい町はない
誰もが知らん顔
何にも手に入らない
住むことも、食べることも
友情だって愛だって
この世は万事金しだい！

第四の行列
（娘たちが、パウル・アッカーマンの時計、拳銃、小切手帳を麻のクッションにのせて運び、棒にシャツを掛けて進む）

アラバマ・ソング

第四の行列

oh moon of Alabama
今日でお別れ
老いぼれママが死んで
欲しいのお金が
分かるでしょう

第五の行列
（パウルの死体とともに。すぐ後ろには「判決に賛成」と書かれたプラカード）

死人を助けることはできない

第五の行列
やつを酢づけにして
やつの面の皮をひんむくことはできる
やっとこを持ってきて
やつの舌を引っこ抜くことはできる
死人を助けることはできない

第六の行列
（「愚かさに賛成」と書かれたプラカードを持って）

第六の行列
やつを説得することはできる
やつを怒鳴りつけることはできる
やつを放っておくこともできる
やつを連れていくこともできる
死人に指図はできないけれど
手にお金を握らすことはできる
やつのために穴を掘り
穴に詰め込むことはできる
シャベルで土をかけることもできる
死人を助けることはできない

第七の行列
（「黄金時代の永続に賛成」と書かれた巨大なプラカードを掲げて）

第七の行列
やつの偉大な時代を語ることはできる
やつの偉大な時代を忘れることはできる
死人を助けることはできない

友情だって愛だって
この世は万事金しだい！

（果てしない、いくつもの行列が絶えず動いている）
私たちも、あなたがたも、誰も助けることはできない。
すべての行列

お金がすべての、この町では

金さえあればマハゴニー
こんなすてきな町はない
何でも買える
何でもできる
歓びも自由も
かけごと、セックス、飲み放題
この世は万事金しだい！

金がなけりゃマハゴニー
こんなむごい町はない
誰もが知らん顔
何も手に入らない
住むことも、食べることも

網 の 町
mami
♩=116
そのいみはー あ みのまち
わたしたちは、あ みをはるー
すてきなかもを つかまえる ために
このよはくろう がたえない
でもここはーた のしみのまち
すきなことを しほうだい
おとこは ゾクゾク おかねを つかいなさい ジン
(2番は休符)
あらあらしくて なっとしたー
おおさわぎーだ けれどもー
とてもステーな しあいだ
ごんがいがん からのふ ねがー きぶくよに
アーの テーブルを ゴ ムのーきのしたにおけ ここが
まち まちの ちゅうしんだ、あー あー かねもち ホ テル

『網の町』

ふみつけるのは、私
♩= 108
nami
ねえ、きいて むかし か あー さんたら わたし
に ひどいこーとー いうのよー
あんたなんか みもとも わかー らず したい
のひきとりてもなーい ましんでゆくわ いとも
あっさりー こういわれたの ほっといてー わたし はへいきよ だれ
かがわたしのーうんめいをーかえてくれる わけでなしー みて
てよー なるように な れだからー にんげんは ちくしょうーじゃ
なーいわ じぶんのことは じぶんでする
る だれも めんどうなんかー みて くれない
ふみつけーるのは、わたし ふみつけられるのは
あんた

『ふみつけるのは私』

ある灰色の朝
mami
♩=100
あるはいいろの あさ ウィ スキーびたりのまち マ
ハゴ ニーへ か みさまがー ルラ ルラ ルラ ル やって きた
ウィー スキーびたりの おれ たち は．か みさまに きがつい た
まい としヒしヒれるじょ うとうの こむぎでできた ウィー スキー
そこなし のように がぶのみしおって わしがくるなど おもおってもしなか
あった みたい だー いざきて みる ヒ いってきもー な
いのか マハゴ ニーの おとこた ちはー
かお をみあわせてー いって きも ない と こたー え
たー

『ある灰色の朝』

『お金がすべての、この町では』

セチュアンの善人

登場人物

ワン（水売り）
三人の神様
シェン・テ／シュイ・タ
ヤン・スン（失業飛行士）
ヤン夫人（その母）
やもめのシン
八人家族
夫
妻
妻の弟
（妻の）弟の妻
甥
少年
祖父
姪＝若い娼婦

建具屋リン・ト
ミー・チュー（女家主）
巡査
じゅうたん屋とその妻
年寄りの娼婦
床屋シュー・フー
坊さん
失業者
ボーイ
序幕の通行人

舞台
なかばヨーロッパ化したセチュアンの首都
寓意劇のセチュアンという地方は、人間が人間を搾取する場所ならどこでもよい。

序幕
セチュアンの首都の街頭

（夕方である。水売りのワンが観客の前に現れる。観客に向かって）

［ワン］　わし、セチュアンの都の水売りでんねん。商売、大変でっせ。雨降らへんかったら、遠いとこまで仕入れにいかなあかんし、ぎょうさん降ったら、もうからへんし。このへん、みんなごっつい貧乏。神さんにでも来てもらわな、どうしようもないわ。そやけどね、ここいら回ってる行商のおっちゃんから聞いたんやけど、ものすごい偉い神さんが下界へ降りてきてな、セチュアンにも寄るらしいねん。うれしいこっちゃ。あの世へ行った連中がな、神さんのとこ行ってはさんざん現世の悪口ゆうもんやさかい、神さんの方も心配してるみたいや。わし、三日も前からこの町の入口ではってまんねん。そやかてまっ先に神さんにごあいさつしたいもん。このチャンス逃したらもうおしまいや。偉いさんが神さんの回りをどっと取り囲んで、独り占めしてしまうやろからな。どなたが神さんか分かったらええねんけどな。きっと一緒には来やへんやろ。目立たんように別々に来んのとちゃうかな。

（チャップリン風パントマイム。通り過ぎる人たちの回りを回ったり、じろじろ眺めたりする。首を振ったり、バツ印を作ったりして神様ではないことを示す）

1. 荷役夫　重い荷物で肩がつぶれているのを見て、神様ではないと判断する。
2. 事務員　手にインキがついているのを見て、違うと思う。
3. 二人の紳士　いつも人を殴っているようなおっかない顔付きをしているので、これも違う。

［ワン］　おっと、あそこの三人。みんなと全然ちゃうぞ。

色つやもええし、仕事に疲れた様子もあらへん。靴はほこりだらけやけど、遠くから来たせいや。絶対あの人らや。ようおいでなした、神さん。なんなりと用事ゆうてんか。

（ワンは地面にひれ伏す）

［第一の神］（喜んで）私たちが来るのを待っていたのですか。

［ワン］（彼らに水を差し出して）ずーっと。そやけどあんたらが来るのを知ってんの、わしだけや。

［第一の神］ところで今晩泊まるところが必要なんですが、どこか知りませんか。

［ワン］どこて、山ほどあるがな。みんなあんたらの役に立ちたいとおもてますもん。どんなとこに泊まりたいんや。

（三人の神様は、意味ありげに互いの顔を見る）

［第一の神］近いところがいいです。わが息子よ。

［ワン］よっしゃ。ちょっと待ってて。

（パントマイム　何軒かあたってみるが、ワンは追い返される）

1. フォーの旦那　戸を叩き、戸は開くがワンは帰れと言われる。

2. やもめのスー　小さな部屋しかないし、片付いていない。

3. チュンの旦那　親戚が一杯いる。

（日本の家の中をスライドで映し出してもよい）

［第二の神］（追い返されるワンを見ながら）神をおそれ敬う心なんて無くなってしまったのでしょうか。認めたくないかもしれませんが、これが現実です。私たちの使命は終わったのです。

［第一の神］いやいや、いつの世も善人はどこかにいるものです。簡単には探せないでしょうけど。

［第三の神］人間らしい生活をしている善人がたくさん見つかれば、この世の中は今のままでよい。これが私たちの決議です。私の目に狂いがなければ、あの水売りもそうした人間に違いありません。

（第三の神はまだ宿を見つけられないまま、突っ立っているワンのほうに歩いていく）
［第二の神］　あの男はインチキです。あの水売りが枡で水をくれたときに分かりました。これがその枡です。
（第二の神は第一の神に枡を見せる）
［第一の神］　二重底だ。
［第二の神］　詐欺師。
［第一の神］　よろしい、あの男はオミットです。一人ぐらい腐った人間がいても、どうということはありません。善人の条件にかなった者はたくさんいるはずです。とにかくまず一人探しましょう。二千年の間ずっとなんて言われてきたか知っているでしょう。「世の中は今のままじゃよくならないし、誰一人この世で善良であり続けることはできない」って。私たちは何がなんでも神の掟を守れる人間を見つけなければいけません。
（ワンは宿探しを続けている。通行人にしゃべりかけるように、観客に向かってときどき向きを変えながら）
［第一の神］　見つけられそうにないですね。この調子だとセチュアンもバツ印です。
［ワン］　（別の男に）偉い神さんが三人でっせ、ほんまにお寺にある仏像にそっくりですわ。早いとこ行って、お宅へ呼んだってください。神さん喜びまっせ。こんちくしょう。あんぽんたん、おたんこなす。神さん大切にせえへんかったら罰あたるぞ。今に絶対後悔するから。おまえらみんな、セチュアンの恥さらしや。（間）こうなったら、淫売のシェン・テしかおらへん。あいつやったらいややゆわへん。（呼ぶ）シェーン・テー！
（上の窓からシェン・テが顔を出す）
あんなあ、シェン・テ、神さんが来てはんねんけど、泊まるとこがないねん。一晩泊めたってくれへんか。
［シェン・テ］　あかんねん、ワン。客待ちやねん。けどなんでやのん、泊まるとこが見つかれへんて。
［ワン］　分からん。セチュアンじゅう汚《けが》れきっとるわ。
［シェン・テ］　男が来たら隠れててもええよ。ほんなら帰るやろから。あの人あたいとどっかへ行きたいねん。
［ワン］　もう神さん連れて、上へ行ってもええか。

［シェン・テ］　ええけど、あんまりおっきい声でしゃべらんといてや。神さんには全部話してもかまへんの。
［ワン］　あかんて。おまえの商売のことは絶対ゆうたらあかん。下で待ってたほうがよさそうやな。けど男とどっかへ行ってしもたらあかんで。
［シェン・テ］　不景気で客もなかなかけえへん。ほんま調子悪いわ。あしたの朝までに部屋代払われへんかったら、出ていかなあかんねん。
［ワン］　こんなときに、金の話なんかすんなよ。
［シェン・テ］　分かった。神さんやったら泊めたるから。

（彼女が灯りを消すのが見える）

［第一の神］　どうやら見込みはないみたいですね。

（三人の神様はワンに近寄る）

［ワン］　（自分のうしろに神様が立っているのを見て驚く）泊まるとこ見つかりましたで。

（ワンは汗をぬぐう）

［第三の神］　ほう。じゃ行くとしますか。
［ワン］　そんな急がんと。まあゆっくりして。今部屋片付けてんねんから。
［第三の神］　それならここに座って待つことにしましょう。
［ワン］　ここは人目に立ち過ぎるわ。あっちへ行こ。
［第三の神］　私たちは人間を見るのが好きでしてね。そのために下界へ降りてきたのです。
［ワン］　けど夜のセチュアンの町、案内してほしない？　ちょっと散歩してみいひん？
［第三の神］　きょうは私たち随分歩いたから。（微笑みながら）でもここにいてはいけないと言うのなら、そう言ってください。

（彼らは戻る）

ここならいいでしょうか。

（一軒の家の入口の階段に腰をおろす。ワンは少し離れた地面の上に座る）

［ワン］　（思い切って）あんたらは一人暮らしの娘のとこにやっかいになるんや。あの娘はセチュアン一のええ

子だっせ。
[第一の神] それは、よかったです。
[ワン] (観客に) さっき枡を拾いあげたとき、あの人らなんか変な顔しとったな。ばれたんちゃうやろか。もうあの人らの前へ出られへん。
[第三の神] ごくろうさん。だいぶ疲れたようですね。
[ワン] ちょびっと。走ったもん。
[第一の神] ここの人たちは生活が苦しいのですか。
[ワン] ええ人間はね。
[第一の神] (まじめに) あなたもですか。
[ワン] なに考えてんのか分かるよ。わしはええ人間ちゃう。けど生活が大変なんや。
(この間にシェン・テの家の前に、一人の紳士が現れ、何度も口笛を吹く。ワンはその度にびくびくする)
[第三の神] (小声でワンに) どうやら帰ったみたいですね。
[ワン] (うろたえて) そやねえ。
(彼は立ち上がり、シェン・テの家の前へ行き、上をうかがう。待っていたワンが家の裏手に立ち去ると、シェン・テが戸口からそっと出てきて、小声で「ワン」と呼ぶ。やがてワンを探しながら、通りを下っていってしまう。こんどはワンが家の前に戻ってきて、「シェン・テ」と呼ぶが、返答はない)

あいつ、置いてけぼりにしよったな。部屋代かき集めに行きよったんや。もう神さんには宿世話できひん。あの人ら、疲れて待っとるんやけどな。今さらありまへんなんだ、なんてゆわれへん。わしの住んでるのは下水の土管やし、とてもやないけど呼ばれへん。それに神さんかてわしのインチキ商売見てもうたわけやから、そんな男のとこに泊まりたないやろ。もう絶対戻られへんな。けど水桶をあそこに置いたままや。どうしたらええやろ。取りにいくわけにもいかんし。とにかくこの都からずらかって、神さんの前から姿くらまそ。

(ワンは水桶を置いたまま、広場の方へ走り去る)

(彼が去るとすぐにシェン・テが戻ってきて、別の方を探し、神様に出会う)

[シェン・テ] あんたがたが神さんですか。あたい、シェ

ン・テ。あたいの部屋で我慢してくれるんやて？　喜んでます。
［第三の神］　けれども水売りはどこへ行ったのですか？
［シェン・テ］　きっとすれ違いになったんや。
［第一の神］　あなたが戻って来ないと思いこんで、私たちのところに帰り辛くなったんでしょうよ。
［第三の神］（水桶を取りあげて）あなたのところに預かっておいてください。また必要でしょうから。

（神様はシェン・テに案内されて、家の中へ入っていく）
（暗くなり、また明るくなる。一夜明ける。夜明け方、ランプで前を照らすシェン・テに案内されて、神様は戸口から出てくる。彼らは別れを告げる）

［第一の神］　シェン・テさん、おもてなしいただきありがとう。あなたに泊めていただいたことは決して忘れません。水売りに商売道具を返してやってください。そしていい人を紹介していただき感謝していたと伝えてください。
［第三の神］　善人の存在を確かめることが私たちの旅の目的なのです。もうすでに一人善人を見つけたのですから、楽しく旅を続けられます。さようなら。
［シェン・テ］　ちょっと待ってえな、神さん。あたいがええ人間かどうか、あたいにはわからへん。そうなりたいとは思うけど、どないやって部屋代はろたらよろしいの。白状しますけど、あたい生きていくために体売ってますねん。そんなことしてもやっていかれへん。おんなじようなことせなあかん人、ぎょうさんいるもん。あたい何でもやるつもりやけど、ほかの人もみんなそや。親孝行せえとか、正直者になれとか神さんゆうてはるけど、そんな掟守れたら幸せやろな。お隣さんのことうらやましがらんでよかったらうれしいやろし、一人の男に貞節つくせたらええやろな。あたいかて誰かをだましてもうけたり、貧乏な連中からふんだくったりしたないわ。でもどうやったらそんなことせんですむん？　神さんの十《とお》の掟、いくつか破ったとしてもよ、やっぱりやっていかれへんもん。
［第一の神］　シェン・テよ、そういうことの何もかもが、善人の迷いにほかならないのです。
［第三の神］　元気でね、シェン・テ。あの水売りにもよろしくいってください。あの人は私たちのよい友だちで

した。

［第一の神］　とにかく善良であってほしい、シェン・テ。お元気で。

（彼らはシェン・テに背を向け、行こうとする。彼らは出発の合図を送る）

［シェン・テ］（不安になって）けどあたい自分のことが分かれへん。こんなんもかも高いのに、どないしてええ人間でいられんの？

［第二の神］　申しわけないけれど、私たちには何もできません。経済問題には神は口出ししてはいけないことになっているんです。

［第三の神］　ちょっと待ってください。この娘《こ》ももう少しお金があれば、ずっと善人でいられるはずです。

［第二の神］　私たちはこの娘には何も与えられません。そこまでする必要はないはずです。

［第一の神］　どうしてだめなのです。

（彼らは額をよせあって、興奮して議論する）

［第一の神］　（困ったように、シェン・テに向かって）あなたは部屋代が払えないということですね。私たちは貧乏人ではありませんから、もちろん宿代はお払いしましょう。どうぞ。（彼女にお金を与える）でも私たちが払ったということは誰にも言ってはいけませんよ。誤解されるかもしれませんから。

［第三の神］　いや、だいじょうぶですよ。宿代を払うのは何の問題もありません。私たちの決まりのどこにも、だめだとは書かれていません。じゃ、さようなら。（退場）

I　小さなタバコ屋

（店はまだすっかり整っているわけでもないし、開店もしていない）

［シェン・テ］（観客にむかって）神さんが帰ってから三日たちました。帰りしなに神さん、宿代ゆうてね、後から確かめてみたら、なんと千ドル以上もあったんよ。——そのお金でタバコ屋の店こうたんです。きのうこ

こへ引っ越してきたんやけど、ええこと一杯できそう。あそこにいるのがシンのおかみさん。この店の前の持ち主。きのうさっそくやって来て、子どもらに米くれゆうんですわ。きょうも壺抱えて、広場とことこ歩いてここへお出ましですわ。

（シンが入ってくる。二人はあいさつする）

[シェン・テ] こんにちは、シンのおかみさん。

[シン] こんにちは、シェン・テさん。どない、新しい家の居心地は。

[シェン・テ] ええよ。それはそうと子どもら、よう寝れた？

[シン] ううん、慣れんうちやし。まあうちいうよりバラックやけどな。いちばんチビはもう風邪ひいたみたい。

[シェン・テ] そらあかんわ。

[シン] 「あかん」とこ無しやね、あんたみたいにうまいこといってたら。けどお店やってたらいろんなことあるよ。

[シェン・テ] ここは貧民街やからね。あんたゆうてたけど、お昼休みにセメント工場の行員さんらほんまに買いに来てくれんの？

[シン] うん。けどほかはあかんよ。近所の人でさえ来やへんねんから。

[シェン・テ] そんなこと、店売るときに一言もゆわへんかったやん。

[シン] 今んなって、ごじゃごじゃいいなさんな。わてらから、うちぶんどったくせに、ぼろ家とか貧民街とか言いくさって。あんまりやないか。

（シンはオーバーに泣く）

[シェン・テ] （急いで）すぐお米取ってくるから。

[シン] お金もちょっと貸してほしいんやけど。

[シェン・テ] （壺へお米をざーっといれながら）そんなん無理やわ。まだなんにも売ってへんねんから。

[シン] けどお金がいるんや。どうやって生きていったらええの。わてからなんもかも取ってもうたんやから。（シェン・テの手から壺をひったくる）

[シェン・テ] そんな怒らんといて。お米こぼれてしまうやん。

（かなり年配の夫婦と、擦り切れた着物を着た男が入ってくる）

［妻］　まあまあ、シェン・テさんや。お店を持ったんやってねえ！　あたしら、ちょうど宿無しになってしもうてん。タバコ屋やめたんや。一晩、厄介になれんもんやろか？　うちの甥《おい》っこ。知ってるやろ？

［甥］　（じろじろと、あたりを見回しながら）気の利いた店やんか。

［シン］　この連中、なんやねん。

［シェン・テ］　（入って来た連中に親切に）よう来てくれたわ！　泊まってってちょうだい。

［シン］　お客さんにも来てもらいたいもんやな。

［妻］　そんなこと、あたしらになんの関係あるんや？

［夫］　しッ！　ほれ、もう、お客さんが来よったぞ！

（ぼろを着た男＝失業者が入って来る）

［男］　ごめんやす。わしゃ、失業者や。

（シンは笑う）

［シェン・テ］　なんかご用？

［男］　明日開店やと聞いてな、タバコ一本、余ってないかと思うて。

［妻］　びっくりしたなあ。タバコの物乞いやで！

［男］　飯は高いからな。それにわしゃ、口切りってわけや。

［シェン・テ］　（タバコを与える）口切りの人は大事なんよ。あたいのお店は、あんたで店開きや。幸せ持ってきてな。

（男は急いでタバコに火をつけ、吸いこみ、咳こみながら立ち去る）

［妻］　（頭を振りながら）この娘《こ》、いやてようゆわんのやから。あんた人がよすぎるねん、シェン・テ。なんでもハイハイゆうてたら、店やっていかれへんよ。

［夫］　ゆうたれ、この店、自分のもんやないて。そや親戚の、たとえばやなあ、従兄《いとこ》かなんかのもんで、そいつがきちっと決算出せゆうて、うるさいとかなんとか。

［シン］　いっつも慈善家ぶらんでええんやったら、できるわな。

［シェン・テ］　（笑って）あんたらに宿を提供すんの今すぐやめるわ。お米も返してちょうだい。

［妻］（驚いて）お米もあんたのん？
［シェン・テ］（観客に。標準語で）
この人たちは悪い人。
この人たちには友だちがいない。
この人たちは誰にもお米をやらない。
この人たちは何でもほしがる。
誰がこの人たちを責められましょう。

（パントマイム　小さな男＝建具屋のリン・トが入ってくる。彼を見るとシンはあわてて出ていく。彼女の後ろから怒鳴る）


［建具屋］ちくしょう、逃げていきやがった。わし建具屋ですねん。あんたが新しい主人かいな。へえ、もう棚一杯にしたん。けどなこの棚あんたのもんちゃうねんで。お金はろてもらうまではな。ここに座っとったあのアマがな、まだ代金はろとらへんのや。

［シェン・テ］お店の設備にも色々はろたけど、棚代もそん中に入ってるはずや。

［建具屋］インチキや。みんなインチキや。あんた、あのシンのアマとグルなんや。百ドルもらいまっせ。このリン・トの名前にかけても。

［シェン・テ］どうやってはらえんのよ。お金なんかもうないんよ。

［建具屋］ほんなら差し押さえや。すぐに。さあ、はろてもらうか、差し押さえるか、どっちかや。

［夫］（シェン・テにプロンプして）従兄！

［シェン・テ］来月まで待ってくれへん？

［建具屋］（叫んで）あかんで。

［シェン・テ］そんな冷たいことゆわんといてえな、リン・トさん。あたいかてな、何もかもゆうとおりにはできひんねんから。ほんのちょっとでええから、待ってくれへん、リン・トのおっちゃん。

［建具屋］そんなことゆうけど、わしやわしの家族のことで誰が待ってくれるっちゅうんや。（彼は壁から棚を動かす。今にも持っていこうとするかのように）あんたがはろてくれへんのやったら、棚は持っていくからな。

［妻］シェン・テさん、なんであんたの従兄に全部まかせへんの。（建具屋に）請求書書いてんか。シェン・テさんの従兄がはろてくれるから。

［建具屋］おりもせんやつを引っ張りだしてくるんや

から。

［甥］　そんなアホみたいに笑いな。俺もあの人におうたことある。

［夫］　ナイフのように切れるやっちゃ。

［建具屋］　よっしゃ、そいつに勘定はろてもらお。

（彼は棚をひっくり返し、その上に座って請求書を書く）

（足の悪い男＝妻の弟ウンと、その連れあい＝妊婦が入ってくる）

［妻の弟］　（夫婦に向かって）なんや、ここにいたんかいな！　俺ら、おいてけぼりにしやがって。

［妻］　（まごついて、シェン・テに）弟のウンと連れあいやねん。（二人に）ごちゃごちゃ言わんと、そこの隅っこにでも座っとり、昔の友だちのシェン・テさんの邪魔にならんように。（シェン・テに）なにしろこのお腹やろ。もっともあんたにその気がないんやったら？

［シェン・テ］　いいえ、どうぞ！

（家主のミー・チュー夫人が、書類を持って入ってくる）

［家主］　シェン・テさん、あたし、家主のミー・チューです。これから仲良うやっていきましょ。これが賃貸契約よ。（シェン・テが契約書に目を通しているあいだに）ちいそうてもお店が開店するゆうのはええもんやわね、皆さん。（あたりを見回して）まだ棚は全部うまってへんね。ま、そのうちやわな。どなたかに保証人になってもらわなあかんねんけど。

［シェン・テ］　え、保証人がいるん？

［家主］　そらそや。あんたがどこの何者やら分からへんもん。

（店の中を見回して、この連中じゃだめと身振りで示す）

［妻］　（プロンプして）従兄！　イトコ！

［家主］　どうしても保証人出してもらわなあかんな。立派な家やろ。保証人がおらへんかったら、あんたとは契約できんな。

［シェン・テ］　（目を伏せて、ゆっくりと）従兄がいます。

［家主］　へえ、従兄がおんの。この近く？　そやったら今から一緒に行こ。何してる人？

［シェン・テ］　この町には住んでへん。別の町やねん。

［妻］　シュンに住んでるとかゆうてたね。

［シェン・テ］　ミスター……シュイ・タ。シュンに住んでるんや。
［夫］　あいつやったらよう知ってるよ。背がたこうて、やせたやっちゃ。
［甥］　（建具屋に）あんたもシェン・テさんの従兄と交渉中やろ、棚のことで。
［建具屋］　（不機嫌に）ちょうどその従兄とやらに請求書書いたとこや。これや。（請求書を渡す）あした、早うにまた来るから。（去る）
［甥］　（家主夫人を横目で見ながら、建具屋に後ろから呼びかける）安心せえ、従兄がはろてくれるから。
［家主］　（シェン・テをじろじろ眺めながら）従兄さんと知り合いになれたらうれしいな。ほなまた。（去る）
［妻］　（間をおいて）嘘はすぐにばれるわ。あしたになったら絶対なんもかも分かってまうから。
［弟の妻］　（低い声で甥に）ここにも長くはおられへんやろな。

（少年に案内されて、おじいさんと姪が入ってくる）

［少年］　（後ろに向かって）ここにいたで。
［妻］　入っといで、おじいさん。（シェン・テに）ええおじいさんやで。これでみんなかいな。
［夫］　（外をのぞいて）あとは姪っ子だけや。
［妻］　あんたの商売の邪魔だけはみんなしたらあかん。
［甥］　（おどけて）今夜のとこは、お従兄さんのお出ましはごめんこうむりたいもんや、シュイ・タ閣下のな！

（弟の妻は笑う）

［弟］　（タバコに手をのばし）一本ぐらい、ええやろ！
［夫］　ええとも。

（一同タバコをとる。弟は酒瓶を回す）

［夫］　金は従兄さんがはろうてくれるわ。
［祖父］　（まじめに、シェン・テに）こんにちは！

（シェン・テはあんまり遅ればせの挨拶にまごついて、お辞儀する。彼女は片方の手に建具屋の勘定書を、もう片方の手に、賃貸契約書を持っている）

（彼らは歌う）

煙の歌

祖父
昔、おいらの髪がまだ黒かったころ
利口だったら暮らしていけると思ってた。
でも分かったよ、利口だけじゃ
貧乏人の腹はふくれねえ。
　だからおいらはゆうのさ、あきらめな
　白い煙を見てごらん
　だんだんさめていくばかり
　おまえも同じことよ。

夫
正直者、働き者がいじめられる
だったら曲がった道を生きてみよう。
でもその道も、おいらのような者にゃ滅びの道
おいらにゃ分かったね
　だからおいらはゆうのさ、あきらめな
　白い煙を見てごらん
　だんだんさめていくばかり
　おまえも同じことよ。

姪
お年寄りは何ひとつ望みがないという
何かをするには時間が必要、でもそれがない。
あたしら若い者にゃ、広々と門が開いてるって。
でもそれは何もないところに広がっているだけ。
　だからおいらはゆうのさ、あきらめな
　白い煙を見てごらん
　だんだんさめていくばかり
　おまえも同じことよ。

[姪]　どこからお酒持って来たん?
[弟の妻]　タバコの袋を質においたんや。
[夫]　なんやと?　あのタバコは、わしらに残ってるたった一つの財産や。このドアホ!
[弟]　あんたかて飲んだやないか。さ、すぐに瓶をこっちへ寄こせ!
（彼らはそのうち取っ組み合いのけんかを始める。タバ

コの棚がひっくり返る）

［シェン・テ］（みんなに哀願して）やめて。店のもん大事にして。壊したらあかん。神さんの贈り物なんやから。ここにあるもん、なんでも取ってええから、壊さんといて。

［妻］（懐疑的に）この店、おもたより小さいんやねえ。おばちゃんやらほかの連中にここのこと話すんやなかった。来られてもいるとこあらへん。

［弟の妻］あの人かて、なんか冷たなってきたしね。

（外から声。戸を叩く音）

［声］開けてくれ。わしらや。

［妻］おばちゃん？　わてらどないしたらええんやろ。

［シェン・テ］あたいの大切な店。あたいの希望。けど店開けたとたん、店ちゃうようになってしまう。

（観客に。標準語で）

小さな救いの舟も
すぐに深みに沈んでしまう。
溺れる人が多すぎて
必死に小舟にしがみつくから。

［声］（外から）開けてくれ。

橋の下の間狂言

（川のほとり。ワンはあおむけになって眠りこむ。音楽。土手の斜面が見えて、神様が現れる。ワンは殴られるのをよけるかのように、顔の前に腕をかざす）

［ワン］言わんどって。みんなわかってま。あんたがたを泊めてくれるような家、わし見つけられへんかったんや。どこにも。もうお分かりやろ。ほかの町へ行ってんか。

［第一の神］いやいや、あなたは見つけてくれたのです。あなたが行ってしまってからその人はやって来たのです。その人は私たちを一晩泊めて、ゆっくり寝かせてくれました。あなたはその人を善良な人間だと言ってましたが、そのとおり善良でしたよ。

［ワン］ほんならシェン・テはあんたがたを泊めてくれたんか。

［第三の神］もちろんですよ。

［ワン］　わしは信心が足りんもんやから、逃げ出したんや。シェン・テは来やへん思いこんで。あの娘、商売うまいこといってへんから、だめやおもて。

汝、弱き者

神々
おお汝、弱き者
心は善良だが、弱い人間
貧困の時代には、善意など存在しないと思っている。
危険な時代には、勇気など存在しないと思っている。
どんなことにも希望を見いだせない弱さ
せっかちな判断。軽はずみな絶望
汝、弱き者
心は善良だが、弱い人間

［ワン］　お恥ずかしい限りで、神さん。

（神様は消える）

2　タバコ屋

（いたるところに眠っている人。ランプはまだ灯っている。戸を叩く音）

［妻］　（寝ぼけて起き上がる）シェン・テ。誰か戸叩いてるよ。シェン・テはどこやねん。

［甥］　朝飯でも持ってきてくれたんやろ。勘定は従兄持ちや。

（妻は笑って、戸口の方へ足を引きずって歩く。若い紳士が入ってくる。後ろに建具屋）

［シュイ・タ］　僕が従兄です。

［妻］　（雲の上から落ちたように）なんやて。

［シュイ・タ］　僕の名前はシュイ・タです。

［お客たち］　（たがいに揺り起こして）従兄や。──あれ冗談やったんやで。シェン・テに従兄なんかおるかあ。──けど、この人従兄やゆうてはるで──信じられん、こんな朝早う。

［甥］　あんたがシェン・テのお従兄はんやったら、早い

とこ朝ごはん作ってえな。
［シュイ・タ］（ランプを消しながら）最初のお客さんがもう来ますよ。早く服を着てください。僕の店を開けないといけませんから。
［夫］ あんたの店？ ここはわしらの友だちのシェン・テさんのお店やおもてたんやけど。（シュイ・タは頭を振る）
［弟の妻］ あの女、わてらだましよったんや。どこにおんねん、あいつ。
［シュイ・タ］ 彼女は遠く離れたところにいます。僕がここへ来た以上、もうあなたがたには何もしてあげられないと申しております。
［妻］（驚いて）あの娘、ええ子やおもててんけど。
［甥］ こんなやつのゆうこと信じたらあかん。あの人探そ。
［夫］ そや、みんなで手分けして探そ。（彼は手配する）手当たり次第探すんや。わしらとじいちゃんはここに残ってるから。坊主、その間に何か食べるもん取ってこい。あそこの角にパン屋があるやろ。気ぃつけんねんぞ。捕まらんようにせい。おまわりになんかぶつかったらあかんぞ。
（少年はうなずいて、出ていく。残ったものは服をちゃんと着る）
（シュイ・タが店を片付けはじめると、建具屋が来る）
［建具屋］ 従妹さんの仕事を片付けに来はったんやな。棚の代金はろてもらわなあきまへんねん。百ドル。証人もいるんやから。
［シュイ・タ］（ポケットから請求書を引き出して。愛想よく）百ドルというのはちょっと高すぎるのでは。
［建具屋］ 高すぎるかあ！ ビタ一文《もん》まけへんで。女房子どもを抱えとるんやから。
［シュイ・タ］（冷酷に）お子さんは何人おられるんですか。
［建具屋］ 四人や。
［シュイ・タ］ じゃあ、二十ドルお支払いします。
（聞いていた夫が笑う）
［建具屋］ 気ぃ狂てるんちゃう。この棚はくるみ材やねんで。
［シュイ・タ］ じゃあ、持っていってください。

[建具屋]　どういうこっちゃ。
[シュイ・タ]　僕には高価すぎるんです。どうかお願いですから、このくるみ材の棚をお持ち帰りください。
[妻]　ようゆうたもんや。（彼女は夫同様に笑う）
[建具屋]　シェン・テさんをここへ連れてきてんか。あの娘はあんたよりはええ人や。
[シュイ・タ]　たしかにそうです。でも彼女は破産しました。
[建具屋]　（決然として棚を取りはずし、戸口に運ぶ）タバコは床にでも積み上げるんやな。どうぞお好きなように。
[シュイ・タ]　（夫に）手伝ってあげてください。
[夫]　（同じ様に棚をつかんで、にやにやしながら戸口に運ぶ）ほな、外へ出しまっせ。
[建具屋]　この野郎。わしの家族を飢え死にさす気ぃか。
[シュイ・タ]　もう一度申し上げましょう。二十ドルお支払いします。僕もタバコを床に積み上げたくはありませんから。
[建具屋]　百ドルや。
（シュイ・タは落ち着き払い窓の外を眺める。夫は棚を外へ運び出そうとする）
[建具屋]　戸にぶっつけて壊したらあかんぞ。あほんだら。（やけくそになって）ちゃんと寸法に合わせて作ったあるんや。このすき間にぴったしやねん。ほかでは合えへん。
[シュイ・タ]　その通りです。だから二十ドルお支払いしますと言ったんです。
（妻は喜んできゃっきゃっと笑う）
[建具屋]　（突然がっくりきて）これやったらもう持っていかれへん。棚は置いてくから好きなだけはろて。
[シュイ・タ]　二十ドル。
（彼は机の上に大きな貨幣を二つ置く。建具屋はそれを持っていく）
[夫]　（棚を運び戻しながら）こんな棚にはこれだけで十分や。
[建具屋]　酔っぱらうにはこれだけあったら十分や。（去る）
[夫]　行ってしまいよった。
[シュイ・タ]　（まじめに）急いでお引取り願いたい。

［夫］　わしらが？
［シュイ・タ］　そうです。あなたがたは泥棒で寄生虫です。つべこべ言わずに出ていったほうが身のためです。
［夫］　こいつのゆうことなんか聞いてたらろくなことあらへん。すきっ腹で怒鳴るのだけはやめとけ。それより坊主はどこへ行ったんや。
［シュイ・タ］　そうですね、どこへ行ったんでしょうね。さっきも申し上げたとおり盗んだパンなんか、僕の店に持ってきてもらいたくありませんね。（突然怒鳴って）もう一度言います。出ていってください。

（彼らは座ったまま）

（シュイ・タはふたたび落ち着き払って）お好きなように。

（パントマイム　シュイ・タは戸口に行き、腰を深くかがめてお辞儀をする。戸口に巡査が現れる）

［シュイ・タ］　どうやら、この地区のお巡りさんのようにお見受けいたしますが？
［巡査］　さよう、ええ……。
［シュイ・タ］　シュイ・タと申します。（彼らは互いに微笑みあう）いいお天気で！
［巡査］　ちょっと暑いようですな。
［シュイ・タ］　どうぞお入り下さい。こっちの方が涼しいです。従妹と僕とで、ちょっとした店を開きました。お役人さんとお付き合いができれば、大変ありがたいです。
［夫］　（低い声で）わざと中へ入れやがった。

（往来から騒音、叫び声「泥棒や、捕まえてくれ」……戸口に少年が立っている。ふところからパンとクッキーが落ちる。妻はうろたえ、彼に出ていくように目で合図する。彼は出ていこうとする。巡査が追いかけて、取り押さえる。シュイ・タが手助けする。巡査はシュイ・タにお辞儀する。巡査は一族を追い立てていく（シュイ・タを除いて一同去る。シュイ・タは片付けを続ける。家主が入ってくる）

［家主］　あんたが従兄さん。あたしの家から、警察があの人ら連行していくやなんて、いったいどういうことやのん。あんたの従妹さん、どういうわけであんな連中、家に引っぱりこんだんや。あの人はね、品行のことでもひどい評判が立ってるんや。

［シュイ・タ］　そうみたいですね。
［家主］　あたしあの人の身持ちのこと問題にしてるんで、収入のことなんかゆうてないんよ。ある程度収入があることぐらい分かってるわ。お店持とうおもたら必要やもん。どうせ年寄りの旦那が二、三人付いて、あれこれやってくれてるんやろ。そやないとどうやってこのお店が買えるんよ。あんたこの家は立派な家です。ここで家賃はろてる人らは、あんな女と一つ屋根の下に暮らすのはいややゆうてます。（間）あたし、冷たい人間ちゃうけど、世間体《てい》もあるからね。
［シュイ・タ］　（冷やかに）ミー・チューさん、僕は忙しいんです。この立派な家に住もうと思えばいったいいくらかかるんでしょうか。
［家主］　あんたって冷たい人やなあ。
［シュイ・タ］　（店の机から賃貸契約書を出す）家賃はすごく高いですね。この契約書では家賃は月極めでお支払いするということですね。
［家主］　（素早く）けどな、あんたの従妹みたいな人はご免やで。
［シュイ・タ］　どういうことですか。
［家主］　つまりやなあ、あんたの従妹みたいな人には、半年分、二百ドル前払いしてもらわな困るゆうこっちゃ。
［シュイ・タ］　二百ドル。首を絞めるようなものですね。そんなお金どうやって工面できるのですか。ここではたいした売上げは期待できません。唯一期待できることといえば、セメント工場の女工さんが、仕事が大変なものだから、たくさんタバコを吸うだろうということです。でも彼女たちは低収入です。
［家主］　そんなこと早うから分かってるこっちゃ。
［シュイ・タ］　ミー・チューさん、すこしはやさしくしてやってください。たしかに僕の従妹は不幸な連中に宿を与えるという許しがたい過ちをおかしました。でも彼女は改めますよ。僕が改めさせます。彼女はどん底からはい上がってきたので、どん底のことはよく分かっています。家賃をきっちり払うために身を粉にして働くでしょう。元の生活に戻ることだけはいやだと思っていますから。
［家主］　二百ドル、前払い。いややったら、元の暮らしに戻るこっちゃな。

（家主が去り、入れ替わりに巡査が入ってくる）

［巡査］　家主さんとなんかあったんですか。

［シュイ・タ］　家賃を半年分前払いしろと言うのです。従妹が信用できないらしくて。

［巡査］　ところがあんたにはお金がない。（シュイ・タは黙っている）けどあんたみたいなお人やったら信用貸付してもらえまっしゃろ。

［シュイ・タ］　多分。でもシェン・テのような人間がどうして信用貸付してもらえるでしょう。

［巡査］　あんたはここにはおられませんの。

［シュイ・タ］　ええ。二度と戻っては来れないでしょう。旅行の途中にしか、従妹を助けることはできないのです。最悪の事態からだけは守ってやることができました。すぐにまた彼女は自分しか頼るものがなくなります。そうなったらどうなるか僕には心配でたまらないんです。（ちょっとした間のあとに）葉巻はいかがですか。

［巡査］　（葉巻を二本しまいこんで）わしら駐在所の人間からしたら、あんたのようなお方にはずうっとここにいてほしいんですわ、シュイ・タさん。けどミー・チューー夫人のことも分かったってください。シェン・テが男に体売って生活してたことは、みんな知ってることですわ。そらあんたにも言い分はおありでしょう。ほかに何ができるんやとか、どないやって家賃はろたらええんやとか。でもこうゆうことはほめられたことやおませんなあ。なんでかとゆうと、第一に、愛ちゅうもんは売れるもんやおまへん。もし売れるんやったらお金で愛が買えるっちゅうことになりますがな。第二に、ほめられるべきはお金をはろた人とではなく、愛してくれる人と関係を持つことだす。第三にセックスちゅうのはひと握りの米のためやのうて、愛の衝動からだす。けどあの娘はどないしたらよろしいねん。半年分の家賃を工面せなあかんのですわ。シュイ・タさん、わしには分からん。（じっと考えこむ）シュイ・タさん、分かった。あの娘に旦那さんを探してやりまひょ。

（小柄な老婆が入ってくる）

［婆さん］　うちの亭主に安い葉巻ちょうだい。あしたで結婚四十年になるもんやさかい、ちょっとしたお祝いしたいんや。

[シュイ・タ]（ていねいに）四十年もたって、まだお祝いなさるんですか。

[婆さん]わてらのお金でできる程度のことはな。向かいでじゅうたん屋してます。まあお隣どうし仲良うやりましょ。こんな不景気な時代やから仲良うしとかんと。

[シュイ・タ]（いろいろな箱を老婆の前に並べる）そういう言葉が時代遅れにならないといいんですが。

[巡査]シュイ・タさん、資本が必要なんや。それやったら結婚を勧めるわ。ええやないですか、お金と結婚するゆうのも。

[シュイ・タ]そうは簡単にいきませんよ。

[巡査]なんで。あの娘はええ結婚相手でっせ。小さいけどこの先有望なお店持っとるし。（老婆に）どない思います。

[婆さん]（判断がつかなくて）そやねえ……。

[巡査]新聞に広告を出すことですな。

[婆さん]（遠慮がちに）あの娘がええゆうんやったら……。

[巡査]いやとはゆわんやろ。広告の文章はわしが考えるわ。あくせく働いてる小あきんどのために警察が手ぇ貸さいでか。あんたが助け必要とするんやったら。結婚広告作ってみましょ。はっはっはっ。

（彼は真剣になってノートを取り出し、鉛筆をなめなめ書き始める）

[シュイ・タ]（ゆっくりと）いい考えですね。

[巡査]「小資本を持つ……紳士に……稼ぎたし……バツイチも可……当方……大繁盛のタバコ店主」。そや、これもつけ加えといたれ。「容姿端麗にして、性格もやさし」。どや。

[シュイ・タ]すこしオーバーじゃないですか。

[婆さん]（やさしく）そんなことないって。あの娘やったらだいじょうぶ。

（巡査はノートを引き裂いて、シュイ・タに渡す）

[シュイ・タ]人間、破滅を免れるにはどれほどの幸運が必要かが分かってびっくりしているところです。こんなにたくさんの思いつき、こんなにたくさんの友情をいただくなんて。（巡査に）決断力はあるつもりなんですが、家賃のことではさすがに僕も万策つき果て

たという感じでした。そこへあなたが現れて、いい知恵を貸してくださった。どうやらこれで切り抜けられます。

3　公園の夜

（ぼろぼろの服を着た若い男が、公園の上を大きな弧を描いて飛んでいる飛行機を目で追っている。彼はポケットから縄を一本取り出して、あたりを見回し、場所を探す。彼が大きなしだれ柳のほうへ歩みよると、二人の娼婦がやって来る。一人は年を取っているが、もう一人はあの八人家族の姪である）

［若い娼婦］　こんばんは、お兄さん、すてき。ねえ遊んでいかへん。

［スン］　ええぞ。なんぞ食いもんこうてくれるんやったら。

［年寄りの娼婦］　あんた狂てるんか。（若い娼婦に）行こ。こんなやつの相手してたら、時間のむだや。こいつ失業した飛行機乗りなんや。

［若い娼婦］　けどこの公園、ほかには誰も来やへんよ。雨降ってきそうやし。

［年寄りの娼婦］　ほんま、雨になりそやな。

（二人は立ち去る。スンはあたりを見回しながら、縄を取り出し、柳の枝に掛ける。だがまた邪魔が入る。二人の娼婦が急いで戻ってくるが、彼の方は見ない）

［若い娼婦］　にわか雨や、きっと。

（シェン・テがぶらぶらやって来る）

［年寄りの娼婦］　見てみいな、あの人でなしが来よったで。あんたやあんたの家族をみんな不幸にしたやっちゃろ。

［若い娼婦］　あの娘《こ》ちゃうねん。あの娘の従兄や。あの娘はあたいら泊めてくれたし、お菓子のお金まではろてくれたんや。あの娘にはなんも腹立たへん。

［年寄りの娼婦］　わては腹立つなあ。（大きな声で）おやまあ、玉のこしに乗ろうとしてるべっぴんさんのお出ましや。あの娘お店持ってんのに、まだわてらから旦那奪おうっちゅうんやから。

［シェン・テ］　そんな怒らんといて。あたい池のそばの茶店へ行くとこなんやから。
［若い娼婦］　あんた、三人も子どもがおる男と結婚するてほんまやのん。
［シェン・テ］　うん、あそこでその人に会うんや。
［スン］　（我慢できなくなって）ええかげんにどっかへ行ったらどうや、この淫売。ここで静かに休ませてんか。
［年寄りの娼婦］　じゃかましわい。（二人の娼婦去る）
［スン］　（二人の後ろから叫ぶ）はげたか！（観客に）こんな寂しいとこでも、男引っかけようおもてあいつら必死や。藪の中やろが、雨降ろうがやけくそになって客探しとるわ。
［シェン・テ］　（怒って）なんであの人らの悪口ゆうん。（縄を見て）おえー。
［スン］　なに見とんねん。
［シェン・テ］　どないすんの、この縄。
［スン］　どっかへ行ってまえ、姉ちゃん。俺は文なしや。なんにもあらへん。金あっても、おまえなんか買うかあ。まず水を一杯買うがな。
［シェン・テ］　どうすんの、その縄。そんなことしたらあかん。
［スン］　おまえには関係ないこっちゃ。はよどっか行け。
［シェン・テ］　雨や。
［スン］　この木の下で雨宿りなんかせんどいてくれよ。
［シェン・テ］　（じっと動かず、雨の中に立ち止まったままで）うん。
［スン］　姉ちゃん、ほっといてんか。おまえにはなんの得にもならへん。俺と商売しようおもても無理やで。おまえはブスやし、足も曲がっとる。
［シェン・テ］　曲がってへんわ。
［スン］　見せんなて。こっちこい、このアマ。雨降ってんねんから、木の下へ入れって。
（彼女はゆっくり移動し、木の下に座る）
［シェン・テ］　なんでこんなことしようおもたん。
［スン］　（間）飛行気乗りちゅうもんがどうゆうもんか分かるか？
［シェン・テ］　うん、茶店で飛行気乗りにおうたことあるもん。
［スン］　うそいえ、多分そいつら飛行帽かぶってるだけ

で、エンジンの音も分からんし、飛行機も好きやない、ええかげんなやつやで。そいつにゆうたれ！　高度二千フィートから、雲の中一気に降下して、地上すれすれで操縦レバー引いて、機体を水平に戻してみいて。ほんなら、そんなこと契約書にはないゆうやろ。自分のおけつみたいに飛行機どーんと置いたままで、飛んだこともないやつは、飛行機乗りやない。馬鹿野郎や。けど俺は飛行機乗りや。いやいちばんの大馬鹿野郎かもしれん。北京の飛行学校で、飛行機の本読みあさったんやけど、最後のページだけ読み落としてたんや。そのページにはな、飛行士の空きポストなし、て書いてあったんや。それから俺は飛行機のない飛行機乗りになってしもてん。郵便物のない郵便飛行士や。おまえには分からんやろなあ。

［シェン・テ］　分かるような気ぃする。

［スン］　いいや、分からんいうたら分からん。

［シェン・テ］　（半分笑い、半分泣きながら）ちっちゃいとき、羽根の悪い鶴こうててん。ごっついなついて、からこうても怒らへんし、いつもあたいらのあと、おすましして付いてくんねん。はよ歩きすぎたら、おっきい声で鳴いてね。けど春や秋になって渡り鳥の大群が村の上を飛んでいったら、その鶴ものすごう落ち着かへんねん。あたい鶴の気持ちよう分かったわ。

［スン］　泣きな。

［シェン・テ］　うん。

［スン］　化粧はげるぞ。

［シェン・テ］　もう泣いてへん。

（彼女は袖で涙を拭く。木に寄り掛かりながら、彼は彼女の方を向かずに、彼女の顔に手を伸ばす）

［スン］　まだぬれとるやないか。

（彼はハンカチで彼女の顔を拭いてやる。沈黙）

俺が首くくらんように見張ってなあかんゆうんやったら、そのわけ教えてくれ。

［シェン・テ］　分かれへん。

［スン］　なんでおまえ、俺を枝から引き離そうとすんねん、姉ちゃん。

［シェン・テ］　あたい、びっくりしたんや。なんもかもめちゃ憂うつやからね。

憂うつな夜

私たちの国には
憂うつな夜があってはいけない
川に架かった高い橋も
夜が明けるまでの時間も
冬の季節も危険なのです
なぜって人間みじめになると
ほんのささいなことでも
すぐに投げ出してしまう
この耐えがたい人生を

[スン] おまえのこと、しゃべれ。
[シェン・テ] どんなこと。あたい小さいお店持ってるねん。
[スン] (嘲笑うように) ええ、おまえ淫売してんのちゃうの? お店持ってるて?
[シェン・テ] (きっぱりと) あたいお店持ってんの。けどその前は道で客取っててん。
[スン] ほいで神さんがおまえにその店くれたんか?
[シェン・テ] うん。

[スン] ある美しい晩に神さんが立っててゆうた。「さあ、このお金をあげよう」
[シェン・テ] (かすかに笑って) 朝や。
(観客に)
わたしはいった。わたしはお金持ち。
一人で歩く。一人で眠る。
わたしはいった。一年じゅう
もう男と何もしない。
[スン] そやけどおまえ結婚するんやろ。池のそばの茶店の主人と。
(シェン・テは沈黙する)
愛ってどんなもんか分かってるんか?
[シェン・テ] バーッチリ。
[スン] 姉ちゃん、ひょっとして愛て気持ちええもん?
[シェン・テ] ぜーんぜん。
[スン] (彼女のほうを向かずに、彼女の顔を手でなでる) 気持ちええ?
[シェン・テ] うん。

［スン］　欲のないやっちゃな、おまえは。
［シェン・テ］　友だちおれへんの？
［スン］　ぎょうさんおるけど、まだ就職できひんゆうても、誰も相談に乗ってくれへん。おまえはどやねん。
［シェン・テ］　（ためらって）従兄が一人おる。
［スン］　そいつにはくれぐれも注意せえ。
［シェン・テ］　従兄ゆうても、ここへは一回来ただけやねん。もうどっかへ行ってしもて、帰ってけえへん。けどなんでそんな夢も希望もないような言い方すんの。
［スン］　もっとしゃべれ。けっこうなお話や。
［シェン・テ］　どんなに貧乏でも、親切な人はいるもんや。ちっちゃいとき、柴背負ててこけたんや。ほんならお爺さんが起こしてくれて、小づかいまでくれてね。今でもよう思い出すわ。あんまり食べ物を持ってない人ほどようさん分けてくれるねん。人間て多分自分のできることを見せたいんや思う。どないしたら親切以上のもんを示せるか考えてんねん。悪意ちゅうのはただ不器用なだけなんよ。
［スン］　おまえは誰にでも親切にできそうやな。
［シェン・テ］　うん。ああ、雨のしずくがおってきた。
［スン］　どこ。
［シェン・テ］　目と目の間。雨の中ってきれいやね。
（水売りのワンが来て、歌を歌う）

雨の中の水売りの歌

水を売るのが俺の商売
それが雨んなかで立往生
遠くまでひとっぱしりしてきた
これっぽっちの水のために
俺は叫ぶ。水はいらんかね
でも喉を乾かして、がつがつと
水を求めるやつはいやしねえ
誰も買ってくれねえ、誰も飲んでくれねえ
〈水はいらんかね、犬野郎！〉

（笑いながら）
今やちっぽけな雑草までが
ふんぞりかえって、うまそうに
でっけえ雲のおっぱいから

値段もきかずに飲んでやがる。
俺は叫ぶ。水はいらんかね
でも喉を乾かして、がつがつと
水を求めるやつはいやしねえ
誰も買ってくれねえ、誰も飲んでくれねえ
〈水はいらんかね、犬野郎！〉

（雨は止んでいる。シェン・テはワンを見て、彼に駆け寄る）

［シェン・テ］　ワンやないの、いつ戻って来たん。あんたの商売道具、あたいんとこで預かってるから。
［ワン］　おおきに。商売はどないや、シェン・テ。
［シェン・テ］　ぼちぼちや。あたいね、ごっつう賢うて勇敢な人と知りおうてん。あんたのお水一杯買いたいねんけど。
［ワン］　頭後ろにそらして、口開けてみ、なんぼでも水飲めるやろ。あそこの柳からも水ぽたぽた垂れとるやないか。
［シェン・テ］　けどあんたの水がほしいんや。

あの人は飛行士

（観客に）
遠くから運んできたお水
苦労して手にいれたお水
でもなかなか売れないお水、きょうは雨だから。
その水をあそこのあの人にあげたいの。
あの人は飛行士。飛行士は
誰よりも勇敢。雲に囲まれ
ひどい嵐をものともせず
空を飛んで、運んでくれる
遠くの国の友だちに
心温まる郵便を。

（彼女はお金を払い、枡を持ってスンのところへ行く）

間狂言

下水管の中のワンのねぐら

（水売りは眠っている。音楽。下水管は透けて見える。夢を見ているワンのところへ神様が現れる）

［ワン］（顔を輝かせて）あの娘におうたんや、神さん。あの娘、昔とちっとも変わっとらへん。

［第一の神］それはよかったですね。

［ワン］あの娘、恋をしてるんや。彼氏紹介してくれたんやけど、うまいことといっとる。

［第一の神］それはうれしい話です。あの娘の善への努力がいっそう強くなるといいのですが。

［ワン］ばっちりや。あの娘はできる限りみんなに親切したってるわ。

［第一の神］どのような親切ですか。話してください、ワン。

［ワン］誰にでも親切な言葉かけたってるし、お金のうてもタバコみんなにやってるし、八人家族は泊めたるし……それに雨降ってんのにわしから水こうてくれた。そやそや神さん、あの娘はねえ、毎朝お米分けたってるんや。

［第一の神］（すこし不機嫌に）それで商売の方はうまくいっているのですか。

［ワン］考えてみいな。今はええ時代やない。あの娘は従兄に助けてもらわなあかんかったんや。店がつぶれそうになってもうてね。そらみんなあの娘はええ娘やゆうてるよ。場末の天使ゆわれてるもん。店には善意があふれとるわ。建具屋のリン・トがなんぼ文句ゆうても。

［第一の神］ほう。建具屋のリン・トは、あの娘のことを悪く言っているのですか。

［ワン］あいつ、店の棚の代金がまだ残ってるゆうんですわ。

［第二の神］お金を借りているのなら、すぐに返さなければなりません。たとえどんなささいなことであっても、間違ったことをしてはいけません。第一に掟に書かれてあることを守らなければいけませんし、第二に掟の精神は実現しなければなりません。

［ワン］けど神さん、みんな従兄がやったことで、あの娘自身は知らんのや。

［第二の神］だったらその従兄とやらは、あの娘の家の敷居をまたがせてはいけません。

［ワン］（意気消沈して）分かってるがな、神さん。シェン・テのためにこれだけはゆうときたいんやけど、従兄ゆ

うのがものすごい立派な商売人でな。おまわりさんがほめてるぐらいやさかい。
［第一の神］ 私たちも従兄さんの言い分も聞かずに責めるつもりはありません。でも率直に申し上げると、私たちは商売のことはかいもく見当がつかないのです。そもそも商売って何なのでしょう。ほんとうに必要なものなのでしょうか。正直で価値ある人生と、商売とはいったいどのような関係にあるのでしょうか。
（立ち去ろうとして背を向ける。ほかの二人も背を向ける）
［ワン］ 神さん、冷たいことゆわんといて。始めっからそんなおっきい期待かけんどいてえな。

4　シェン・テのタバコ屋の前の広場

（床屋、じゅうたんの店、シェン・テのタバコ屋。朝。シェン・テの店の前で、八人家族のうち残された二人、お祖父さんと弟の妻が、失業者とシンのおかみさんと一緒に待っている）
［弟の妻］ ゆうべはあの女、帰ってけえへんかったな。
［シン］ 何してんねやろ、わけ分からん。やっとあの乱暴な従兄がおらんようになって、これでときどきは米のおこぼれにあずかれるおもてたんやけど、夜通し出てておらへん。どこほっつき歩いとんのや。
（床屋から大声が聞こえる。ワンがよろめきながら出てくると、その後ろから太った床屋のシュー・フー旦那が重いヘア・アイロンを持って追いかけてくる）
［シュー・フー］ 客に臭い水売りつけやがって、どついたる。枡持って、どっかへ行ってまえ。
（ワンはシュー・フーが差し出した枡をつかもうとする。シュー・フーはヘア・アイロンでワンの手を殴る。ワンは大声をあげて、わめき叫ぶ）
［シュー・フー］ ざまあみろ。ちょっとはこたえたか。
（彼は荒い息づかいをしながら、床屋へ戻っていく）

［失業者］（枡を拾いあげ、ワンに渡しながら）殴られてんから、あいつ告訴したれ。
［ワン］手がワヤや。
［失業者］骨折れてるんか。
［ワン］手がもう動かんのや。
［失業者］ここへ座って、手にちょっと水かけてみ。

（ワンは座る）

［シン］あんた、水やったらあるやろ。
［弟の妻］あの女、ええことしに行っとるねんで。けしからんよ。
［シン］（憂鬱そうに）わてらのこと忘れてもうたんかなあ。

（シェン・テが米壺を持って、路地をこちらの方へくだって来る）

［シェン・テ］（観客に）こんな朝早うに町見たん初めてや。いつもやったら頭のてっぺんまできちゃない毛布かぶってまだ寝てるわ。目さめんのが怖いねん。きょうは新聞配達の男の子やら、アスファルトの道に水まいてる清掃のおっちゃんやら、田舎から取りたての野菜を運んでる荷車の間を通ってきたんよ。スンの住んでる町からここまでずっと歩いてきたんや。一歩歩くごとに心もだんだんはずんでくる。恋したら雲の上を歩くみたいやゆうけど、この地面を、アスファルトの上を歩くん最高や。朝早うにはほこり一つ立ってへんから、空もバラ色で透けて見えんねん。ごちゃごちゃ立て込んだ家もあかりの灯ったガラス細工みたい。（待っている人たちに）おはよう。ほらお米。（彼女は分けてやる。それから彼女はワンを見る）おはよう、ワン。あたいきょうはルンルンや。道々、ショーウィンドーに自分の姿映しながら歩いててん。あたい、ショールほしなった。（ちょっとためらってから）あたい、きれいになりたい。

（彼女は急いでじゅうたん屋に入っていく）

［シュー・フー］（再び戸口に現れて、観客に）ああびっくりした。今まではなんにも感じへんかったけど、向かいのタバコ屋のシェン・テ、きょうはあの娘ほんまにきれいや。三分間も見とれてしもた。どうやらわし、あの娘に惚れてしもたみたいや。（ワンに）どっか行け、

この悪党。

（彼は床屋へ戻っていく。シェン・テと年を取った夫婦＝じゅうたん屋とそのおかみさんが店から出てくる。シェン・テはショールを持ち、じゅうたん屋は鏡を持っている）

（パントマイム　シェン・テはお婆さんの腕に、茶色のショールと緑のショールを交互にかけて見比べる。夫婦から茶色のショールがいいと言われてそちらに決める。お爺さんにショールを掛けてもらい、ポケットからお金を出して支払う。シェン・テは幸せそう。）

［婆さん］（脇へ引っ張って）ところであんたの彼氏は金持ちなん？

［シェン・テ］（笑いながら）ぜーんぜん。

［婆さん］あんた、ほんなら半年分の家賃払えるん？

［シェン・テ］半年分の家賃。ああ、カンペキ忘れてた。

［婆さん］そんなことやとおもた。あんたの人柄分かってきたら、主人もわても結婚広告なんか出して旦那募集したんは間違いやったなおもて。わてら決めましてん、困ってるんやったら助けたげる。ちょっとは蓄えもあるから、二百ドルくらいやったら貸したげてもええ。あんたが買い置きしてるタバコを抵当に入れとき。わてらの間やもん、証文なんてもちろんいらへんから。

［シェン・テ］ほんまにこんなおっちょこちょいにお金貸してくれんの？

［婆さん］ぶっちゃけた話、あんたの従兄さん、立派な方やろけど、あの人やったらお断りや。あんたやったら安心して貸したげられる。

［爺さん］（近寄ってきて）決まったか？

［シェン・テ］神さんにあんたの奥さんのこと聞かしたりたいわ。神さんは幸せに暮らしてる善人を探してるねん。あんたら絶対ええ人や。恋をして面倒なことになったあたいを助けてくれたんやもん。

（二人の老人は微笑みを交わす）

［爺さん］ほれ、お金やる。

（彼は封筒を彼女に渡す。シェン・テはそれを受け取り、お辞儀する。老人たちもお辞儀する。二人は店に戻っていく）

［シェン・テ］（封筒を高く差し上げながら）半年分の家賃や。奇跡みたい。あたいの新しいショールどう、ワン。

［ワン］公園でおうた彼氏のためにこうたんか。


（シェン・テはうなずく）


［シン］色恋の話なんかしてる間に、こいつのめちゃめちゃになった手見てやりんかあ。

［シェン・テ］（びっくりして）どないしたん、その手。

［シン］床屋が、わしらの目の前でヘア・アイロンでこいつの手ぐちゃぐちゃにしよったんや。

［シェン・テ］（自分の不注意に驚いて）全然気ぃ付けへんかった。はよお医者さんに行かな。手固まってしもて、仕事できんようになるよ。

［失業者］医者より裁判所へ行かな。床屋は金持ちやから、弁償させたらええんや。

［ワン］そんなことできんの？

［シン］ほんまに手ぇワヤになってるんやったらな。どないやねん。

［ワン］多分。はれあがっとる。障害者年金くれるやろか？

［シン］証人がおらな。

［ワン］けどおまえらみんな見てたやないか。みんなで証人になってくれ。


（彼は周囲を見回す。失業者、祖父、弟の妻は家の壁のそばに座り、何か食べている。誰も目を上げない）


［シェン・テ］（シンに）あんたも見たんやろ。

［シン］ポリとはかかわり合いになりたないねん。

［シェン・テ］（弟の妻に）ほんならあんたは。

［弟の妻］わて。わて見てへんかってん。

［シン］なにゆうてんねん。あんた見てたやないか。わてあんたが見てたん、見てたんや。こいつ、床屋が怖いねん。

［シェン・テ］（祖父に）おじいちゃんやったら証人になってくれるね。

［弟の妻］こんな年寄りの証言なんか、誰が聞いてくれんねん。

［シェン・テ］（失業者に）年金が出るかどうかのせとぎわなんや。

［失業者］わしゃもう二回もポリの世話になってまんね

ん。わしが証言したら、かえってあかんようになってまう。

［シェン・テ］（信じかねて）あんたらだあれもほんまのこと言いたないんやな。まっ昼間、この人、手ぇワヤにされたん、みんな見てたはずや。それでもなんにも言いたないのん。（腹を立てて）なんて不幸な人たちや。

暴動を起こしなさい

仲間が乱暴されても、あなたがたは目をつぶる。
やられた人が大声で叫んでも、あなたがたは黙っているの？
乱暴者はうろつき回って、獲物を探し出す
あなたがたは言う、決して不満は申しません、だからどうぞごかんべん
なんという町なの、ここは。なんという人なの、あなた方は
町で不正が行われるのなら、暴動を起こしなさい
暴動も起きないのなら、そんな町は滅びてしまった方がよい
夜にならないうちに燃えてしまうがいい

ワン、だあれも証人になってくれへんのやったら、あたいがなったげる。あたい見ました、ゆうたげる。

［シン］そりゃ偽証罪になるで！

［ワン］だんだんふくれてきたみたいや。関節いかれてんのかもしれん。裁判所へ行った方がええな。（心配そうに手をかざして見ながら、去っていく）

（シンのおかみは床屋へ走っていく）


［失業者］あのアマ、床屋にゴマすりに行きやがった。

［シェン・テ］さあ、あんたらもどっかへ行って！

（年取った女性が走ってくる。スンの母親のヤン夫人である）

［ヤン夫人］（息を切らして）あんたがシェン・テさんやね。うちの息子からよう話聞いてます。わて、スンの母親のヤン。息子な、飛行士の口がありそうやねん。ついさっき手紙が来てん、北京から。

［シェン・テ］あの人、また飛行機に乗れんのん。うわあ、ヤンさん。

［ヤン夫人］けど職にありつくのにえらいお金がかかる

んや。五百ドルもいるねん。

［シェン・テ］　大金やねえ。けどこんなええ話、お金のせいで壊したらあかん。あたい、お店持ってるから。

［ヤン夫人］　助けてくれへん？

［シェン・テ］　（彼女を抱いて）あの人のためやったら。

［ヤン夫人］　あんた、才能のある人間にチャンスを与えることになるんよ。

［シェン・テ］　才能ある人が、世の中の役に立とうとしてんねんから応援せな。（間を置いて）ただねえ、お店売ってもあんまりお金にならへん。ここに現金で二百ドルあるけど、これも借りもんやねん。もちろんそっくり持っていってくれてかまへん。あたいタバコ売って、借金返すから。（彼女は老人夫妻からのお金をヤン夫人に与える）

［ヤン夫人］　ああ、シェン・テさん、ええ時に助けてくれはった。

［シェン・テ］　けど飛行士になるにはあと三百ドルいるんや。よう考えんと、ヤンさん。（ゆっくりと）あたい、助けてくれそうな人知ってる。前にいっぺん知恵貸してくれたことあんねん。その人めちゃ冷とうて、ずる賢いさかい、ほんまは呼び出したないねんけど。絶対これが最後や。飛行機乗りは飛ばなあかん。

（遠くに飛行機の爆音）

［ヤン夫人］　その人がお金作ってくれたらええねんけど。ほら北京行きの朝の郵便飛行機や。

［シェン・テ］　（彼女はショールを振る）あんたもやって。

［ヤン夫人］　（合図しながら）今飛んでる人、あんた知ってるん。

［シェン・テ］　ううん。でもこれから飛ぶ人やったら知ってる。希望をなくしてしもたあの人に飛んでほしいんです、ヤンさん。せめて一人くらいは、みじめさ吹っ飛ばして、あたいらの上を飛んでいってくれな。

（観客に）

ヤン・スン、私の愛する人は雲の中。
どんな嵐ものともせず
空を飛んで、運んでいく
遠い国の友だちに
なつかしい便りを。

幕間の間狂言

（シェン・テがシュイ・タの仮面と衣装を持って登場し、歌う）

神々と善人の無防備の歌

あたしたちの国じゃ
役に立つ人には運が必要です。
強い助けがなければ
役に立つことを示せません。
善人は
助けにならないし、神様にも力がない。
　どうして神様は持たないのでしょう。
　戦車や大砲や軍艦、爆撃機、地雷を
　悪人を倒し、善人を守るために
　あたしたちにも神様にもその方がきっといいの
　　に

（シェン・テはシュイ・タの服を着て、彼の歩き方で数歩、歩く）

善人は
あたしたちの国じゃ善人でいられない
お皿が空になると、つかみ合い
ああ、神様の掟は
貧乏にはなんの役にも立たない。
　どうして神様は市場《いちば》へやって来て
　食べ物をばらまいてくれないの
　どうしてパンやお酒で元気づけてくれないの
　みんな善良で、仲良くやっていけるようにして
　　くれないの

（彼女はシュイ・タの仮面をかぶり、彼の声で歌い続ける）

お昼ごはんにありつきたいと思えば
いくつも国が建てられるほどの非情さが必要さ。
回りの人を踏みつぶさなけりゃ
貧乏人は浮かび上がらない
　どうして神様は天国でどなってくれないんだ
　善人にいつかいい国あげようと
　どうして神様は戦車や大砲で味方してくれない

んだ
どうして命令してくれないんだ。
「撃て！」

5　タバコ屋

（カウンターの後ろにシュイ・タが座って、新聞を読んでいる。彼はふき掃除しながらしゃべっているシンのおかみさんにはまったく目もくれない）

［シン］　もうそろそろ、まっとうな人間のあんたが、あの娘と貧民街のヤン・スンのわけの分からん色事にけりつけたらなあかん。ええか忘れたらあかんで、お隣の床屋のシュー・フー旦那はな、十二軒も家持ってんねんけど、奥さんはばあさん一人だけや。それがきのう、あのシェン・テに気があるぬかすやないか。あの娘の財産のことまで調べとるねん。ほんまにほれとる証拠や。

（返事がないので、彼女はバケツを持って出ていく）

［スンの声］（外から）ここ、シェン・テの店か。

［シンの声］　そや、ここや。きょうは従兄さんがおる。

（シュイ・タはシェン・テのような軽い足取りで、鏡のところへ走っていき、髪を整えようとするが、鏡に映った姿を見て間違いに気付く。彼はくすくす笑いながら、振り向く。ヤン・スンが入ってくる。彼の後ろからシンが好奇心に満ちて入ってくる。彼女はヤン・スンの側を通って、奥の小部屋へ入っていく）

［スン］　ヤン・スンや。（シュイ・タはお辞儀をする）シェン・テはおるか？

［シュイ・タ］　いいえ、彼女はいません。

［スン］　けど俺らの関係は分かってるんやろ。（彼は店をじろじろ眺め始める）ほんまもんの店や。あいつほら吹いてんのやおもてた。（彼は満足げに、箱の中や、陶器の壺の中をのぞきこむ）俺、また飛行機に乗るんや。（彼は葉巻を取る。シュイ・タは彼に火を差し出す）この店、三百ドルで売れると思う？

［シュイ・タ］　おたずねしますが、この店をすぐに売られ

るおつもりですか。
[スン]　現金で三百ドル持ってるとでも？（シュイ・タ首を振る）二百ドルすぐ出してくれて、あいつには頭あがらん。けどあと三百ドル足らん。それがなかったらどうにもならんのや。
[シュイ・タ]　あの娘があなたにそんな大金をお約束したのは、少々軽率でしたね。店を手放さないとできないお金ですからね。
[スン]　すぐ欲しいんや。そやなかったら一円もいらん。あいつはなんでもすぐくれるやっちゃ。男どうしの話やけど、なんのためらいもなくアレもくれたんや。
[シュイ・タ]　なるほど。
[スン]　あいつのためおもてゆうてんのや。
[シュイ・タ]　その五百ドルを何にお使いになるのか、お教えいただけますか。
[スン]　もちろんや。どうも信用されてないみたいやな。北京の飛行機会社の所長が、俺の飛行学校時代の友人なんやけど、俺に就職口を世話してくれるんや。そいつに五百ドル渡したったら……。
[シュイ・タ]　（スンをじろじろ見ながら）責任重大ですね。ヤン・スンさん、あなたは僕の従妹《いとこ》に、ちょっとした財産も、この町の友だちもすべてあきらめて、彼女の運命をあなたに委ねるように要求しておられる。あなたはシェン・テと結婚なさるおつもりなんでしょう。
[スン]　そのつもりや。
[シュイ・タ]　となるとこの店を二束三文で売り飛ばすのは惜しいと思われませんか？　あなたが手にされている二百ドルがあれば、半年分の家賃が払えるんですよ。タバコ屋をお続けになる気はないのですか。
[スン]　俺が？　飛行士のヤン・スンさまが、カウンターに座って、「強い葉巻がええ、それとも弱いほう」なんて聞くんか!?　やめてくれ。ヤン・スンに商売なんてできるか。
[シュイ・タ]　失礼ですが飛行機乗りも一種の商売ではありません？
[スン]　（ポケットから手紙を出して）ええか、月に二百五十ドルもらえんねん。見てみ、この手紙。北京の切手と消印や。
[シュイ・タ]　二百五十ドルですか。大変な額ですね。
[スン]　遊びで飛行機乗ってんのとちゃうねん。

[シュイ・タ]　なかなかけっこうなお仕事のようで。ヤン・スンさん、僕の従妹は、あなたが飛行士になれるよう、力を貸してほしいと頼んできたのです。僕にはこれといった反対の理由は見当たりません。あの娘が愛の喜びに浸りたいと願うのは当然のことです。僕はここにあるすべてのものをお金に代える心づもりをしています。家主のミー・チューさんが来られたようですな。家の売却の件で相談に乗ってもらいましょう。

[家主]　（入ってくる）こんにちは、シュイ・タさん。家賃のことで来ましてん。あさってが期限やからね。

[シュイ・タ]　ミー・チューさん、従妹がこの店を続けていいものやら、考えなくてはいけない事態が生じましてね。あの娘は結婚を考えておりまして、こちらがお相手のヤン・スンさんです。（ヤン・スンを紹介する）このお方はあの娘を北京へ連れていって、新しい生活を始めるおつもりです。値段の折り合いがつきましたら、店をお売りしたいのですが。

[家主]　なんぼいりますねん。

[スン]　即金で三百ドル。

[シュイ・タ]　（素早く）いや、五百ドル。

[家主]　（スンに）多分助けたげるから。（シュイ・タに）タバコにいくらかかったんです？

[シュイ・タ]　従妹は千ドル払いました。それにまだほとんど売れてないのです。

[家主]　千ドル。あの娘、ペテンにかかったんや。そやな、なんもかも込みで三百ドルでどう？

[スン]　（声をかけ）手ぇ打った。家具もタバコもみんな込みで三百ドルや。（家主去る）

[シュイ・タ]　このタバコは全部、あんたが手に入れたあの二百ドルのカタになってるんですよ。老人夫婦から借りた金です。

[スン]　証文は？

[シュイ・タ]　ありません。それに二人分の旅費と、北京に行ってからの当座のお金はどうなさるんです。

[スン]　二人分？　あいつはここへ置いてゆくよ。始めのうちは足手まといやさかい。

[シュイ・タ]　すると僕の従妹はどうやって生活していけばいいのでしょう。

[スン]　あんたがなんとかしたって。

[シュイ・タ]　まあ、なんとか。（間）二百ドル、僕にお

返し願えないでしょうか、ヤン・スンさん。北京行きの切符を二枚お見せいただくまで、僕の方でお預かりしておきます。

[スン] お義兄さん、俺らのことにごちゃごちゃ口差し挟まんどいてんか。

[シュイ・タ] シェン・テは店を売りたがらないでしょうね、こんなことを知ったら。

[スン] だいじょうぶや。あいつでも、あんたでもええ、とにかく三百ドル持ってきてくれ。（去る）

[シン] （部屋から顔をのぞかせて）感じ悪いやっちゃな。路地裏じゅうの評判や、あいつがあの娘を丸めこんだゆうて。

[シュイ・タ] （大声をあげて）店は取られてしまった。あの男は愛してなんかいない。破滅だ。もうおしまいだ。

（彼は檻の中の動物のようにぐるぐる回りながら、くり返す）

店は取られてしまった。店は取られてしまった。（間）僕の従妹を不幸が襲う。人を愛してしまったのだ。愛は身の破滅。弱みを一つでも持てば、人間はおしまい。どうやって弱みから抜け出すことができるのだ。愛はもっとも致命的な弱み。愛は高くつくもの。

[シン] 床屋連れてきた方がよさそやな。床屋に相談してみ。しっかりした人やさかい、あんたの従妹にはぴったりやけどな。（返事を待たずに、シンは走って出ていく。シュイ・タは、シュー・フー旦那がシンに伴われて入ってくるまで、またぐるぐる歩き回る。シンはシュー・フーの合図で、引き下がる）

[シュイ・タ] （彼のほうへ急いで）これは旦那さん。うわさによればあなたは僕の従妹に興味がおありのようですね。ぶしつけなようですが、言わせていただきます。あの娘は今窮地に立たされております。

[シュー・フー] ほう。

[シュイ・タ] ほんの数時間前までは従妹も店を持っていたのですが、今は乞食同然です。シュー・フーの旦那さん。この店はつぶれてしまいました。

[シュー・フー] シュイ・タさん、シェン・テさんの魅力は、店や財産やおまへん。あの娘の心根のよさにあるんだす。みんな、あの娘のこと場末の天使ゆうてるのを見ても分かりまっしゃろ。

[シュイ・タ] あなた、僕の従妹はその善良さのために、たった一日で二百ドルもすってしまったんです。もう

善良さに切りをつけるときだと思います。

［シュー・フー］ わしはあんたとは意見がちゃいます。いまこそその善良さを発揮するときや思うんです。ええことすんのはあの娘のもって生まれた性分なんやさかい。あの娘はどうやって家のない連中を泊めたったらええか、頭悩ましてるんです。家畜小屋の裏の長屋が空いとんねん。自由につこてもうてけっこうだす。シュイ・タさん、この二、三日考えてたこと、シェン・テさんに伝えてもらわれへんやろか。

［シュイ・タ］ シュー・フーさん、ほんとうに立派なお考えです。あの娘も喜んでお受けするでしょう。

（巡査と一緒にワンが入ってくる）

［ワン］ シェン・テはおるか。

［シュイ・タ］ 留守にしております。

［ワン］ わし、ワンゆうねん、水売りの。あんた、シュイ・タさんとちゃう。

［シュイ・タ］ そうですが。

［ワン］ わし、シェン・テの友だちなんや。

［シュイ・タ］ 存じあげております。古いお友だちということは。

［ワン］ （巡査に）ほら。（シュイ・タに）わし、手のことで来てんけど。

［巡査］ たしかに手、ぐちゃぐちゃになってますんや。

［シュイ・タ］ （素早く）手を吊る包帯がご入り用のようですね。

（彼は奥の小部屋からショールを持ってきて、ワンに投げ与える）

［ワン］ けど、これ新品やんか。

［シュイ・タ］ もういらないのです。

［ワン］ けど、誰かに見せようおもてこうたんやろ。

［シュイ・タ］ もう必要ないのです。必要ないことが分かったのです。

［ワン］ （ショールで吊り包帯を作る）あの娘はわしのたった一人の証人なんや。床屋のシュー・フーのやつがわしの手を……。

［シュイ・タ］ ワンさん、友人どうしの争いに巻き込まれたくないというのが、僕の主義なんです。

（シュイ・タはシュー・フー旦那にお辞儀をし、シュー・フーもお辞儀を返す）

［ワン］（吊り包帯をはずして、それを戻しながら、悲しそうに）分かったよ。

［巡査］おまえ、よりにもよってこんな立派な方を訴えるやなんて。シュー・フーの旦那が見逃してくださらへんかったら、名誉毀損でブタ箱行きやぞ。さあ、行くんや。

（二人は去る）

［シュイ・タ］どうも失礼しました。お許しください。

［シュー・フー］すんだこっちゃ。（真剣に）けどあの男のことは（彼はショールに目配せして）もう片ついてんのやろなあ？　全部か？

［シュイ・タ］全部ついてます。あの男の魂胆はすべて見抜いています。もちろん傷が癒えるまでは少々時間がかかると思いますが。従妹には早いところ説明しておきましょう。あの娘も、神様の贈り物だと思っているこの店のことじゃずいぶん心配しているんです。しばらくお待ちください。（奥の部屋に入る）

［シン］（顔をのぞかせて）おめでとうゆうてええかなあ、旦那さん。

［シュー・フー］ええぞ。シンのおかみさん、シェン・テさんの世話になってる連中に、家畜小屋の長屋に住んでもええて、伝えてくれ。（彼女はニヤニヤしてうなずく）

［シュー・フー］（立ち上がって、観客に）みなさん、わしのことどう思われます。わし以上のことできるやつがおるやろか。わしよりもおのれの欲や利益を捨てることができるやつがおるやろか。小ぎれいな料亭にな、あの娘呼んで、ささやかな夕飯を取るんや。二人で。誰かてこんなときにいやらしいことなんか考えへんやろ。手ぇ触れることもあらへん。塩に手ぇ伸ばすときかて、手ぇ触れおうたらいかん。お互いの胸のうちを知るために一席設けたんや。花で飾ったテーブルで語りおうたらお互いのことがよう分かるやろ。そやな、花は白菊がええ。（彼はそれをノートする）いや、相手の不幸な境遇を利用するなんてまねはせえへん。相手の弱みにつけこむなんてとんでもないことや。理解と援助の手を差しのべたいんや、そおっと。

［シン］ここまでは全部思い通りに来たん、シュー・フ

ーの旦那さん？
［シュー・フー］　すべて思い通りや。この辺も多分変わるやろ。誰かさんが追っ払われて、この店を乗っ取ろうちゅうもくろみも水の泡や。この町のけがれなき乙女の名声に傷をつけようとするやつは、これからはわしが相手や。ところでおまえヤン・スンゆうやつのこと知らんか。
［シン］　うす汚い、怠けもんで……。

（スンが入ってくる）

［スン］　なんかあったんか。
［シン、シュー・フー］　シュイ・タさんは今シェン・テさんと大切な話があるんや。邪魔したらあかん。
［スン］　なんやて、あいつはここにおるんか。あいつが入っていくの見いひんかったけどなあ。どんな話か俺も聞かな。
［シュー・フー］（スンが奥の部屋へ入ろうとするのを妨げる）しばらく待ちなはれ。あんたが誰か見当はついとる。知っといてもらわなあかんけど、シェン・テさんとわしはちょうど婚約のお披露目をするとこやねん。
［スン］　なんやて。
［シン］　びっくりしたんか、ええ？

（奥の部屋に入ろうとしてスンが床屋ともみ合っていると、シェン・テが出てくる）

［シュー・フー］　いとしいシェン・テさん。あんたの口から話してやってくれ……。
［スン］　どないしたんや、シェン・テ。気ぃでも狂たんか。
［シェン・テ］（あえいで）スン、従兄とシュー・フーの旦那がねえ、この辺の人ら助けるには、あたいがシュー・フーの旦那のゆうとおりにすんのがええゆうんよ。（間）従兄はあたいらのこと反対やねん。
［スン］　承知したんか、おまえ。
［シェン・テ］　うん。

（間）

［スン］　あいつらおまえに、俺のこと悪ゆうたんやろ。

（シェン・テは黙っている）

そや俺はワルや、シェン・テ。そやから俺はおまえが必要なんや。俺はいやしい人間や。文なしで無作法な男や。けど俺はあきらめへんぞ。なんであいつら、おまえに愛のない結婚をさせようとするんや。俺が来やへんかったら、おまえぼろぼろになってたかもしらんぞ。あいつとは一緒にならんてはっきりゆうたれ。

[シェン・テ] うん。

[スン] ほれてもおらん男とはな。

[シェン・テ] うん。

[スン] おまえ、忘れてないやろ、雨の晩のこと……。

[シェン・テ] うん。

[スン] 俺を枝から引き離してくれたこと、水を俺のためにこうてくれたこと、俺がもう一度飛べるように金をやるて約束したこと。

[シェン・テ] (ふるえて) どうすんの。

[スン] 俺と一緒に行くんや。

[シェン・テ] シュー・フーの旦那さん、ごめんね。あたいスンと行きます。

[スン] 俺らはほれおうた仲や。(彼は彼女を戸口に連れていく)

[シュー・フー] 強姦や、これは。(奥の方に叫ぶ) シュイ・タさん。

[シェン・テ] シュー・フーの旦那さん、従兄は呼ばんといて。あの人、あたいとは意見が合わへんねん。あの人のゆうてることはまちごうてると思う。

(観客に)

私は愛する人と行きたい。
私はそのためにどんな代償でも払う。
私は愛されてるかどうかも知りたくない。
私は愛する人と行きたい。

(二人は去る)

幕前の間狂言

(婚礼の衣装を着て、結婚式に行く途中のシェン・テが観客に向かって)

[シェン・テ] あたい、ぞっとするような体験してん。期待に胸ふくらませてルンルンでうち出たら、じゅうたん屋のお婆ちゃんが立ってたんや。お婆ちゃんふるえ

ながら、お爺ちゃんがあたいに貸したお金のことが心配で病気になってしもた、ゆうんです。お金をとにかく返してほしいとお婆ちゃんが頼むんで、もちろん返すて約束しました。ほんならお婆ちゃん涙流して、あたいの従兄やスンのことは申しわけないけど信用できひん、けどあんたには幸せになってもらいたい、ゆうんです。あんまりびっくりしたんで、お婆ちゃんが行ったあと、階段にしゃがみこんでしもた。なんかたまらんようになって、あたい、スンの腕に飛び込んだんや。あの人のゆうままに、愛撫されるままに身をまかせたわ。あたいはシュイ・タみたいになられへん。あの人の腕に抱かれながらおもた。神さんかて望んではった、あたいが自分に対してもええ人間であるように。

どんな人間も破滅させないこと、自分自身をも。
どんな人間も幸福にしてやること、自分自身をも。
それが善なのです。

（急いで立ち去る）

6　場末の安っぽい料理屋の控室

（ボーイが結婚式に集まった人にお酒をついでいる。シエン・テのそばに、祖父、弟の妻、姪、シン、失業者が立っている。隅っこに坊さんが一人ぽつんといる。部屋の前方で、スンが母親のヤン夫人と話をしている。彼はタキシードを着ている）

［スン］　ちょいやっかいなことになったぞ、おかやん。あいつ平気な顔して、俺のためにはあの店売れん、言い出しよったんや。誰かが金の催促しとんねん。こないだあいつからもうた二百ドルはそいつらの金やねん。あいつの従兄の話やと、証文なんかなんもないんやけど。

［ヤン夫人］　おまえはどないゆうたんや。あの女とはもちろん結婚できひんわな。

［スン］　あいつと話してもむだや。あれでなかなか頑固やねん。いま従兄を迎えにいかせてるんや。

［ヤン夫人］　けどその男は床屋と引っ付かせようとしてるんやろ。

［スン］　それやったらもうケリついてんねん。床屋をギュウゆわせたったから。店売って三百ドルこしらえんと、就職もパアになるゆうこと、従兄も分かってるやろ。

［ヤン夫人］　（参加者のおしゃべりでうるさいが、一同に向かって）もうちょっと式は待ってもらわなあかん。いちばん大切なお客さんがまだ来てないんや。ごめんな。

［弟の妻］　酒あるうちは、誰かて帰らへん。

［失業者］　そこはぬかりあらへん。

（入口のベルが鳴る。みんな戸口のほうを見る。しかし誰も入ってこない）

［シェン・テ］　お母さん、誰待ってはんのやろ。

［スン］　従兄のシュイ・タはなにしてんねん。俺はあの人と妙に気がおうてな。ごっついクールな人やな。なんで黙ってるんや。

［シェン・テ］　分からん。あの人のことは考えたないんよ。

［スン］　なんでや。

［シェン・テ］　あの人とは関わり持ってほしないねん。あたいを愛してるんやったら、あの人を嫌いになるはずやけど。

［坊さん］　（時計を手に持って、ヤン夫人のところへ決然とやって来る）ヤンさん、わし行かなあきまへん。別の結婚式があるんですわ。あしたは朝早うから葬式やし。

［ヤン夫人］　なんでも長けりゃええちゅうもんやない。お酒も一樽で済まそうおもてたけど、飲むわ飲むわ、もう空になりそうや。（大声でシェン・テに）どないしたんや、あんたの従兄は。いつまで待たせる気ぃや。

［シェン・テ］　従兄？

［ヤン夫人］　そや、わてらが待ってんのはあんたの従兄や。古い言われるかもしれんけど、嫁さんのいちばん近い親戚にはどないしても結婚式に出てもらいたいねん。

［シェン・テ］　スン、三百ドルのためなんやね。

［スン］　（彼女を見ずに）聞いた通りや。おふくろは古いかもしれんけど、気持ちは汲んだってくれ。もう十五分待ってけえへんかったら、始めよう。

［ヤン夫人］　みんな知ってるように、息子は郵便飛行士の口があるんや。わてはほんまにうれしい。こんな時世やからね、ようさん稼いでもらわな。

［弟の妻］　北京やろ。

［ヤン夫人］　そや、北京や。
［シェン・テ］　スン、お母さんにゆわなあかん、北京の話はあかんようになったて。
［スン］　俺はまだあきらめとらん。
［シェン・テ］（驚いて）スン。
［スン］　おれはこのセチュアンがいやでたまらん。なんちゅう町や。ここの連中はみんなうすのろで、ドジや。あいつらこの町で噛みつきおうて死んでゆくんや。ああ、こんなとっから、はよ出たい。
［シェン・テ］　けどあの年寄り夫婦にお金返すて約束してもうたから。
［スン］　それは聞いたよ。おまえがそんなあほなことするから、従兄に来てもらわな困るんや。まあ飲めや。取り引きは俺と従兄にまかしてくれ。俺らで片つけるから。おまえの従兄、俺に約束したんや、結婚式に三百ドル持ってくるて。
［シェン・テ］（驚いて）けど従兄は来られへんねん。
［スン］　けえへんはずがない。
［シェン・テ］　あたいのいるとこには、あの人おられへんの。
［スン］　けったいなことゆうなあ。
［シェン・テ］　スン、あんたを愛してるのはあたいや。従兄のシュイ・タはだあれも愛してへん。あの人はあたいにはやさしいけど、あたいの友だちにもやさしいわけやない。北京の飛行士の口にありつけるゆうから、あの人、年寄りからもうたお金をあげんの承知したんや。けど三百ドル持ってここには来やへん。
［スン］　なんでや。
［シェン・テ］（彼の目をじっと見て）あの人の話やと、あんた北京行きの切符一枚しかこうてへんねんてな。
［スン］　それはきのうのことや。見てみ、きょうはあいつにも見せたれる。（胸ポケットから切符を二枚、半分だけ見せる）おふくろには見せんほうがええ。北京行きの切符二枚や。これでもまだ、おまえの従兄、結婚に反対しよるやろか。
［シェン・テ］　せえへん。あんたの就職口はええし。それにあたいにはもうお店ないもん。
［スン］　おまえのために俺は家具を売ってもうた。
［シェン・テ］　これ以上ゆわんといて。切符も見せたらあかん。あんたと一緒に行けるかどうか心配でたまらんねん。けどスン、あんたには三百ドルあげられへん。

あの年寄り夫婦どうなってもええん？

［スン］　俺はどうなるねん？（間）まあ飲めよ。おまえも飲んだら俺のことわかるやろ。

［ヤン夫人］（冷ややかに）スン、お嫁さんの従兄はほんまに来るんやろね？　こんなに遅いとこみると、あの人は結婚には反対なんやな。

［スン］　なにゆうてんねん、おかやん。あの人と俺とは心は一つや。戸開けとこ。結婚の媒酌人やってもらわなあかんから、急いで来たときすぐ分かるようにな。（彼は戸口へ行き、足で戸をけり開ける。彼はすっかり酔っぱらっているので、よろめきながら戻って、シェン・テの側に座る）待とやないか。従兄はおまえよりは賢い。あいつゆうとった。「生活あっての愛や」て。

（彼が来るのをみんな待っている）

［ヤン夫人］　来た。

（足音が聞こえ、みんな戸口を見る。だが足音は通り過ぎる）

［シン］　なんかややこしい話になりそうや。お嫁さんは結婚式待ってんねんけど、婿さんの方は従兄を待ってる。

［スン］　従兄殿は待たせるのう。

［シェン・テ］（かすかな声で）スン。

［スン］　ポケットに切符入れて、座って待ちぼうけ。隣におんのは計算もできんあほな女や。そのうち二百ドル返してほしいて、おまわり寄こしよるやろ。

［シェン・テ］（観客に）この人は悪人や。あたいまで悪人にしようおもてる。あたいはこの人を愛してるからここにいる。でもこの人は従兄を待ってるんや。けどあたいのまわりには、か弱い人らが座ってる。病気の亭主をかかえたお婆ちゃん、朝になると戸口でお米を待ってる貧乏人や、仕事の口を探してる見知らぬ人。みんなあたいのこと、頼りにしてくれてるから、あたいを支えてくれるんや。

［スン］（お酒がほとんどなくなっているガラスの瓶を見つめて）俺ら貧乏人や。酒がおしまいになったら、お客も消えておらんようになる。永遠に。（また足音が聞こえたので、ヤン夫人は彼に黙るように合図する）

［ボーイ］（入ってくる）もう一瓶持ってまいりましょか、

奥さん。
［ヤン夫人］　けっこうです。もう十分や。
［坊さん］　わしはこれでおいとまさせてもらいます。（重々しく去る）
［ヤン夫人］　（絶望して）みんな座って待っててんか。坊さんはすぐに戻ってくるさかい。
［スン］　ほっとけよ、おかやん。みなさん、坊さんが帰ってしもたんで、もう引き止めるわけにはいけへん。
［弟の妻］　お祖父ちゃん、帰ろ。
［祖父］　（真剣にグラスを飲みほして）花嫁さんのために。
［姪］　（シェン・テに）悪うおもわんとって。お祖父ちゃん、親切でやってんねんから。あんたのことが好きなんや。
［シン］　こういうの屈辱やわな。（客はみな帰る）
［シェン・テ］　あたいも行ってええ、スン。
［スン］　あかん、待っとけ。（彼は彼女の花嫁衣装を引っぱって、彼の斜め向かいに座らせる）おまえの結婚式ちゃうんか。俺は待ってるし、おふくろもまだあきらめてへん。おふくろは、雲の間を鷹が飛ぶのを夢見とるんや。もちろんおふくろが戸口へ出て、家の上を飛ぶ飛行機を見送るなんて日は永遠にけえへんと思うよ。（まだ客がいるかのように、誰も座っていない椅子を見て）みんな、なんで黙ってるんや。ここが気に入らんのか。結婚式は延期されただけや。大切な親戚がけえへんかったからな。それに嫁さんが、愛とはなにかが分かっとらへんから。みんなのもてなしに、花婿の俺がうとたる。

永遠に来ない日の歌

貧しい寝床で寝た者なら
誰でも話に聞いたことがある
貧乏人のせがれが金の玉座に座る日がいつか来ると
いつか来る日は永遠に来ない日
　金の玉座に座るなんて日は
　そんな日は永遠に永遠に来やしない
来るはずのない日には、親切が報われ
悪事は姿を消す
働いて、稼いで、みんな幸せそう
パンと塩が出回る
　パンと塩が出回る

そんな日は永遠に永遠に来やしない
草が天からぶら下がり
川を小石がのぼってゆく
人間はいつでも善良。もう何もしなくても
この世はこの世はパラダイス。
この世はパラダイス
そんな日は永遠に永遠に来やしない

来るはずのない日に、俺は飛行士になり
おまえは将軍になる
ひまを持て余していた夫も仕事にありついて
貧乏なかみさんもひと安心
貧乏なかみさんが安心する日なんて
そんな日は永遠に永遠に来やしない

間狂言

（ワンのねぐら）

［ワン］ シェン・テのことやけど、神さん。あの娘の恋愛はあかんようになったわ。隣人愛ちゅう神さんの掟を守ったからや。きっとあの娘は人が善すぎて、この世の中では生きていけんわ、神さん。従兄呼んだんやけど、従兄にもどうもならんかった。店は人手に渡ったゆううわさや。

［第二の神］ （厳しく）事態が厳しくなればなるほど、本物の善人かどうかが見えてくるのです。

（神様の姿はだんだんぼんやりしてきて、声もかすかになっていく。やがて彼らは姿を消し、声も聞こえなくなる）

7 シェン・テのタバコ屋の裏庭

（荷車の上にわずかな家財道具。物干しざおからシェン・テとシンが下着をはずしている）

［シン］ わてには分からんのやけど、なんであんたかみついてでも、刃物つこてでも店守らんかったんや。

［シェン・テ］　どうやって？　あたい、家賃さえあらへんのに。きょうはあの年寄り夫婦に二百ドル返さなあかんねんけど、その二百ドルほかの人にあげてしもた。そやからミー・チューさんにあたいの持ってるタバコ売らなあかん。

［シン］　それで全部パーやな。男もタバコも家も。これからどうやって暮らしていくんや。

［シェン・テ］　分からん。

［シン］　シュイ・タさんのズボンがなんでここにあるんや。裸で出ていったんか、あの人。

［シェン・テ］　もう一本持ってんねん。

［シン］　旅に出てもう帰らんゆうてたんちゃうの。なんでズボン置いていったんやろ。

［シェン・テ］　もういらんのやろ。

［シン］　包んどかんでええんか。

［シェン・テ］　かまへん。

（シュー・フー旦那が飛んでくる）

［シュー・フー］　わしはみんな知っとるんや。年寄り夫婦を破産させんように、自分の恋を犠牲にしたんやろ。だあれも人を信用せん、性悪なやつばっかりおるこの界わいで、みんながあんたのこと「場末の天使」と呼ぶんようわかるわ。あんたのいいなずけの方はあんたの気高さまでよう登らんかったんや。あんたはあの男に見切りつけた。それで今度は、あんた、店を閉めようとしとる。わしはそんなこと黙って見てられん。わしはな、毎朝貧乏人が店の前にようさん来て、あんたからお米分けてもろてんの見てたんや。こうゆうことがおしまいになってもかまへんのか。善が滅んでもええんか。わしにあんたのそのええ行いとやらの手助けをさしてもらわれへんやろか。ほら、これ。（彼は小切手帳を取り出し、サインして、彼女の車の上に置く）あんたに小切手をやるから、自分の好きな額を書き込んだらええ。わしはそっと、控え目に、なんの交換条件も持ち出さんと出ていくから。尊敬の気持ちにあふれ、おのれを捨てて。（去る）

［シン］　（小切手を調べる）助かったやん。あんたのまわり、いつもしょうもないやつばっかりやのに、今度は運をつかんだんや。はよ千ドルと書き。あの旦那が正気に返らんうちに、これ持って銀行にひとっぱしりしてく

るから。
[シェン・テ] 洗濯かごを車に乗して。洗濯代は小切手のうても払えるから。
[シン] なんやて。この小切手受け取らへんの。犯罪や。あんた、あの旦那と結婚せなあかんとおもてるん。それともなんか、あの飛行機乗りにまだ義理立てせなあかんの。あいつがあんたをどんなひどい目に合わせたか、この横町の連中はみんな知ってんねんから。
[シェン・テ] (洗濯物を取りだすときによろめく) ちょっとめまいがするねん。
[シン] (彼女から洗濯物をとって) 立ったり、かがんだりしたら、よう目がまうんか。あんた、できたんちゃう。(笑う) あの男、うまいこといいくるめたもんや。ほんならこの小切手もパーゆうわけやな。そこまではあの男も考えとらへんかったやろな。(かごを一つ持って、裏へ行く)

(シェン・テは動かずに彼女の後ろ姿を見送っている。やがて自分の体を眺め、さすってみる。大きな喜びが顔に表れる)

[シェン・テ] (小さな声で) うれしい。ちっちゃい人間があたいの体に宿ってるんや。誰にも分からへんけどちゃんといるんよ。世界はそっとその人を待ち受けてる。町ではもううわさになってるわ。頼りになるやつがもうすぐこの世に生まれるて。(彼女は自分の小さな息子を観客に引き合わせる) 飛行士なんよ。(彼女はあちこち歩きはじめ、彼女の小さな息子の手を取る) おいで、坊や。この世の中をよう見てみなちゃい。ほら、これが木でちゅ。お辞儀ちなちゃい。(彼女はお辞儀をして見せる) そうでちゅ。それで知り合いになりまちた。ほら、水売りが来まちゅ。お友だち。握手。「うちの息子に新しい水一杯おくれ。暑いなあ」。(彼女は彼にコップを与える) ああ、おまわり! 回り道しまちょ。お金持ちのプンさんのうちの庭でさくらんぼ、もらいまちょ。おいで、ててなしご。そおっと、そおっと、坊や。(彼女らはあたりを見回しながら、注意深く歩いていく) さあ今でちゅ。行きなちゃい。……(彼女は彼を高く差し上げる) さくらんぼに届いた、届いた。(彼女は自分でも、彼が彼女の口に押しこんでくれた一つを食べてみる) おいちい。いかん、ポリ公! さあ走りま

ちょ。（彼らは逃げる）もう安心でちゅ。……（彼女は子どもを連れてぶらぶらする）

（水売りが子どもの手を引いてやって来る。彼はシェン・テを見てびっくりする）

［シェン・テ］（ワンの咳払いで気がついて）まあ、ワンやないの。こんにちは。

［ワン］　シェン・テ、聞いたよ。おまえんとこ、うまいこといってへんねやてなあ。借金返すために店売らなあかんねやろ。この子も家あらへんねん。建具屋のリン・トんとこの子やねんけど、あいつも二、三週間前に仕事のうなって、それから飲んでばっかりや。ガキが腹すかして、そこらじゅう食いもんあさっとるわ。どないしたもんやろ。

［シェン・テ］（彼から子どもを受け取って）いらっしゃい、ちっちゃい子。（ワンに）この子、シュー・フーさんとこのバラックに住んだらええ。あたい、子どもができるんよ。けど誰にもゆわんといてな、ヤン・スンに分かってまうから。ほんならもうあの人、あたいらのこといらんようになる。

［ワン］　ありがとう、シェン・テ。おまえやったらなんか探してくれるとおもてたんや。

［シェン・テ］　そや、ワン、思い出した。手はどうなったん。

［ワン］　ほら、もう右手なんかのうてもやっていける。（彼は右手なしで道具が扱えるのを彼女に示す）どんなもんや。

［シェン・テ］　けど右手固まってしまうやないの。そこの荷車あげるから。みんな売り飛ばして、そのお金で医者に行き。あんたのために証言でけんで、悪いなあおもてんねん。あたいが床屋からバラックもろたん、どうおもてるかしらんけど。

［ワン］　家の無いやつが住めるんや。わしの手よりずっと大事や。建具屋呼びにいくわ。

［シェン・テ］　約束やで、あたいと一緒にお医者さん行ってや。（去る）

（シンが戻ってきていて、しきりに彼女に目くばせしている）

［シェン・テ］　どないしたん。

［シン］　気ぃでも狂たんか。持ってるもんみんな、荷車までやってもうてからに。あんなやつの手、どうでも

ええやないの。床屋に知れたら、なんもかもパーやで。
（シンは腹を立てて立ち去る）
（シェン・テが店を開いた日にやって来たことのある年配の夫婦がやって来る。夫婦は大きな袋を担いでいる）
［妻］　一人か、シェン・テ。
（シェン・テがうなずくので、彼女は同じように袋を担いだ夫を呼び入れる）
［妻］　従兄はどないしたんや。
［シェン・テ］　行ってしもた。あたいお店をやめたんや。
［妻］　知ってるよ。そやからわてら来たんや。借金のかたにもろたタバコの入ったこの袋、あんたの持ち物と一緒に、新しい家へ運んでんか。こいつを持っていく場所があらへん。こんなん持ち歩いたら、目立ってしゃあない。店でひどい目に合わせてんから、これくらいのことはしい。
［シェン・テ］　分かった。預かっとくから。奥の部屋へしばらく置いとくわ。
［夫］　エエか、これはわしらのなけなしの財産や。このタバコで、ちっぽけな工場の土地が買えるんや。
［妻］　あんたが頼りなんやからな。
［夫］　あさって、長屋へ訪ねていくから。
［シェン・テ］　分かった、大切にしもとく。
（子どもがあたりを見回し、ゴミ箱のほうへ行く。中をあさって、何かを食べ始める。シェン・テは子どもを抱き上げる。シェン・テは何かを決心する）

おお、息子よ

おお、息子よ、飛行士よ。何という世界にあんたは
　生まれてこようというの！
ゴミ箱であんたにも食べ物をあさらせようという
　の！
ごらんなさい、この灰色の口を（子どもを指す）
なんて扱い方をするの、あなた方と同じ人間なのに
わたしは守るわ、せめて自分の子どもを。たとえ虎
　になってでも
わたしはわたしの息子を守るわ
スラム街で引っぱたかれ、騙されて学んだことを

今こそ役立てるわ、坊や、あんたのために。
わたしはあんたにはいい人間でいましょう　そして
　必要ならば他人には
虎や野獣になりましょう。今こそそれが必要なんだ
　わ！

（シェン・テは従兄に変身するために出ていく）

［シェン・テ］（出ていきながら）あと一回必要やねん。これで最後にしたいけど。

（彼女はシュイ・タのズボンを持ってくる。戻ってきたシンは彼女をじろじろ見る）

（弟の妻、祖父、失業者、建具屋、ワンが集まってくる）


［失業者］シェン・テが引っ越すいうんはほんまか。

［弟の妻］ほんまや。あの女、こっそり立ち去ろうとおもてたみたい、誰にも知られんように。

［シン］恥ずかしいんやろ。破産したんやから。

［失業者］（興奮して）従兄呼ばなあかん。あいつだけや、まだなんかしてくれそうなんは。

［弟の妻］ほんまや。あいつはケチやけど、絶対にシェン・テの店をすくうてくれる。ほんならまたみんな施し物にありつけるわ。


（シュイ・タが入ってきている）


［シュイ・タ］皆さん、ここになんの用事があるのですか。

［失業者］シュイ・タさん。

［ワン］こんにちは、シュイ・タさん。帰ってきてるなんて知らなんだ。建具屋のリン・トや。シェン・テさんが、この人をシュー・フーさんの長屋に置いてくれるんや。

［シュイ・タ］シュー・フーさんの長屋は空いていませんよ。

［建具屋］ほんなら、わしらそこに住まれへんのか。

［シュイ・タ］そうです。あの長屋はほかに借主がついたんです。

［弟の妻］あたいらも出ていかなあかんねやろな。

［シュイ・タ］多分。

［弟の妻］どこへ行けっちゅうんや。

［シュイ・タ］（肩をすぼめて）今は旅に出ているシェン・テのことですけど、今度はもうすこし合理的にやって

いきたいそうです。食事にありつこうと思えば、その見返りとして労働が要求されるということです。その代わり誰にも出世するチャンスが与えられています。シェン・テはあなた方全員に仕事を与えることにしたのです。あなた方の中で僕についてシュー・フー旦那の長屋へ行く者は、働いて何かを生み出さねばなりません。
［弟の妻］ 自分のために働くほうがましや。あたいら自分のタバコがあるんやから。
［シュイ・タ］（失業者と建具屋に）あなたがたはシェン・テのために働いてくれますね。自分でタバコは持っていないのですから。（建具屋と失業者は不機嫌に奥へ入っていく。家主が来る）
［家主］ あ、シュイ・タさん。店売る話はどうなりましてん。三百ドル持ってきたよ。
［シュイ・タ］ ミー・チューさん、売らないことに決めました。賃貸契約をしましょう。
［家主］ なんやて。あの飛行士のためにはもうお金はいらんようになってんな。
［シュイ・タ］ はい、いりません。
［家主］ 家賃払うお金はあるんか。
［シュイ・タ］（車から、道具と一緒に床屋の小切手を取り出し、金額を書き入れる）さあ、従妹に興味をお持ちのシュー・フーの旦那が振り出した一万ドルの小切手があります。よくお調べください、ミー・チューさん。半年分の家賃の二百ドルは、夕方六時前に引き出せます。ミー・チューさん、仕事を続けさせていただいてよろしいでしょうか。きょうは仕事が立て込んでいますので、失礼させてもらいます。
［家主］ あーあ、シュー・フーの旦那が飛行機乗りの後釜か。一万ドルやて。ほんまにあきれるわ。きょうびの若い娘の、気の変わりやすさと軽薄さには、シュイ・タさん。（去る）
（建具屋と失業者は袋を持ってくる）
［弟の妻］（袋を見て）この袋、見覚えあるなあ。これあたいらのタバコや。
［シュイ・タ］ これは僕のタバコです。僕の部屋にあったのですから。お疑いなら警察へ参りましょうか。疑いも晴れるでしょう。いかがです。

[弟の妻]（怒って）お断りや。

[シュイ・タ] やっぱりご自分のタバコをお持ちじゃないのですね。こうした状況では、シェン・テが差し出す救いの手に、あなたがたはすがるでしょうね。恐れ入りますが、シュー・フー旦那の長屋へ行く道を教えてくださいませんか。

（シュイ・タは去る。後から建具屋、弟の妻、祖父、失業者がついて行く。弟の妻と失業者は袋を引きずっていく）

[ワン] あの人は悪人やない。けどシェン・テは善人や。

[シン] 分からんわ、わてには。洗濯ロープからズボンが一本のうなってる。従兄がそれをはいとる。こいつはなんかあるぞ。知りたいもんや。

（老人夫婦が入ってくる）

[婆さん] シェン・テさんは留守か。

[シン]（ぶあいそうに）旅に出てるわ。

[婆さん] おかしいなあ、わてらになんか持ってきてくれることになってたんやけど。

[ワン]（痛そうに、手をなでながら）あの娘はわしも助けたるゆうてたんや。わしの手は固まってまう。きっとすぐ戻ってくるはずや。あの従兄ってやつは、いつもほんのちょっとしかおれへんねん。

[シン] そらそや。

間狂言

（ワンのねぐら）

（音楽。夢で水売りは神様に自分の心配ごとを伝えている。神様は相変わらず長い旅行の途中である。しばらく休んで、肩ごしに首を水売りの方へ向けている）

[ワン] わし夢見とった。あのシェン・テが川の葦の茂みにおるねん。なんや重いもん引きずってるみたいやった。その荷物の重みで、シェン・テは泥ん中へのめりこんでいくんや。わしがどないしたんやて叫んだら、掟の入った包みを向こう岸へぬれんように運ばなあかん。ぬれたら字が消えてまうゆうねん。

[第三の神] 何が言いたいのですか。

［ワン］　あのう、掟とやらをもうちょっと軽してくれへんか、神さん。こんな不景気な時代やん、掟の入った包みを軽したってほしいんや、神さん。

［第三の神］　どうしろというのですか、ワン。

［ワン］　たとえばやなあ、愛情のかわりに好意だけでええとか……。

［第三の神］　そのほうが難しいのです、不幸な人間よ。

［ワン］　あるいは正義のかわりに公平とか。

［第三の神］　それはもっと大変です。

［ワン］　それやったら名誉の代わりに、ただの礼儀やったらあかんの。

［第三の神］　それももっと大変なことです、疑う人間よ。

（神様は疲れて歩き出す）

8　シュイ・タのタバコ工場

（シュー・フー旦那の長屋に、シュイ・タは小さなタバコ工場を作っている。格子の向こうに、ひどいすし詰めの状態で、何組かの家族が、特に女や子どもがうずくまっている。その中には、弟の妻や、祖父、建具屋などがいる。その前にヤン夫人が現れる。後から息子のスンがついて来る）

［ヤン夫人］　（観客に）みんなにゆうとかなあかんことがあんねんけど、うちの息子のスンなあ、みんなから尊敬されてるシュイ・タさんの知恵としつけのおかげで、堕落した人間からまっとうな人間に変えてもろたんです。シュイ・タさんは家畜小屋のそばに、ちいちゃなタバコ工場を開いて、それがあっというまに繁盛してるんです。三月《みつき》前に、わて息子と一緒にあの人のとこへ行ったんや。あの人は、ちょっと待たした後で、快うおうてくれはった。

（工場からシュイ・タが出てきて、ヤン夫人のほうへ行く）

［シュイ・タ］　なにかお役に立つことがございましょうか、奥さん。

［ヤン夫人］　シュイ・タさん、せがれのことやねんけど、今朝うちへ警察が来ましてな。あんたさんが、シェン・テさんの名前で、婚約の不履行と二百ドルの横領の訴

訟を起こしたゆうんや。
[シュイ・タ]　その通りですよ、奥さん。
[ヤン夫人]　シュイ・タさん、どうかもう一度お慈悲をお願いでけへんやろか。お金がないねん。飛行士の口があかんようになったら、息子、二日でお金つこてしもたんです。この子がろくでなしやゆうことよう分かった。わての家財道具売りとばして、年寄りのわて置いて北京へ行こうとしたんやから。（彼女は泣く）シェン・テさんかて、はじめは息子のことたいした人間やおもてたんです。
[シュイ・タ]　言うことあるかね？
[スン]　（陰鬱に）金やったら、もうあらへん。
[シュイ・タ]　奥さん、僕の従妹は、あなたのだらしない息子さんに、どういうわけか僕には分からないんですがね、何か弱みを持っているらしい。僕は、あなたのだらしない息子さんをなんとかしてみたいと思ってます。なんなら、僕の工場で仕事をあげてもよろしい。
[スン]　ムショ行きか人足かっちゅうわけか？
[シュイ・タ]　ご自分で選ぶんですな。
[ヤン夫人]　はじめの数週間はスンも辛かったみたい。性《しょう》に合わん仕事で才能の見せ場がなかったんや。でも三週目のちょっとした出来事で救われました。建具屋のリン・トと袋を運んでた時のことです。
[建具屋]　（呻きながら立ち止まり、包みの上に座りこむ）もうあかん。こんな仕事をやるほど、もう若ない。
[スン]　（シュイ・タが来るのを見る）袋を一つ、こっちに寄こせ、この出来損ない！

（スンはリン・トの包みを一つとる）

[建具屋]　おおきに！

（シュイ・タが入って来る）

[シュイ・タ]　待った！　なんだっておまえは一つしか袋を持って行かないんだ？
[建具屋]　今日はちょっと疲れてるんや。シュイ・タさん、それに、ヤン・スンが親切にゆうてくれるさかい。
[シュイ・タ]　戻って袋を三つ持って来い、いいか。ヤン・スンにできることなら、おまえにだってできる。ヤン・スンにはやる気があって、おまえにはないってことだ。
[ヤン夫人]　（建具屋がさらに包みを二つ取りに行ってる間に）

スンには一言もゆわへんけど、もちろんシュイ・タさんはお見通しや。次の土曜日、お給金をしはろうてくれはる時にはな……。

（テーブルが一つ置かれ、シュイ・タが金の袋を持って来る。以前は失業者だった監督の横で、彼は給金を支払う。スンがテーブルの前に歩み出る）

［監督］　ヤン・スン。六ドル。

［スン］　五ドルでええんや。（彼は監督の持っているリストを取る）ここには六日って書いてあるけど、裁判所に呼び出されて、一日休んだんや。（正直ぶって）働かへんのに、もらうわけにはいかへん。

［監督］　それやったら、五ドルや、（シュイ・タに）こんなことめったにあらへんことですわ。シュイ・タさん！

［シュイ・タ］　なんで六日だなんて書いたんだ、五日しか働かんのに？

［監督］　どうも間違えたようですわ、シュイ・タさん。（スンに冷たく）もうこんなことは二度とないからな。

［シュイ・タ］　（スンに目配せして、脇に連れていき）よくあるのかね、こんなことは？　あの監督が会社に不利なように間違えるなんてことが？

［スン］　あいつは労働者の仲間やと思われてるんや。

［シュイ・タ］　分かった。よく教えてくれた、お礼を言うよ。密告のお礼がほしいかな？

［スン］　いらん、いらん。そやけど、俺もインテリの端くれちゅうことは、分かってくれたやろ。俺にもある程度、教養というもんがある。あの監督は労働者に味方しとるんや。ところが、あいつには教養があれへんから、会社が何を必要としてるか理解できへんのや。一週間、俺を試してみてくれへんか、シュイ・タさん、ただの力仕事より、俺の頭のほうがずっと会社のためになることが、分かってもらえると思うんや。

［ヤン夫人］　ようこれだけゆうた。教養も知性ものうて、なんで立派な人らの仲間になれます？　息子は、シュイ・タさんの工場で、びっくりするようなことをやってのけたんです！

（出世したスン。服装も変わっている。スンは労働者の後ろに、足を踏ん張って立っている。労働者は頭ごしにタバコの葉の籠《かご》を渡している）

［スン］　まじめに働いとんのんか、おまえら。籠をもっとはよ渡せ。おいおまえ、もっとしっかり葉押さえんかい。そやおまえや。この怠けもん。そんな仕事で、給料もらえるとおもてんのか。もっとはよ籠渡せ。年寄り、子どもは邪魔すんな。脇へどいて葉っぱほぐしとけ。なんちゅうこっちゃ。怠けぐせがみんなついてしもたんや。ええか、調子そろえてやるんや。（彼は手を打って拍子を取る。籠はいっそう速く渡っていく）

（労働者の一人が、「八頭目の象の歌」を歌い出す。ほかの連中もリフレインを歌う）

八頭目の象の歌

1

ジンの旦那は象を七頭持っていた
それからもう一頭別に持っていた
七頭は乱暴で、八番目のは慣れてた
七頭見張っていたのは八番目
　もっと走れ
ジンの旦那は森を持ってる
日が暮れぬうちに森を切り開け
だのにもうすぐ夜が来るぞ

2

七頭の象が森を開墾している
ジンの旦那は八頭目に乗っていた
一日中、この象は何もせずに見張ってる
せっせと仕事をしてるの眺めてる
　もっと速く掘れ
ジンの旦那は森を持ってる
日が暮れぬうちに森を切り開け
だのにもうすぐ夜が来るぞ

3

七頭の象は何もしたくなくなった
木を倒すこともうんざりだ
ジンの旦那はいらいらし、七頭に腹を立てた
八番目に米をやった
　それがどうした
ジンの旦那は森を持ってる

日が暮れぬうちに森を切り開け
だのにもうすぐ夜が来るぞ

4

七頭の象にはキバがなかった
キバを持っているのは八番目だけ
八番目の象は七頭を殴った
陰で笑っているのはジンの旦那
　もっと掘れ
ジンの旦那は森を持ってる
日が暮れぬうちに森を切り開け
だのにもうすぐ夜が来るぞ

（シュイ・タはゆったりとした様子で、ぶらぶら歩いている。タバコを吹かしながら前方へ出てくる。ヤン・スンは、第三節目のリフレインを笑いながら一緒に歌い、最後の節で手を打って、テンポを速める）

[ヤン夫人]　シュイ・タさんにはどない感謝しても足りんわ。あの人はしつけと頭で、息子が持ってたええもん全部引き出してくれたんや。あの評判のええシェン・テみたいに、夢みたいな約束はせえへんかったけど、あの人は息子にむりやり仕事させたんや。今ではスンは三ヶ月前とはまったく違う人間になりましたわ。これはみんなも認めるやろ。「貴きものは鐘のごとし」。打てば響き、打たざれば響きなし。昔の人がゆうてたやろ。

9　シェン・テのタバコ屋

（店には豪華な肘掛け椅子が置かれ、美しいじゅうたんが敷かれて、オフィスのようになっている。雨が降っている。今やすっかり太ったシュイ・タが、じゅうたん屋の夫婦に別れを告げている。シンがおもしろそうに眺めている）

[シュイ・タ]　申しわけありませんが、あの娘がいつ帰ってくるか分からないのです。

[婆さん]　前に貸したげた二百ドルと一緒に手紙をもろたんです。差出人は書いてへんかったけど、シェン・

テさんからに決まってるわ。返事出したいんやけど住所教えてくれへん。

［シュイ・タ］それも残念ながら知らないのです。

［爺さん］行こ。

［婆さん］いつかは戻ってくるんやろ。


（シュイ・タはお辞儀をする。老人夫婦は落ち着かず、不安げに立ち去る）


［シン］あの人ら、お金返してもらうの遅すぎたんや。税金払われへんで、店手放してもうたんや。

［シュイ・タ］（気分が悪くなったので、座らざるをえなくなる）またためまいがする。

［シン］（彼に手を貸しながら）あんた、七ヶ月なんやろ。興奮したら体にようない。わてがちゃんとついてるから、安心し。誰かて人の手、借りなやっていかれへんのや。ええよ、お産のときもそばにいたるから。（彼女は笑う）

［シュイ・タ］（弱々しく。シェン・テに戻って大阪弁で）あてにしてもええのん、シンのおばちゃん。

［シン］もちろんや。お安い御用や。襟もとはずし。楽になるから。

［シュイ・タ］（辛そうに）なんもかも子どものためや。

［シン］なんもかも子どものため。

［シュイ・タ］あんまりはよ太りすぎたねえ。目立てへんかなあ。

［シン］生活楽になって、ぜいたくしてるからやと思うわ。

［シュイ・タ］子どもはどないしたらええ。

［シン］里子に出したらええ。

［シュイ・タ］（男に戻って）そうですね。（不安げに）子どもはシュイ・タには会わせてはいけません。

［シン］絶対に。いつでも会わせるのはシェン・テだけ。

［シュイ・タ］けど町のうわさはうるさいですからね。

［シン］床屋にさえ分からんかったら、だいじょうぶや。水、飲んだら。


（気の利いたスーツを着て、ビジネスマンらしいカバンを抱えたスンが入ってくる。シンの腕に抱えられているシュイ・タを見てびっくりする）


［スン］邪魔やったかな。

［シュイ・タ］（やっと立ち上がり、ふらふらと戸口の方へ行

く）あしたまた。シンのおかみさん。

（シンは手袋をはめて、笑いながら去る）

［スン］　手袋やなんて！　どっから、なんで、なんのために。あいつ、あんたから巻き上げたんか。（シュイ・タが答えないので）あんたも情にほだされることがあるんやな。けったいやな。（彼はカバンから書類を取り出す）あんた、このごろ体の調子悪いみたいやな。昔みたいにようない。気持ちがころころ変わるし、決断も鈍い。病気ちゃうか。仕事にさわりまっせ。警察からまた書類が来てるねん。法律で許された人員の倍以上は部屋に詰めこんだらあかんと書いたある。なんとか手を打ってもらわな、シュイ・タさん。

（シュイ・タは一瞬放心したように、スンをじっと見つめる。それから奥の部屋へ行き、紙袋を持って戻ってくる。紙袋から新しい山高帽を取りだし、テーブルの上に投げる）

［シュイ・タ］　代表者にはきちんとした服装をしてほしいのです。

［スン］　俺に買ってくれたんか。

［シュイ・タ］（冷淡に）似合うかどうか、かぶってみてください。

（スンはびっくりして見るが、それをかぶる。シュイ・タは色々試しながら、山高帽を正しい位置にかぶせてやる）

［スン］　光栄や。けどもう俺を避けんといてくれ。きょうは床屋と新しいプロジェクトについて話しおうてもらわないかん。

［シュイ・タ］　床屋は実現不可能な提案をしてきているのです。

（パントマイム。ワンの歌の間、身振りで相談する二人）

［ワンの声］（外で）

おら水を売らにゃなんねえ
でも今雨んなか立ってる
遠くまでひとっぱしりしてきた
これっぽちの水のために

おいらはどうなる。水はいらんかね
でも喉を乾かして、がつがつと
水を求めるやつはいやしねえ
誰も買ってくれねえ、誰も飲んでくれねえ

[ワンの声]（外から）もうこの町には善人はおらへんのか。善人のシェン・テが住んでたこの広場の界わいには。どこにおんねん、あの娘は。もう何ヶ月も前のことやけど。あの娘、雨降ってんのに、わしから水一杯こうてくれた。誰もあの娘の消息しらんのか。いつか晩にこの家へ入ったきり、二度と出てこやへんのや。

[スン] あいつの口ふさいだろか。シェン・テがどこにおろうが、あいつには関係ない。ところであんた、俺に知られたないから、黙ってんのんか。

[ワン]（入ってくる）シュイ・タさん、もう一回聞きたいんやけど、いつんなったらシェン・テは帰ってくるんや。あの娘が旅に出てからもう半年たってんねんで。（シュイ・タが黙っているので）あの娘がおったら、絶対起こらんようなことが、次から次へと起きてるんや。（シュイ・タがあいかわらず黙っているので）シュイ・タさん、シェン・テの身の上になんかあったに違いないて、みんなゆうてるわ。わしら、心配でしゃあない。あの娘のいどころ、あんた教えてくれへんか。

[シュイ・タ] 今忙しいのです、ワン。来週またお越しください。

[ワン]（興奮して）困っとる連中がもろてた米が、この間からまた、朝になると門の前に置いたある。シェン・テはそもそも旅になんか出てないんや。

[シュイ・タ] 旅に出ていなければ、何をしてるのですか。（ワンが黙っているので）ワンさん、あなたがシェン・テの友だちなら、彼女のいどころはできるだけ聞かないことです。これが僕の忠告です。

[ワン] 立派な忠告やな。シュイ・タさん、シェン・テはなあ、おらんようになる前に、お腹が大きいて、わしにゆうたんや。

[スン] なんやて。

[シュイ・タ]（素早く）嘘です。

[ワン]（真剣にシュイ・タに）シュイ・タさん、シェン・テの友だちは、あの娘のこと聞くのやめへんよ。ええ人ゆうのは、そう簡単には忘れられへん。そんなによ

うさんおらんもん。（去る）

（シュイ・タはじっと彼を見送る。それから急いで奥の部屋へ行く）

［スン］（びっくりしたように、観客に向かって）シェン・テのお腹が大きいて。びっくりしたな。俺はだまされてたんや。あいつはすぐに従兄にゆうたと思う。それであの悪党がシェン・テを追い出したんや。俺には息子ができた。もう一人のヤンがスクリーンに登場や。それからどうなった。あの娘は姿を消してしまうし、俺はあくせく働かされてる。（彼は激怒する）帽子一つで、俺を追い払おうとしてんねんな。（彼は帽子を踏みつぶす）犯罪者、ぬすっと。子どもをかどわかしやがって。あの娘には守ってくれるもんがおらへん。（奥の部屋からすすり泣きが聞こえる。彼はじっと立ちどまる）すすり泣きやないか。誰やねん。やんだ。奥の部屋からすすり泣きやなんて。あのしたたかなシュイ・タが泣くわけないやろう。ほんなら誰が泣いとんねん。それに今でもまだ家の入口に米が置いてあるて、どういうこっちゃ。あの娘はまだここにおんねん。あいつがあの娘を隠してるだけなんや。そやなかったら誰が部屋で泣いてんねん。お腹大きいんやったら、どんなことしてもあの娘探し出すから。（去る）

（シュイ・タが奥の部屋から戻ってくる。彼は戸口の方を見て）

［スン］いったい、あの娘はどこにいるんや？

［シュイ・タ］何だってそんなことを聞くんだね？

［スン］あの娘のことは、今でも気にかかってる。

［シュイ・タ］従妹が聞いたら喜ぶだろう。

［スン］自由を奪われてるんとちゃうやろかって。

［シュイ・タ］誰に？

［スン］あんたに！

（間）

［シュイ・タ］そうだとしたら、どうするね？

［スン］まずは、会社で新しい地位を争うことになるわな。

［シュイ・タ］なるほど。会社が、つまり僕が、あんたにふさわしい地位を提供したら、あんたの未来の奥さんをこれ以上捜すことは諦める、と考えてよろしいかね？

［スン］ 多分な。
［シュイ・タ］ その新しい地位というと？
［スン］ 会社を支配できるような。僕は、例えばあんたを追い出すことを考えてる、ゆうわけや。
［シュイ・タ］ 会社が僕の代わりにあんたを追い出したら？
［スン］ 恐らく、戻って来るやろな。ただし、一人やないで。
［シュイ・タ］ というと？
［スン］ 警官も一緒や。（彼は出て行く）

（シュイ・タはシェン・テが使っていた着物などを奥の部屋から持って来る。シェン・テがじゅうたん屋から買ったショールを眺めている。物音に気付き、急いで包みに入れて、机の下に隠す。シュー・フーとミー・チューが入って来る。シュイ・タは戸口の方を見て）

［シュイ・タ］ 昔はこの小さな、みすぼらしい店で、この町の貧乏人たちが善良なシェン・テのタバコを買っていたのです。友人のみなさん、将来シェン・テの上等なタバコが売られるようになる十二のすばらしいチェーン店を僕たちは作ることにしました。こんにち民衆は僕のことをセチュアンのタバコ王と呼んでいます。ほんとうは僕はこの事業を従妹のために始めたのです。事業は彼女や彼女の子どもや彼女の孫のものになるのです。（外から人の騒ぐ声が聞こえる。スン、ワン、巡査が入ってくる）
［巡査］ シュイ・タさん、申しわけないんやけど、町の連中があんまり騒ぐもんやから。スンが出してる告発がほんまかどうか調べてみなあかん。あんたが従妹のシェン・テの自由をうばてると書かれてるんや。
［シュイ・タ］ そんなことは嘘です。
［巡査］ ここにいるヤン・スンさんが、あんたの店の奥の部屋からすすり泣きが聞こえてきたと証言してんねん。すまんが問題の部屋を捜すように、指令を受けてきたんや。

（シュイ・タは戸を開ける。巡査はお辞儀して、敷居をまたぐ。のぞきこんで、振り向き、笑う）

［巡査］ ほんまにここには誰もおらん。
［スン］ （彼と並んで、足を踏み入れていたが） 確かにすすり泣きが聞こえたんや。（彼の視線は、シュイ・タが包

みを押し込んだテーブルのほうに注がれる。彼はその方へ走っていく）こんなもん、さっきはなかったぞ。（包みを開いて、彼はシェン・テの服などを示す）
［ワン］　これ、シェン・テのもんや。（彼は戸口へ走っていき、外に向かってどなる）あの娘の服が見つかったぞ。
［巡査］　（品物を取りあげて）あんたは従妹は旅に出てるとゆうてたな。あの娘の衣装を入れた包みが、あんたのテーブルの下から出てきたんや。あの娘にはどうやったら連絡がつくんです、シュイ・タさん。
［シュイ・タ］　彼女の住所は知りません。
［群集の叫び］　シェン・テの服が見つかったぞ。タバコ王があの娘を殺して、隠したんや。
［巡査］　シュイ・タさん、交番まで来てくれへんか。
［シュイ・タ］　（家主とシュー・フーにお辞儀して）みなさん、お恥ずかしいところをお見せして申しわけありません。セチュアンには裁判所もございます。まもなくすべてが明らかになると確信しております。（巡査の前に立って、出ていく）
［ワン］　恐ろしい犯罪が起きた。
［スン］　（ぎょっとして）けどそっからすすり泣きが聞こえたんや。

間狂言

（ワンの住居）

（音楽。水売りの夢に神様が現れるのはこれが最後である。神様はすっかり変わってしまっている。明らかに、長旅をして、すっかり疲れはて、さまざまないやな体験をしたことが分かる。一人は帽子をなくしており、もう一人は片方の足に狐のわなをつけている。三人とも裸足である）

［ワン］　神さん、恐ろしいことがシェン・テのタバコ屋で起きたんや。シェン・テは何ヶ月も前から旅に出たままや。従兄がなにもかも着服してもうた。あいつ、きょう捕まりよった。店をひとり占めしようおもて、あいつシェン・テを殺したらしいねん。けどわしはそうは思えへん。なんでて、夢の中であの娘が従兄に監禁されてるゆうんや。神さんすぐに戻って、あの娘を

見つけてくれ。

10 法廷

（いくつかのグループに分かれている。シュー・フー旦那と家主。スンと母親。ワン、建具屋、祖父、若い娼婦。シン。巡査。弟の妻）

［爺さん］ シュイ・タは強すぎるわ。

［ワン］ あいつ、新しい店十二軒もオープンしようとしてるんやろ。

［巡査］ 静かにせえ。裁判官がお見えや。

（法服を着た三人の神様が入ってくる。神様は着席する。第一の神は槌でテーブルを叩く。巡査がシュイ・タを連れてくる。彼は口笛で迎えられるが、横柄な態度でゆっくりと入場してくる）

［巡査］ 落ち着いて。裁判官はいつものチンやない。けど新しい裁判官も優しそうな人や。

（シュイ・タは神様を見て、気を失う）

［若い娼婦］ どないしたんや。タバコ王が失神してもうた。

［弟の妻］ 新しい裁判官を見たもんやから。

［ワン］ あいつは裁判官を知ってるみたいやで。どうゆうことやねん。

［第一の神］ （裁判を始めて） あなたはタバコ商のシュイ・タさんですね。

［シュイ・タ］ （非常に弱々しく） はい。

［第一の神］ 訴えによりますと、被告は肉親の従妹シェン・テを、彼女の店を横領するために殺害したとあります。被告はその事実を認めますか。

［シュイ・タ］ 認めません。

［第一の神］ （書類をめくりながら） 私たちはまず当地区の巡査から、被告およびその従妹の評判を聞くこととします。

［巡査］ （歩みでて） シェン・テさんは誰にかて優しいに接してくれたし、誰でも気持ちよう暮らせるようにしてくれた方でした。それと反対にシュイ・タさんは原則人間でしたわ。けどシュイ・タさんはあの娘さんと

ちごて、法律はいつもちゃんと守ってはりました。判事さん、あの娘さんが信用して宿を世話したげた連中の正体を暴いて、泥棒やゆうて追い出したり、シェン・テさんがワンのために証言して偽証罪に問われたりせんよう守ったげました。まあ、わしの知ってる限りにおいては、シュイ・タさんはまことに尊敬すべき、かつ法律を尊重する模範的市民ですわ。

[第一の神]　被告が世間が非難するような犯罪を犯していないことを証言したい者は、ほかにおられませんか。

（シュー・フー旦那と家主が進み出る）

[シュー・フー]　シュイ・タさんはこの町では名の通った実業家ですわ。いずれは商工会議所の副会頭や、この地区の公安委員になられる方です。

[ワン]　（その間に叫ぶ）金持ちの犬野郎。あんたらつるんどるんや。

[巡査]　（ささやいて）ごろつきです。

[家主]　社会福祉協会の会長として、判事さんに申し上げたいのですが、シュイ・タさんは、ご自分のタバコ工場のたくさんの人に、明るくて健康的な、申し分のない部屋を提供しようとなさってるんです。それだけやなく、わたしの老人ホームにも多額の寄付を寄せられています。

[第一の神]　次は被告に不利な供述をなさる方はおられませんでしょうか。

（ワン、建具屋、老人夫妻、失業者、弟の妻、若い娼婦が進み出る）

[巡査]　この辺のくず野郎ですわ。

[第一の神]　シュイ・タの普段の行動について、どんなことを御存じですか。

[叫び声]　（入り乱れて）わしらを破産させよったんや。わしらをゆすりやがった。わしら弱いもんから搾り取った。嘘つき、詐欺師、人殺し。

[第一の神]　被告の方から言うことはありませんか。

[シュイ・タ]　僕は身寄りのない従妹を救おうとしただけで、そのほかには何もしていません。従妹が店を失いそうになったときだけ、ここに来ました。三度来なければなりませんでした。いつまでもここにいるつもりはありませんでした。ただ今回だけは帰れない事情が

ありました。従妹はみんなに好かれ、僕はいやな仕事を引き受けました。だから僕は憎まれているんです。
[弟の妻]（神様に）シェン・テはあたいらに宿を提供してくれました。けどこいつときたら、あたいらを警察に突き出したんです。
[シュイ・タ] あなた方がケーキを盗んだからですよ。
[弟の妻] パン屋のケーキのことまで気になるみたいやな。こいつ、あの店自分のもんにしたかったんや。
[シュイ・タ] あの店は難民の避難所じゃないんです。皆さん自分のことしか考えないんだから。
[弟の妻] あたいら宿なしやったんや。
[シュイ・タ] あなた方は多すぎました。
[ワン] ほんなら、ここの人は。（彼は老人夫妻をさす）この人らも自分のことしか考えへん人か。
[爺さん] わしら、シェン・テの店にわしらの預金を貸したったんや。なんでわしらの店をつぶすようなことをしたんや。
[シュイ・タ] 従妹は好きな人を飛行機乗りにさせたかったのです。僕はそのお金を工面するように言われていました。
[ワン] あいつはそれを望んどったんや。けどあんたは北京のもうかる口の方がよかった。あの店に物足りんかったんや。
[シュイ・タ] 家賃が高すぎたのです。
[シン] それ、言えてる。
[シュイ・タ] それに従妹は商売のことは何も分かっていないのです。
[シン] それも言えてる。あの娘、飛行士に参ってもうたからなあ。
[シュイ・タ] あの娘が人を愛してはいけないのですか。
[ワン] もちろんかまへん。なんであんたはあの娘を好きでもない男と結婚させようとしたんや。そこにいる床屋と。
[シュイ・タ] あの娘が愛していた男はごろつきだ。
[ワン] そこにおるやつか。（彼はスンを指さす）
[スン]（飛び上がる）ごろつきやから、俺をあんたの店でつこたんか。
[シュイ・タ] 立派な男にしてあげたいと思いましてね。立派な男に。
[スン]（きっぱりと）判事さん、被告は俺をいつも利用

しようとしてたかもしれませんが、けっして人殺しやない。この人が捕まるちょっと前に、店の奥の部屋からシェン・テの声を聞いたんや。

[第一の神]（ひざを乗り出して）するとあの娘は生きていたのですね。あなたが聞いたことを詳しく話してみてください。
[スン]（勝ちほこって）すすり泣きや。判事さん、すすり泣きや。
[第三の神]その泣き声が誰の声かあなたには分かったのですね。
[スン]もちろんや。あいつの声が分からいでか。
[シュー・フー]そやな、あの娘はあんたに泣かされ続けやったからな。
[スン]それでも俺はあいつを幸せにしてやった。けどこいつが（シュイ・タを指して）おまえさんにシェン・テを売りつけようとしたんや。
[シュイ・タ]あなたがシェン・テを愛していなかったからです。
[ワン]そんなことあらへん。金のために売ったんや。
[シュイ・タ]けれどもなんのためにお金が必要だったのでしょう、判事さん。（スンに）あなたはあの娘の友だちをみんな犠牲にしようとしました。ところが床屋は、貧乏人を助けるために長屋とお金を提供してくれました。僕はあの娘が善い行ないができるように、床屋と婚約させたのです。
[ワン]なんでおまえは、小切手にサインしたとき、あの娘にええ行いをさせへんかってん。なんでみんなを汚い蒸し風呂みたいなとこへ押しこんだんや、おまえさんのタバコ工場へ、ええタバコ王さん。

（シュイ・タは黙っている）

[ワン]ほらゆわれへんやろ。神さんはええことを汲み出すちっちゃい泉みたいに、シェン・テにあの店くれはった。あの娘がええことしようとしたら、あんたがやってきてぶち壊すんや。
[シュイ・タ]（われを忘れて）泉の水が涸れそうになるからです。ばかもの。
[シン]そのとおりや、判事さん。
[ワン]汲み出すこともできんような泉、なんの役に立つねん。

［シュイ・タ］　善い行いというのは破滅を意味するのです。
［ワン］　（荒々しく）なら悪い行いちゅうのはええ生活を意味すんねんな、ええ。おまえ、シェン・テをどないしたんや、この悪党。この世には善人はそんなにぎょうさんおらへん。けどあの娘は善人やった。そこにおるやつがわしの手ぇ折ったときも、あの娘はわしのために証人になってくれようとしたんや。今度はわしがあの娘の証人や。あの娘は善人やった。わしが証人になる。（宣誓するために、彼は手を挙げる）
［第三の神］　どうしたのですか、その手は？　硬くなっているじゃありませんか。
［ワン］　（シュイ・タを指して）あいつのせいや。シェン・テはわしに医者へ行くお金までくれようとした。けどあいつが邪魔したんや。おまえはあの娘の敵や。
［シュイ・タ］　僕はシェン・テのたった一人の友だちです。
［一同］　どこにおるんや、あの娘は。
［シュイ・タ］　旅に出ています。
［ワン］　どこへや。
［シュイ・タ］　言えません。
［一同］　なんで旅に出なあかんかってん。
［シュイ・タ］　（叫んで）あなたがたに八つ裂きにされてしまうからです。
（突然静まりかえる）
［シュイ・タ］　（椅子に倒れるように座って）もう耐えられません。何もかも明らかにしましょう。法廷から皆さんを退廷させて、判事さんだけ残ってください。そうしたら白状します。
［一同］　白状するんやて。罪を認めたんやな。
［第一の神］　（槌でテーブルを叩く）退廷を命じます。
（巡査は一同を退廷させる）
［シン］　（出ていきながら、笑って）きっとびっくりするで。
［シュイ・タ］　出ていきましたか。全員？　もう黙ってはいられません。僕にはあなた方が誰か分かっていました、神さま。
［第二の神］　あなたは私たちのセチュアンの善人をどうしたのですか。
［シュイ・タ］　白状します。この恐ろしい真実を。僕があなたたちの、あたいがあんたらの善人や。

（彼は仮面をとり、服を脱ぎ捨てる。シェン・テがそこに立っている）

［シェン・テ］　そや、あたいや。シュイ・タとシェン・テ、二人ともあたいなんや。

善人であれ、しかも生きよと言う
あなたがたのいつかの命令が
真っ二つにわたしを引き裂きました。わたしは
人にも自分にもいい人間であることはできませんでした。
人も自分も同時に助けることは難しすぎます。
ああ、あなたがたの世の中は難しい。困窮も絶望も多すぎます。
貧乏人に手を差しのべれば
その手をすぐに貧乏人はもぎとってしまいます。見捨てられた人を助ければ
今度は自分が見捨てられてしまいます。
あなたがたの世の中はどこか間違っています。どうして悪意が
称賛され、善人には重い罪が与えられるのでしょう。
親切な言葉は口のなかで灰のように苦かった。
それでもわたしは場末の天使になろうとしました。
わたしを叱ってください。隣人を助けるために、
恋人を愛するために、
小さな息子を困窮から救うために
掟に反する行為をしてしまいました。
神様、あなたがたの大計画を実践するには、
哀れなわたしは小さすぎたのです。

［第一の神］（驚きのあらゆるしぐさをして）もう何も言わないでください、不幸な人。あなたにまた会えたのがうれしくて、私たちは頭が回らないのです。

［シェン・テ］　けどゆうとかなあかん。あたい悪い人間や。ここにおるみんながひどいことやったて報告してるやろ。

［第一の神］　善良な人です。みんなあなたのいいことしか報告してきませんでしたよ。

［シェン・テ］　ちゃう、悪い人間でもあるんや。

［第一の神］（激しく）困りましたね、とても困りました。信じられません、まったく信じられません。私たちの

掟がだめになったと白状しなければいけないのでしょうか。私たちの掟をあきらめなければいけないのでしょうか。（苦々しく）とんでもありません。この世の中を変革しなければいけないのでしょうか。どうやって。誰が。いいえ、なにもかもちゃんとしています。

（彼は急いで槌でテーブルを叩く）

さあ、それでは……。

（彼の合図で、音楽が鳴り響く。バラ色の光が射してくる）

帰る時が来ました。この小さな世界は
私たちを繋ぎとめました。この世の喜びと苦しみは
私たちを元気づけたり、苦しめたりしました。
星のかなたに戻っても、シェン・テ、善人のあなた
　のことは
いつまでも忘れません。
この下界で、私たちの精神《こころ》を実現してくれ、
冷たい暗闇で、小さなランプを灯してくれる善人の
　あなたのことは。

お元気で。しっかりやるんですよ。

（彼の合図で天上が開く。バラ色の雲が降りてくる。それに乗って神様はゆっくり上がっていく）

［シェン・テ］　行かんといて、神さん。行ったらあかん。あたいを見捨てんといて。あたいの体は恵みを受けてるんや。もうすぐちっちゃい息子が生まれて、なんかほしがるやろ。あたい、ここにはおられへん。

（彼女は追い立てられるように戸口を見る。そこから彼女を苦しめた連中が入ってくる）

［第一の神］　ここにいていいのです。どうか善人でいてください。そうすればすべてがよくなるでしょう。

（証人が入ってくる。彼らはびっくりしてバラ色の雲に乗って漂う裁判官たちを見る）

［第一の神］　ここに善人はいます。
［一同］　シェン・テ。
［第一の神］　その娘は殺されたのではありません。隠されていただけです。あなた方のところにいます、善人は。

［シェン・テ］　けどあたいには従兄が必要なんや。
［第一の神］　ひんぱんすぎないように。
［シェン・テ］　せめて一週間に一回は。
［第一の神］　月一回で十分です。
［シェン・テ］　ああ、行かんといて、神さん。まだゆうてないことがあるんや。あんたらにいてほしいねん。

（神様は歌う）

雲間に消える神々の三重唱

ごめんなさい。この地上には
ほんのひとときしかいられません。
美しいものを心にとどめようとしても
いつのまにか消えてしまいます
金色の光で照らし出しても
おまえの影がさえぎります
だから許してください
私たちが無に帰っていくのを

［シェン・テ］　助けて。

神々

行かせてください、善人探しは
もう終わったのです。
私たちは急いで天上に戻ります。
私たちは急いで天上に戻ります。
称えましょう、称えましょう
セチュアンの善人を
称えましょう、称えましょう
セチュアンの善人を
（くり返す）

（シェン・テが絶望して腕を神様に伸ばしている間に、彼らは微笑みながら、ウインクをして、上のほうへ消えていく）

③
ななとうの ぞう——は なにも したく なくなった き
をたおす ことーもー うんざりだ—— ジン
のダンナはーい らいらしーななと うにはらをたてた はちば
んめにこ めを やった 《それが、どうした》
※ サビ
④
ななとうの ぞうには キバが なかあった—— キバ
をもって いるのは はちばんめだ け はちば
んめの ぞうーはーななと うをなぐった—— かげで
わらあているのは ジンのダンナー 《もっと、ほれ》
※ サビ

『八頭目の象の歌』[2/2]

八頭目の象の歌
mami
♩=126〜144
Am（前奏）
①
譜面のつごう上 ※のサビの部分は①番にしか書いてませんが、同じサビが②、③④の後にもあります。歌って下さい。
ジンの だんなは ぞうを ななとう もっていた それが
らもう いっとう べつーに もっていたー ななと
うはーらんぼうでー はちばんめのは、なれてたー ななと
うみはっていたのは はちばんめ
《もっと、はしれ》
※サビ①②③④番同じ
ジンのだんなは もりをもってる
ひがくれーぬ うちーに もりを きりひらけ だのにもうすぐ
よるがくるぞー
②
ななとうの ぞうーが もりを かいこんしている ジンの
ダンナは はちばんめに のっていたー いちにち
じゅう このぞうはー なにも せずにみはってるー せえっせ
とじごとをしてるの ながめてる
《もっと、ほれ》
※サビ

『八頭目の象の歌』[1/2]

『神々と善人の無防備の歌』[2/2]

『神々と善人の無防備の歌』[1/2]

『雲間に消える神々の三重唱』[2/2]

『雲間に消える神々の三重唱』[1/2]

小市民の結婚式

登場人物

新郎
母（新郎の母）
友人（新郎の友人）

新婦
父（新婦の父）
妹（新婦の妹）
女（新婦の女友だち）
男（新婦の女友だちの夫）
若い男（新婦の妹の恋人）

（舞台中央に大きな長方形のテーブルが置かれた白塗りの部屋。テーブルの上方に赤い紙のランタン。シンプルで幅の広い肘掛椅子が九つ。上手の壁際にソファ。下手に戸棚。その間にアコーディオンカーテン。下手奥に低い喫煙用テーブルと椅子が二つ。下手袖にドア。上手袖に窓。テーブルも椅子も戸棚も磨かれてないし塗料も塗られていない。赤いランタンに灯りがともっている。夕方、結婚式の客がテーブルについて、食事をしている）

［母］（テーブルに料理を載せる）さあタラを召し上がれ。

（感嘆のつぶやき）

［父］タラと言うといつも思い出すんだけど、こんな話があるんだ。

［新婦］先ず食べて、パパ。いつも食べ損なうんだから。

［父］話が先だ。マリア、おまえの亡くなったおじさんがな、教会でわしの堅信礼に出たときのことなんだけど、あっそうそう、この儀式にはもう一つ面白い話があるんだけど、まあいいわい、その式が終わってから、みんなで食事をして、魚料理を食べたんだけどな、突然おじさんが魚の骨を飲み込んじまった、気を付けなさいよ、みなさん。骨が喉につかえてな、苦しがって手足をばたばたさせてもがきだしたんだ。

［母］ヤーコプ、尻尾の方をお取り。

［父］ばたばたもがいて、鯉みたいに真っ青になってな、ワイングラスをひっくり返しちまったもんだから、みんなびっくり仰天だよ、背中を叩いたり、体中ばかばか殴ったりしたんだけど、あげくの果てにはげろげろやりだしてな、テーブルじゅう吐いちまった。これでもう食べ物は終わり、食事どこじゃないよ。でもそれでよかったよ、後で母さんと二人だけで食事ができたからな。やっとわしはお祝いしてもらったってわけだ。さあ、それでだ、テーブルじゅうゲボゲボあげた当のご本人はというと、運良くまた元気を取り戻したとき、こうぬかしやがった、迷惑かけたことも忘れて、幸せそうにな、あいつ結構いい声してるんだ、低いバスで、合唱団に入ってたからな、合唱団といえばこれにも面白い話があってな、まあいいや、ともかくやつはこう言ったんだ。

［母］お魚の味はどう？　どうしたのよ、みんな黙って

しまって。
［父］　最高ですよ。
［母］　でもあなたはまだ一口も召し上がってないでしょ。
［父］　エーエー、今いただきますから。で、やつはこう言ったんだ。
［母］　ヤーコプ、もう一切れお取りよ。
［新郎］　ママ、お義父《とう》さんがまだ話してるんだから。
［父］　ありがとう。そこでタラの話だが、あっそうだ、まだ話が終わっていなかった、やつは言ったんだよ、「やれやれ、すんでのところで骨でむせて、命失せるとこだった」。料理を全部台無しにしたというのによ……。

（笑いが起こる）

［新郎］　とーっても面白い。
［若い男］　話がすごくお上手ですよね。
［妹］　でもお魚もう食べられない。
［新郎］　分かる、若い娘《こ》は魚なんか食べないんだよね、みんなベジタリアンだって。
［女］　（ランタンを指して）電気、間に合わなかったの。
［新婦］　イーナ、魚料理にはナイフは使わないのよ。
［男］　（女の夫）電灯なんてムードがないよ、ろうそくの灯りの方がいい。
［妹］　この方がずっとロマンチックだわ。
［女］　そうね、でもこっちがムードもロマンもないんだから。
［友人］　この灯りはタラにはぴったりですね。
［若い男］　（妹に）そう思われますか。ロマンチックなものが好みなんですね。
［妹］　ええ、とっても。特にハイネが好き。すごく甘いマスクしてるでしょ。
［父］　脊髄カリエスで死んだんだ、あの詩人はな。
［若い男］　恐ろしい病気ですね。
［父］　ウェーバーじいさんの兄貴が同じ病気だった。よく話を聞かされたけど、ぞっとしたよ。夜通しずっと眠れなかったみたいだ。例えばこんなこと言ってたな……。
［新婦］　やめてよ、パパ、そんな話、下品だわ。
［父］　何の話だ。
［新婦］　脊髄カリエスの話よ。

［母］　ヤーコプ、おいしいかい。
［女］　あたしたちには、最高。今夜は絶対ぐっすり眠れそう。
［友人］（新郎に）親友に乾杯。
［新郎］　皆さんに乾杯。
（みんな乾杯する）
［妹］（若い男に、声を潜めて）今がチャンスよ。
［若い男］　ここじゃ、まずくないですか。
（二人は小声で話し合う）
［女］　うーん、とってもいい匂いね。
［友人］　ただもう、うっとりだ。
［母］　花婿がオーデコロンのビンを半分、惜しげもなく使ったんですからね。
［若い男］　すてきな香りですね。（妹と話し続ける）
［女］　この家具みんな、あんたたちが自分で作ったたってほんと？　あの戸棚も？
［新婦］　全部そうよ。うちの人が考えて、設計図引いて、板を買ってきて、かんなをかけて、全部。そいでボンドでくっつけたの、全部。どう、かっこいいでしょう。
［友人］　見事な出来ばえだよ。でもどうやってそんな時間、ひねり出したんだい。
［新郎］　夜さ、それに昼休み、ときどきは。でもたいていは朝、仕事したな。
［新婦］　毎朝五時に起きて、作ってたわ。
［父］　これはかなりの仕事だ。わしはいつもマリアに嫁入りのときは家具を持たせてやると言ってたんだけど、ヤーコプ君がいやだというもんだから。ヨハネス・ゼーゲミュラーの結婚のときもそうだった。あの男の場合はな……。
［新婦］　どうしても自分で全部作らなきゃ気がすまなかったの。あとから他の家具もみんなお見せしますわ。
［女］　でも長持ちするかしら。
［新婦］　あんたやここにいるみんなよりは長持ちするわよ。ちゃんと計算して作ってるんだから。ボンドだって、この人が自分で調合したのよ。
［新郎］　家具屋で売ってるガラクタなんてとてもじゃないけど信用できませんからね。
［男］　いい考えですね。そうすれば家具がぐっと身近に

感じられて、家具をもっと大切にするようになる。（妻に）君も、もう少し自分のことは、自分でやってくれるといいんだがな。
[女]　そうよ、いつもいつも私が悪いのね、あんたじゃなくて。うちの人はこういう人なのよ。
[男]　そんなこと言ったんじゃないんだ。分かってるだろう。
[父]　ヨハネス・ゼーゲミュラーの話はえらくおかしいんだ。
[新婦]　パパの話をおかしいなんて思ったことは一度もないわ。
[妹]　姉さん、言いすぎよ。
[新郎]　お義父さんのお話はすばらしいと思うけど。
[友人]　お見事ですよ。特にちゃんと落ちをつけるところがすばらしい。
[新婦]　でも長ったらしいわ。
[新郎]　とんでもない。
[友人]　簡潔、明瞭にしてかつ具体的。
[女]　あたしたちも時間は十分あるし。
[母]　（入ってきて）さあデザートですよ。
[父]　短くしゃべろうと思えばできるんだがね、ほんの二言三言で、いやまあ文章なら六つか七つだ。それで十分だよ……。
[友人]　これはまた何といい匂いだ。
[母]　生クリームがのったプリンですわ。
[友人]　こんなの食べたらもう何も食べられないよ。
[母]　ヤーコプ、ここをお取り。でも生クリームは取りすぎちゃだめよ。ちょっと足りなめだから。さあ皆さん、どうぞ召しあがれ。
[妹]　生クリームは死ぬほど好きよ。
[若い男]　本当ですか。
[妹]　ええ。口一杯にほおばらなきゃ。そうしたら歯があることなんか忘れちゃうわ。
[新郎]　お義父さん、もっとシロップをおかけしましょうか？
[父]　まあまあ、ゆっくりゆっくり。例えばヨハネス・ゼーゲミュラーはいつもこう言ってたよ……。
[新婦]　生クリームはおいしいですわ、お義母さま、後で作り方を教えてくださいね。
[新郎]　でも君にはママみたいにうまくはできっこない

よ、これは。
［母］　玉子を三つも入れてるの。
［新婦］　そんなにたくさん入れるなんて。
［母］　でなきゃ、ロクなものできないわ。
［女］　特に玉子が大切よ！
［友人］　（へへへと笑って、笑いをかみ殺す）玉子、へへへ、玉子、これは、へへへ、いいや……。玉子はとてもいい、最高だ。入れないと、へへへ、できない、まったくすばらしい……。へへへ。（誰も一緒に笑ってくれないので、あわてて笑うのをやめて、急いで食べる）
［新郎］　（友人の背中を叩いて）おい、どうしたんだい。
［妹］　ほらさ、玉子がバカ受けしちゃったのよ。
［友人］　（また笑い始める）すごくいいんだ、最高だよ。玉子には脱帽したぜ。
［父］　そうだな、玉子は。亡くなったおまえの母さんがな、わしが旅に出るときに玉子を一つ入れてくれた。これも固いかって聞いたら、石のように固いだってさ。わしは母さんの言うことを信じて、玉子を包んだ。わしはそのときはまだ……。
［新婦］　パパ、生クリームを取って。
［父］　はいよ。そのときわしはまだ……。
［女］　（いたずらっぽく）あんたたちベッドも自分で作ったの。
［新郎］　そうさ、くるみの木でね。
［新婦］　すごくかっこいいわよ。
［妹］　ただちょっと広すぎるんじゃない。
［女］　そうなるものよ、自分で作ったら……。
［男］　おまえ、まだ見てもいないくせに……。
［父］　おまえたちのためにベッドを調達してやれたんだけどな、先祖伝来の品だ、骨董品としての価値もある。それにがっしりしてる。
［友人］　ほんとに昔の人はやり方を心得ていましたからね。
［若い男］　人は変われどそれはみな同じだった。
［父］　人が変わればベッドも変わるって、フリッツ・フォルストが言っとったよ。まったくユニークなやつだった。例えばあるときやつは教会に入っていったけど、もう神父さんが……。
［母］　（入ってきて）さあクッキーですよ。マリアさん、ワインを運ぶのを手伝ってちょうだい。

［新郎］　ワインでさっぱり洗い流そうってわけだな。
［父］　待てよ、水洗便所で面白い話があったな。まずそいつから、話さなきゃならんな。水洗便所ができたころにな……。
［新郎］　まずはワインを一杯やってください、お義父さん。ワインは舌を滑らかにしてくれますから。（ワインを注ぐ）
［友人］　色からしてすばらしいじゃないですか。それにこの香り。
［母］　ずっと二人だけでひそひそ何を話しているの、あんたたちは。
［妹］　（ぱっと離れて）あたしたちのこと？　別に何にも。この人が言ったのは、ただ……。
［男］　（若い男に）一体どういうわけであなたは三分間ずっと私の足を踏んでいらっしゃるんですかね。私はふいごじゃありませんよ。
［若い男］　失礼しました。あなたの足だとは……。
［男］　考え事をしていたら何でも許されると思ってられたんですか。でも人の足の上に足を置いて考えるのはよしてください。
［母］　ヤーコプ、あんたのグラスをちょうだい。
［女］　（男に）お説教をたれるより飲んだらどうなの。えらそうに。いつもは大酒食らってるくせに。

（静寂）

［友人］　先祖伝来のベッドの話をなさろうとしてたじゃありませんか。話が中断してしまいましたけど。
［父］　そうだ、ベッドの話でした。思い出して下さって、ほんとにありがとう。あのベッドで死んだのはおまえの母さんだけじゃないぞ、マリア。
［新郎］　それじゃ生きている者のために乾杯しましょう、お義父さん。乾杯。
［一同］　乾杯。
［男］　（立ち上がる）ご列席の皆さん。
［女］　恥をかきたくなかったら、口にフタをすることね。
［男］　（座る）
［友人］　どうしてスピーチをやめられたんですか。あれは奥様のただの冗談ですよ。
［女］　うちの人に冗談なんか分かるもんですか。
［男］　なにをしゃべろうとしてたか、忘れてしまいま

した。
［若い男］（立ち上がる）
［女］　しーっ。
［母］　ヤーコプ、チョッキのボタンをちゃんとかけて。お行儀悪いわよ。
（この瞬間、外で教会の鐘が鳴り始める）
［妹］　鐘だわ、ミルトナーさん。さあスピーチをなさらなきゃ。
［友人］　お聞きなさいよ。なんとすばらしい鐘の音でしょう。本当に荘厳だ。
［妹］　（食べている新郎に）しーっ。
［新婦］　食べさせておきなさいよ。
［若い男］　（頭を上げて直立する）二人の若い男女、純潔な花嫁と人生の荒波の中で成長した花婿が結婚するとき、天国では天使が祝福の歌を合唱するといいます。うら若き花嫁が（新婦の方を向いて）少女時代の麗《うるわ》しい日々に思いをめぐらすとき、おそらくほのかな憂いに包まれることでしょう。それというのも新婦は今や人生の真っ只中へ、敵意に満ちた人生に第一歩を踏み出したからであります。（新婦はすすり泣く）もちろん一人ではなく経験豊かな新郎に寄り添われてであります。新郎は今や自らの手で家具を、いや家庭を築き上げられたのでありますが、それは取りも直さず新郎の心が選び取った最愛の人と、喜びと悲しみを分かち合うためであります。それゆえこの気高く若いお二人の健康を祈って、乾杯しようではありませんか。お二人は今日始めてお互いのものになられ（新婦笑う）そして今後永久にお互いのものであられるでしょう。さあお二人を祝って、みんな一緒にリスト作曲の「すばらしきこと」を歌おうではありませんか。（歌い始めるが、誰も唱和しないので、すぐに座ってしまう）
（静寂）
［友人］　（小さな声で）歌は知らないけど、スピーチは良かったな。
［妹］　最高。すばらしいスピーチだわ。本の文章みたい。
［男］　八五ページにあるんだよ、結婚式スピーチ集って本の。丸暗記したのさ。
［女］　恥を知りなさい！

［男］　私が？
［女］　そうよ、あんたよ。
［友人］　このワインはすばらしいな。
（鐘の音が止む）
（みんなくつろぐ）
［父］　そうだ、ベッドの話をしようとしてたんだ。
［新婦］　ああ、その話ならよく知ってるわよ。
［父］　アウグスト大叔父さんが死んだときの話だよ。
［新婦］　うん、それよ。
［新郎］　アウグスト大叔父さんはどんなふうに亡くなられたんですか。
［父］　話さんよ。たった今、わしの玉子の話も中断されてしまったし、水洗便所の話もフォルストの話も、とても面白いのに途中でカットだ。ヨハネス・ゼーゲミュラーの話なんかもう全然しゃべる気がせんよ。これは本当に、長くなるからな。でもそうは言ってもせいぜい十分ぐらいだがな。うん、後でやれるかもしれん……。それじゃ。
［母］　ヤーコプ、ついであげて。
［父］　アウグスト大叔父はな、水腫で死んだんだ。
［男］　乾杯。
［父］　乾杯。水腫だよ。最初は足だけだった、それも指の部分だけだったんだけど、むくみがひざまで来てな、子どもを産み落とすようなスピードであっという間に進行して、お先真っ暗になってしまった。お腹もどんどん張ってきて、水を抜いても抜いても……。
［男］　乾杯。
［父］　乾杯、乾杯。腹水を抜いたけど、手遅れだった。そのうち心臓までやられてな、これが病気の進行を早めた。おじさんはな、おまえたちにやろうと思っていた例のベッドに横たわって、象みたいにうめいていた。実際象のように見えたよ。特に足の部分が。そこでおじさんの妹がな、おまえたちのおばあさんだけど、臨終の病人に言ったんだ、明け方だったよ、部屋にうっすら明かりが射してきた、たぶんカーテンがかかっていたと思うけど。言ったんだよ。「アウグスト、神父さんを呼ぼうかね」。おじさんは何も言わずに、天井を見つめていた。――七週間もそうやっていたんだ。寝返りも打てなくなってから、ずいぶん長い

こともったんだな。——それから言ったね。「この足がどうもいかん」。そしてまたうめきだしたんだ。でもわしのおふくろさんは容赦しなかった。だって、これは魂が救われるかどうかの問題だと思っていたからな。それで半時間ほど待ってから、また言った。「アウグスト、それじゃ神父さんを呼ぼうかね」。でもおじさんはそんなこと聞こうともしなかった。それで居合わせた親父がおふくろに言ったんだ。「ほっといてやれよ。苦しんでるんだから」って。親父は優しい人だったからな。でもおふくろは承知しなかった。ことが魂の問題だけに、女ってぇのはみんな頑固だから。またおふくろは切り出したんだ。「アウグスト、これはあんたの来世の魂の問題なんだよ」。そうしたら、これは後で親父から聞いたんだけど、おじさんは壁から目をそらして、みんなが立っている左手の方を見て、まあ横目で見ざるをえなかったんだけど、ここではとても言えないような言葉を口にしたんだよ。だいたいおじさん自身がそういう人だったんだけど、実に下品な言葉だ。わしには無理だ……でもこれを言わないと話が……。やはり言わないわけにはいかん。言わないと話が分かってもらえないからな。おじさんは言ったんだよ。「くそ食らえ」って。その先は分かるだろう。やっとの思いでこう言い終えると、みんなも察しがついたろうが、あの世に行ったんだ。うそ偽りのない話だ。そのベッドはまだちゃんとあるし、おまえたちのために屋根裏部屋に置いてあるから、ほしいのなら持っていってもいいぞ。

(ワインを飲む)

(静寂)

[妹]　もう何も飲む気がしなくなったわ。

[友人]　何でもそう深刻に受け止めちゃだめですよ、お嬢さん。さあ、乾杯。よくできてるけどしょせん話は話。

[新婦]　(新郎に向かって小声で) ねえ、あんな下品な話するの何とかやめさせてよ。

[新郎]　楽しみを奪っちゃいかんよ。

[若い男]　灯りがすばらしいですね。

[母]　ヤーコプ、クッキーをナイフで切っちゃだめよ。

[父]　おまえの家具とやらをちょっと見せてもらえんかね。

［新婦］　いいわよ。
［友人］　肝心なのは椅子の幅が十分あるということだ。これなら二人座れそうだ。
［女］　ちょっと細いんじゃない、この椅子の脚。
［若い男］　細い脚――これがいいんだな。
［女］　どこでそんな経験したの。
［母］　ヤーコプ、手でクッキーを食べられないの。
［女］　（立ち上がり、歩き回って）これがソファね。幅は十分だけど、上にのってるクッションが実用的じゃないわね。自家製だとやっぱりこうなるのかな……。
［新婦］　（立ち上がる）戸棚はすてきでしょう。特にこの切込み細工。他の方たちがこういう趣味を全然お持ちでないなんて、あたしには分かりませんわ。何がしかのお金を払って、家具を購入する。それじゃまるで魂の抜けた家具ですわ。ただ品物としての家具を持ったというにすぎないでしょ。あたしたちはあたしたちのものだと言える家具を持っています。それにはあたしたちの汗がしみこんでいるし、愛情も注がれています。なんといっても自分の手で作ったものですもの。
［男］　さあ、こっちへ来て座んなさい。
［女］　それどういうこと？　戸棚の中も見たいのよ。
［男］　よそのうちの戸棚なんかのぞくもんじゃないよ。
［女］　言ってみただけよ。いつだってあんたのほうが物知りなもんだからつい。でもやめるわ。この戸棚、外見はそんなに立派とは言えないんじゃない？　こんな切り込み細工なんて、今じゃ誰もしないし。今はきれいなカーテンのかかったガラスの扉を使うんじゃない？――内側は立派かもしれないなって思って、見たかっただけ。
［男］　いいから、座んなさい。
［女］　何よ、その言い方は。また飲みすぎたのね。もっと薄くしてあげる。あんた弱いんだから。
［新郎］　あの、もしご覧になりたいんでしたら、どうぞ。興味を持っていただいて嬉しいです。マリア、鍵、開けてあげて。

（鍵をマリアに渡す）

［新婦］　はい、でもどうしたのかしら。この鍵合ってるの。回らないわ。
［新郎］　どれ、寄こせよ。君もこれから覚えなくちゃい

けないな。この鍵は僕が取り付けたんだ。（開けようとする）ええ、なんだ。ええ、こん畜生。（激怒して）くたばれ。

［新婦］ほらご覧なさい、あんたでも開かないじゃないの。

［新郎］多分鍵を回しすぎたんだ。僕にも分からないぞ、これは。

［女］中にはまだそんなに物が入ってないんでしょう。だったらわざわざ開けることもないわ。鍵を開けるのもそうとう大変そうですものね、この戸棚は。そこがこの戸棚の欠点ね。

［男］（脅すように）こっちに座るんだ。これ以上聞いちゃおれん。

［妹］もうやめて、みんな立って、何か踊りましょうよ。

［若い男］そうだ、踊ろうよ。テーブルをのけましょう。

［新郎］ダンスはいいな。でも音楽は誰がやるの。

［友人］ギターなら弾けるよ。廊下に置いてある。（ギターを取ってくる）

（みんな立ち上がる。父と男は下手に行って座る。二人はタバコを吸う。新郎と若い男はテーブルを持ち上げて、上手に移動させる）

［若い男］気を付けて下ろしてください。

［新郎］それには及びません。乱暴にやっても大丈夫です。（テーブルをどしんとおろす。脚が一本外れる）さあ、踊りましょう。

［若い男］ほらね、脚が壊れましたよ。もっとそっと置けばよかったのに。

［新婦］何が壊れたの。

［新郎］なんでもない、たいしたことじゃない、さあ踊ろう。

［新婦］ほんとに注意が足りないのね、あんたは。

［女］いつだって家具のために流した汗のことを考えずにはおれないのよね。でもボンドがよかったら、多分こんなことにはならなかったわね。

［新郎］なかなか辛口ですな。お相手していただけますか。

［女］最初のダンスなのに、奥様となさらないの？

［新郎］もちろんそうでした。さあ、マリア。

［新婦］いやよ、あたしハンスさんと踊りたいの。

［妹］じゃああたしは誰と踊るのよ。

［新婦］（女友だちの夫に）踊ってやってくださいません。

［男］　だめです。踊ったら女房にドヤされますから。
［妹］　そんなこと言わないで踊ってくださいよ。でないとあたし、壁の花になっちゃうわ。
［男］　そりゃいかん。そうはさせませんよ。（立ち上がって、彼女に腕を差し出す）
［友人］　（ギターを持ってソファに座る）ワルツを弾きましょう。（始める）
（新郎は女と、新婦は若い男と、妹は男と踊る）
［女］　もっと速く、もっと速く。まるでメリーゴーランドみたい。
（みんなかなり速く踊り、音楽が終わる）
［女］　すてきだったわ。ダンスも悪くないわね。（ソファにどっかりと腰を下ろす。ボキッと音がする。女と友人は飛び上がる）
［友人］　ボキッといったぞ。
［女］　どこか壊れたみたい。あたしのせいにされるんだわ。
［新郎］　いいえ、ご心配なく。修理しますから。
［女］　そうね、家具のプロですものね。おまかせするわ。
［新婦］　あんまり速く踊りすぎたのね、あんなふうにどしんと座るなんて。
［女］　そうなの、ご主人が飛ぶように踊るもんだから。
［妹］　お気に召しました？
［男］　今日は良かったです。とても。
［女］　あんた、心臓に注意したほうがいいわよ。
［男］　心配かね。
［女］　何かあったらあたしのせいにされますから。
［新郎］　掛けて、休みませんか。
［新婦］　（友人に）すばらしい演奏だわ。
［友人］　踊っているときのあなたはすばらしい。
［新郎］　さあ、おしゃべりはやめて、座りましょう。ダンスはお気に召しましたか。
［若い男］　とっても。もう一度みんなで踊りませんか。
［新郎］　やめましょう。
［父］　もっとワインをいただけるかな。そうすりゃ話もはずむ。
［新郎］　テーブルをまた真ん中に持ってきましょう。（若い男と運ぶ）今度は気を付けてください。

（母がワインを持ってくる。椅子を元の位置に戻してみんな座る）

［女］　何か歌ってくださらない。聞きたいわ。
［友人］　歌はうまくないんです。
［新郎］　うまくなくてもいいよ。歌ってくれたら、みんな楽しくなるんだから。
［女］　うちの人もたまに歌うんですよ。ギターも弾けるし。
［若い男］　じゃ、弾いてください。
［女］　はい、ギター。
［男］　もうだめだよ。
［妹］　やってくださいな。
［男］　でもつかえたら……。
［女］　いつものことよ。
［妹］　一曲だけでも。
［男］　一曲くらいならまだやれるかな。
［女］　昔はいつも弾いてたんですよ。でも結婚してからはやめてしまいましたの。この人夢中になる方だから、あたしのほうが退屈して。以前は随分たくさん歌えたんですけどね。そのうちだんだん忘れていって、レパートリーは減るばかり。それにしょっちゅうつかえるようになって、ぼけたみたい。今じゃ歌えるのは一曲だけになっちゃったんです。あの歌ならまだ歌えるわね。
［男］　だいじょうぶ、歌ってみよう。（ギターの音を合わせて、元気に始める）
リーベナウのお化けだ、聞いてごらん。
お化けはいろんな……（つかえる）お化けはいろんな
……なんだっけ……この歌も忘れてしまった……最後の歌だったのに……。
［女］　ボケよ。
［新郎］　心配要りませんよ。僕だって全然歌えませんから。
［若い男］　じゃもう少し踊りませんか。
［友人］　そうだ、踊ろう。今度は僕も踊りたいよ。ワルツのようなものなら弾けるんでしょう。Ａメジャーの七度音程ですよ。マリアさん、お願いします。今度は僕の番でしょう。
［女］　あたしはもうたくさん。見てるわ。
［新郎］　じゃ僕たちも見物といきましょう。
［父］　マリアはダンスがうまいぞ。

（新婦と友人が踊る）

［男］（ギターを爪弾く）イ長調はこうだな。

［友人］（激しく踊る）ほんとに上手だ。もっと速く。

［新郎］ぶっ倒れるなよ。

［女］（新郎に）あたしにはあんな踊り方は許されないわ。

［妹］しようったって無理じゃない？

［女］相手次第だわ。

［友人］（ダンスを中断して）頭に血が上ってしまう。さあ奥さんをお返しするぜ。情熱的な踊りだったよ。何か飲み物をもらえるかな。

［父］さあ、みんなテーブルに着きませんか。これじゃ話もできない。

［新郎］そうですよ、みんな掛けてください。（新婦に小声で）それとも、もっと踊りたいかい。

［新婦］さあ、それじゃ席順を変えましょうよ。（友人に）ここへ座ってちょうだい。あんたは（女に）あっちに掛けてくれる。（女は新郎の隣に座る）パパ、あなたは上座に。

［新郎］（ワインの栓をあける）さあ飲みましょう。楽しい集いに乾杯。

［若い男］しかもわが家で。

［友人］みんな手作りのわが家で。

［父］乾杯。マリア、おまえがまだひざまでのスカートをはいていたころ、ワインを飲まされたことがあった。おじいさんが面白がってな。おまえを踊らせようとしたんだよ。だけどおまえは眠り込んじまった。

［女］あんた、今日は飲まない方がいいんじゃない。どうなの？

［男］私は、あなた程のダンスの名手を見たことがありませんよ。

［友人］さあいい気分だ。今まではちょっと堅苦しかったけど、それを除けば実にすばらしかった。（立ち上がる）なんだ、これは。（椅子を見る）何か引っ掛けたみたいだ。

［新婦］怪我しませんでした。

［友人］木のとげが出ていたんだ。

［新郎］平気平気。

［友人］椅子の方は平気さ。でも、僕の一張羅のズボンはどうなるんだ。

［新郎］　僕に敬意を表してわざわざはいてきてくれたのかい。
［友人］　そうとも。さあ歌うか。
［新郎］　歌いたくなければ、無理して歌わなくてもいいんだぞ。
［友人］　（ギターを取ってきて）喜んで歌わせてもらうよ。
［新郎］　いやつまり、機嫌を損ねたのなら……。
［友人］　機嫌なんて損ねてないさ。
［新郎］　ズボンのせいで……。
［友人］　ダンスを楽しんださ。
［父］　これも神の思し召しだ。フォルストもそう言っておった。
［友人］　（『長調による純潔のバラード』を歌う）

男と女は愛で溶けてしまいそう
男は感じた、あの娘は俺のもの。
暗闇が二人の情欲をかき立てた。
女は感じた、この世には二人だけ。
男は女の額にそっとキスをした
だって女は娼婦じゃなかったし
娼婦になる気もなかったから。
おお、男の甘く巧みな指の戯れ！
おお、女の心は激しく燃え上がる！
男がもっと大胆になるように
男は自ら祈り、女も切に願う。
そして女は男の額にキスをした
だって女は娼婦じゃなかったし
どうするのかも知らなかった……

女の純潔を汚《けが》しちゃいけないと
男は娼婦の館におもむいた
娼婦は男に手ほどきをした
上手なセックスと愛の喜びを。
頭から娼婦の体が離れない
決してかちかちの人間じゃなかったが
男はようやく誓いを立てた。

男が罪もなくかき立てた
女の燃える炎を鎮めようと

破廉恥で頑強なこの男に
女はひたすらすがりつく。
（男は女を階段に押し倒し
のしかかってものにした）
男のテクニックに女は歓喜する
だって女は尼ではなかったし
大いに欲望をかき立てられた。

男は自分をほめてこういった
幸せいっぱいの五月のあの晩に
額にしかキスをしなかったのは
ほんとにほんとうに賢明なことだったと——
意気地なしの男と淫売の女
ちょっと恥じらいを浮かべ告白する
なんともいやらしい話だと。

［女］（笑う）
［新郎］ この歌なら知ってるよ。君の持ち歌の一つだろう。（女に）お気に召しましたか。ワインを取ってきましょう。

［友人］ うん、いい歌だな。特に道徳的なのが。（新婦に）お気に召しましたか。
［新婦］ あたし、分かってないと思う。
［女］ あんたのことを歌った歌じゃないわよ。
［父］ （不安そうに）イーナはどこへ行ったんだ。
［新婦］ 知らないわよ……。
［新郎］ ミルトナーさんもいないじゃないか。そもそもどうしてあの男は呼ばれたんだい？
［新婦］ このアパートの管理人の息子さんなの。
［新郎］ それじゃあ、召使いなんだ。
［新婦］ きっと二人で出て行ったんだわ。
［父］ そりゃよかった。だったら今の歌を聞かずにすんだわけだ。でも様子を見ておいで、マリア。
［女］ 二人には歌の意味が分かったんじゃない。
［男］ あなたのお母さんも台所でしょう。
［新郎］ ええ、生クリームを作ってます。
［新婦］ （声を潜めて新郎に）卑猥な歌だったわね。
［新郎］ おまえがあいつとあんなふうに踊った後だぞ。
［新婦］ 恥ずかしい。
［新郎］ あのダンスがか。

［新婦］　違うわ、あんたのお友だちのことよ。（退場）
［友人］　今はとても最高の気分だ。僕は、アルコールが入ると神様みたいになるんだ。
［新郎］　それも言うならこうだよ。神様はお酒を飲むと、ハレンチな教師のようになる。
［友人］　（少し腹を立てて笑う）こいつはいいや。いつもはさえない君なのに。
［男］　こんな話があるんだ。あるとき神様がお忍びで散歩をなさった。ところがネクタイをしていくのをお忘れになったので、正体を見破られて精神病院に入れられたというんだ。
［友人］　その話なら全然違ったふうに話さなきゃ。落ちがうまくつかないですよ。
［父］　これはいい。でもヨゼフ・シュミットは本当に精神病院に入れられたんだよ。そうなったのはな、つまり……。
（妹と新婦、若い男が入ってくる）
［妹］　あたしたち、お母様の生クリーム作りのお手伝いしてたの。
［新郎］　かまわないよ。こっちもすごく盛り上がってるから。いろんな話を聞かせてもらえてね。
［若い男］　クリームはうまくできましたよ。
［女］　オーブンで作ったのかしら。
［妹］　クリームですもの、オーブンなんか使いませんわ。
［女］　クリームはオーブンで作りますって言うかなって思ったものだから。だってあんたたち真っ赤な顔をしてるでしょう。（笑う。椅子に身を投げ出す。メリッという音）
おー。（立ち上がる）
［友人］　何か壊れましたか。
［女］　どうやら椅子みたい……。
［新郎］　とんでもない。その上ではしゃいで転げ回ってもだいじょうぶですよ。三センチの釘を使ってますから。
［女］　でももう座る勇気はないわ。ソファに座る。
［妹］　ソファにはさっき座ったでしょう。脚が一本取れてるわ。
［友人］　（彼女の椅子に手を置いて）ほんとに具合悪いな。今度はとげが出てるんじゃないか。ドレスにはどうぞ注意なさってください。

［新郎］（歩み寄る）そうだ、この椅子ですよ。ちょっと具合悪くてね。釘が届いてなかったんだなあ。これが問題の椅子とは知らなかったもんですから。分かってたら他のに座ってもらいましたのに。

［新婦］そうしたらこっちの椅子に座らされてたわね。

［男］この椅子が空いてますよ。


（静寂）


［母］さあクリームですよ。それにホットワインも。

［友人］こいつはすごい。ホットワインか。（ゆったり体を伸ばす）これは肘掛け椅子のアームだったんだ。僕は何にも壊しちゃいないよ。さあ飲もうぜ。（肘掛けが壊れている）

［新郎］さあ気持ちよくなるぞ。乾杯。

［一同］乾杯。

［新郎］（母に）ママの健康を祝して。

［母］ありがとう。でもあんたのきれいなチョッキにワインをこぼしちゃだめよ。もうしみがついてるじゃない。

［父］椅子の話が出たから……ローゼンベルク商会の事務所の客用の椅子だがな、座るところがうんと低くて、肘が頭と同じ高さになるようなやつだった。これに座らされるとお客はすっかり弱気になってしまって、おかげでローゼンベルク商会は大もうけしたってわけだ。社長は前より立派な家を買い、もっと美しい家具を買い込んだが、椅子だけはそのままにしておいた。社長さんはいつも感動して言ってたよ。「私はこんなに質素な椅子からやり始めたんだ。決して忘れないぞ。そうすれば思い上がって神様に罰せられるようなことはしないだろう」って。

［女］とにかくあたしは椅子を壊そうなんて思ったわけじゃない。あたしにはなんの責任もないわ。

［男］誰もそんなこと言ってやしないじゃないか。

［女］だから言うのよ。今に責任を取らされるんだから。

［友人］不協和音が聞こえてきたな。ギターで何か歌おうか。

［新郎］疲れてなかったらな。

［友人］何で僕が疲れるんだい。

［新郎］踊ったり飲んだりしたろう。君は胃が悪かったんじゃないか。

［友人］胃なんか悪くないぜ。

［新郎］だっていつも重曹を飲んでたじゃないか。

［友人］そのおかげでずっと健康だよ。

［新郎］そうかい、ちょっと心配だったもんでね。

［友人］それはどうも。でも疲れてなんかいない。


（間）


［若い男］『バール』っていうお芝居をごらんになりました？

［男］ええ、卑猥な芝居ですよ。

［若い男］でも力強いでしょう。

［男］だったら力強い卑猥です。弱い卑猥よりもたちが悪い。卑猥なことを書いても、才能があれば許されるのですかね？　あんな作品は許されませんよ。


（静寂）


［父］近頃の作家ときたら、家庭のことなんかくそみそに言ってますな。これこそわれわれドイツ人がいちばん大切にしてきたものなのに。

［友人］まったくその通りです。


（間）

［新郎］さてと、楽しくやろうじゃありませんか。結婚式ってのは毎日あるわけじゃないんですから。大いに飲もう。そんなにかしこまって座らないでください。まず僕から上着を取りましょう。（脱ぐ）

（間）


［友人］トランプあります。あったらタロックやれるんだけど。

［新郎］戸棚にあるよ。

［女］開かない戸棚ね。

［友人］のみを使ったらどうだろう。

［新婦］まさか本気じゃないでしょうね。

［友人］でもいつかは開けなきゃいけないんだから……。

［新婦］でも今日はだめ。

［新郎］トランプを出すためだけならね。

［友人］（情け容赦なく）だったらここでほかに何がやれるか、言ってくれ。

［女］ほかの家具を見せてもらったら。

[新郎]　それはいい考えだ。すぐに案内しますよ。
（一同、腰を上げる）
[妹]　あたし、ここに座ってる。
[新婦]　一人で？　そんなのないわよ。
[妹]　でもどうして。
[新婦]　許されることと許されないことがあるでしょう。
[妹]　じゃ言わせてもらうけど、あたしが立ちたくないのは、椅子が壊れてるからよ。
[新婦]　どうして壊しちゃったの？
[妹]　ひとりでによ。
[友人]　（椅子に触って）用心してそっと座っていればだいじょうぶだ。
[父]　どうだろう、他の家具を見に行くことにしては。
[友人]　（女に小声で）テーブルはまだだいじょうぶだ。
[新郎]　わざわざお見せするほどの家具じゃないんですが……。
[女]　持ちさえすればいいのよ。
[新郎]　さあ、来いよ、マリア。
[新婦]　（座ったままで）ええ、行くわよ。ちょっと先に行ってて。
（全員、中央のドアを通って退場。出て行きながら）
[女]　（友人に）花婿さんたら、上着を脱いじゃったわ。
[友人]　これはちょっと無作法だな。もう、何をやってもいいってわけだ。
[新婦]　（テーブルのところに座り、すすり泣く）
[新郎]　（出てくる）懐中電灯を取ってこなくちゃ。電気の回路が壊れている。
[新婦]　どうして電気屋さんにやらせなかったの。
[新郎]　どうしたんだい。君の妹だって、あんなはしない事はしてほしくなかったな。
[新婦]　じゃあ、あんたの友だちはどうなのよ。
[新郎]　あんな踊り方するもんじゃない、軽蔑されたくなかったらな。
[新婦]　それにあのミルトナーだってさ、純潔の花嫁ってとこを強調してさ。あたし真っ赤になったわ。みんな気が付いちゃったわよ。あの人もあたしをこんなふうにじっと見てた。それにあのいやな歌。あの人何かの仕返しのつもりじゃやない。

［新郎］　それにあの卑猥な話。この程度ならかまやしないと思ったんだ。
［新婦］　忘れないで。あれはあんたのお友だちなのよ。あたしにはあんな友だちはいないわ。
［新郎］　どうしたらあいつらにお引き取り願えるだろうか。がつがつ食って、大酒食らって、タバコはぷかぷか、おしゃべりはするわ、いっこうに帰ろうとしないんだから。何て言ったってこれは僕たちの結婚式なんだからな。
［新婦］　何ていう結婚式なの。
［新郎］　そんなにむくれるなよ。連中が帰ったら……。
［新婦］　何もかもぶち壊しだわ。
［新郎］　二人だけになりたいよ。ああ、みんな戻ってきた。
［新婦］　あたしにはあの人たちには帰ってほしくないわ。だって帰っちゃったらもっとひどいことになるもの。
［新郎］　（再び上着を着て）どうもここは寒いな。
（他の連中がドアのところに現れる）
［父］　台所でさんざん待たされたよ。寝室の電気がつかなかったもんでな。
［友人］　僕たち、お邪魔なんじゃないかな。
［女］　（ヒステリックに笑う）
［男］　いったいまたどうしたんだい。
［女］　だってとってもおかしいんだもの。
［男］　何がおかしいんだ。
［女］　何もかもよ。壊れた椅子も。手作りの家も、おしゃべりにしたって。（ひどく笑う）
［新婦］　エミーったら。
［女］　何もかもぶっ壊れてる。（笑いながら椅子に倒れこむ。椅子が音を立てて壊れる）ほらこれも。これもよ。これじゃ床に座るよりほかなさそうね。
［友人］　（一緒に笑う）まったくそうだな。折りたたみ椅子でも持ってくりゃ良かった。
［男］　（女をつかんで）おまえは病気だよ。そんなふうにしたら、どんな家具だってみんな壊れてしまうさ。家具のせいじゃない。（新郎に）失礼しました。
［友人］　できるだけうまく座ろうよ。みんなが楽しそうにしてたら、何が起こっても問題になりませんよ。
（みんな座る）

［妹］　残念だわ、灯りがつかなくて。ベッドはほんとにきれいなのよ。
［女］　そうね、灯りもうまくいかなかったわね。
［新婦］　ワインをもっと飲まない、ヤーコプ。
［新郎］　ワインなら地下室だ。鍵をくれ。
［新婦］　ちょっと待って。

（二人は出て行く）

［女］　ここもなんか変な臭いがするわ。
［友人］　さっきは気が付かなかったけど。
［妹］　あたしには何も臭わない。
［女］　分かった、ボンドの臭い。
［友人］　だから僕が二人にプレゼントしたオーデコロンをやたらに振りまいたんだ。いっぺんにビン半分も使っちまったんだ。
［女］　でももうごまかせないわ、ボンドの臭いがぷんぷんしてるじゃない。
［新婦］　（戻ってくる）
［父］　そんなふうに敷居のところに立っているおまえを見ると実にきれいだと思うよ。小さいころからおまえはかわいかったけど、今は咲き匂う満開の花のようだ。
［女］　そのドレス、上手に作ってあるわね。
［新婦］　そうでしょ、ありがたいことにひだを取らなくてすんだわ。
［女］　それって当て付け？
［新婦］　傷つけたかしら？
［女］　純潔の花嫁は慎み深くしているものよ。
［新婦］　それあたしへの皮肉？
［女］　そのドレス、ほんとに上手に作ってあるわね、外からはあんたがこれ（妊娠の動作をする）ってこと……。全然分からないもの。
［友人］　乾杯、このワインはいけるね。
［新婦］　（泣く）そんな、そんな……。
［男］　これは、どういうことだ。
［新郎］　（戻ってくる）さあワインだ。どうしたんだい。
［妹］　下品だわ。
［女］　どうして下品なの。
［父］　興奮しちゃいかん。乾杯。
［新郎］　（妹に）お客様に失礼なことを言ってはいけないよ。
［妹］　でもお客だって、花嫁に失礼なことを言ってはい

けないわ。
[女]　あたしは何も言ってませんよ。
[男]　言ったよ。おまえのほうが無作法だったぞ。
[女]　（怒って）ほんとのことを言っただけじゃないの。
[新郎]　ほんとのことって。
[女]　とぼけないでよ。
[男]　（身をかがめて）慎まないか。
[女]　この中で妊娠してる人がいるとすれば、あの人に決まってるでしょう。
[男]　（テーブルの脚を一本もぎ取って、女に投げつける。しかしそれは戸棚の上の花びんに当たる。女は泣く）
[新郎]　（怒り狂って、妹に）あれは君がお祝いにくれた花びんだったな。
[妹]　お兄さんにはたいしたものじゃなかったんでしょう。でないとあんなところには置かないわ。
[新郎]　君の相手している暇なんかないよ。僕の机まで壊れてしまったんだから。（テーブルが崩れないかどうか触ってみる）
[男]　（興奮して歩き回る）私は今女房を懲らしめてやりました。これで私は乱暴者ということにされてしまうのです。いつだってこうなんです。あっちが殉教者で、私は乱暴者なんです。私は七年間も我慢してきたのです。問題は、私をこんな乱暴な男にしたのは、誰かということです。女房はとても手がかかるものですから、私は疲れ切って殴ることすらできなかった。私が元気なときは、女房は必ずどこか悪いし、私が酒を飲んでいるときは女房が金を勘定し、私が金を勘定するとあれは泣くんです。昔私は大好きな絵を捨てなければなりませんでした。女房が気に入ってくれなかったものですから。あいつの気に入らなかったのは、私がその絵が好きだったというそれだけの理由です。それからあいつは私が捨てた絵を拾って、自分の部屋に掛けたのです。私があいつの部屋でその絵を見つけると、あいつは喜んで「あたしにはこれで十分だ」って言い、「あなたの捨てたものをこうして拾ってきて部屋に掛けているあたしって本当に哀れだわ」とぬかすんですよ。私も腹を立てて、あいつから絵を引ったくってやると、「こんなものさえ持たせてもらえないんだ」って泣くんです。普通では手の届かない高価なものをたくさん持っているのにですよ。あいつはそう

いう女です。女はみんな同じようなものです。結婚式のその日から、男は女主人に仕える動物になるどころか、動物に仕える人間になってしまうんですよ。これこそ男性をいやしめるもので、しまいには何をされても当然ということになってしまうのです。

（間）


［新郎］（少し努力して）何かもっと飲みませんか。まだ九時になったばかりです。

［友人］椅子がもう一つもないじゃないか。

［若い男］でもダンスならできますよ。

［友人］もうたくさんだよ。

［新郎］でもさっきまで楽しんでいたじゃないか。

［友人］あのときはまだ鉤裂きを作ってなかったからな。

［新郎］あっ、そうか。（笑う）それでそんなにおとなしく突っ立っているんだな。

［友人］それ、僕が座っていた椅子じゃないか。

［新郎］いや、僕の椅子だよ。椅子だった。今はもう椅子なんて呼べる代物じゃないからね。

［友人］それじゃ、もう帰ってもいいんだろう。（出て行く）

［若い男］どうもありがとうございました。とても楽しかったです。とにかくまずコートを着なくちゃ。

［女］家まで送ってもらえない。

［男］（出て行っていたが、女の荷物を持って戻ってくる）こんな妻を持ったことをもう一度お詫びさせて下さい。

［新郎］そんな必要はありませんよ。

［女］家になんか帰ってやらないから。

［男］それがおまえの復讐か。でももう芝居は終わりだ。真面目な生活がまた始まる。（彼女の腕をとる）さあ行くんだ。（女と去る。女は黙って、しょんぼり夫についていく）

［新郎］しこたま食ったから、おさらばしようってんだな。そうなりゃ僕たちだけだ。夜はまだ半分も過ぎていないというのに。

［新婦］さっきはみんな追っ払おうとしてたじゃない。ほらごらんなさい、あんたって人は移り気なんだから信用できないわ。もちろんあたしのことなんか愛してもいないんだわ。

［友人］（帽子をかぶって入ってくる。怒って）このいやな臭い、もう我慢できない。

［新郎］　何の臭いだよ。
［友人］　あのつきの悪いボンドのさ。だいたいこんなガラクタの山に客を招待するなんて、破廉恥もいいとこだよ。
［新郎］　それじゃお詫びのついでに言わせてもらうけど、君のわいせつな歌は気に入らなかったし、僕の肘掛け椅子まで君は壊したんだからな。
［友人］　大叔父さんが水腫で死んだとか言うあの先祖伝来の新婚ベッドを君たちは待っているんだろう、僕たちなんかより。失礼するよ。（退場）
［新郎］　とっとと失せろ。
［父］　わしらも帰ったほうがよさそうだな。家具のことではまだ色々話があるし、もちろんあのベッドはいつでも使っていいんだぞ。わしはいつも思うんだが、話をするなら誰にも関係ない話のほうがいいな。みんなの好きなようにさせておいたら、それこそ収拾がつかなくなってしまうから。帰ろう、イーナ。
［妹］　すばらしい晩がこんな終わり方になって残念だわ。何て言ったって一生に一度きりの晩ですものね。ハンスが言ってたわ、そこから人生が始まるんだって。
［新婦］　あんたは今夜のために色々やってくれたわ。それにあんた、いつからミルトナーさんのことをハンスなんて呼ぶようになったの。
［若い男］　もう一度お礼を言わせてください。ほんとうにすばらしい晩でした。
［新郎］　やれやれ、神様に感謝、悪魔にも。やっとみんな帰ってくれた。
［新婦］　そしてあたしたちの恥を町中触れ回るんだわ。なんてみっともないんでしょう。明日になればあたしたちのとこで何が起こったか知れ渡って、物笑いの種になるわ。みんな家で笑い転げて、教会じゃあたしたちを見て、家具や点かなかった電灯のことを思い出すんだわ。生クリームがうまくいかなかったことも。それに一番いやなのは花嫁が妊娠していることが知れることよ。私は早産だというつもりだったのに。
［新郎］　じゃ家具やそれに費やした五ヶ月の労働はどうなんだい。そんなことはどうでもいいのかい。やつらが下品で卑猥な歌を歌って、転げまわるほど大喜びしたのはどうしてだ。君が商売女みたいにやつらと踊ったからだよ。上等の椅子がみんな壊れてしまうほどに

な。壊したのは君の友だちだぞ。
［新婦］　歌ったのはあんたの友だちよ。見かけなんかどうでもいい、大切なのは長持ちして、快適なことだって言って、色も塗ってないじゃないの。そんな家具なんて真っ平ごめんだわ。こんなもの作るのに五ヶ月もかかって、おかげであたしのお腹が目立つようになっちゃったんじゃないの。このガラクタ、おんぼろ家具、やっつけ仕事。それでいてどうして結婚なんかしたのかしら。
［新郎］　さあ、みんな帰ったぞ。僕たちの結婚の初夜はこれから始まるんだ。今夜は初夜なんだ。

（間。彼は行ったり来たりする。新婦は上手の窓辺に立つ）

［新婦］　どうしてしきたりを破ってまであんないかがわしい女を最初のダンスの相手に選んだの。あたし、今日まであんな女だとは知らずに友だち付き合いしてきたと思うとほんとに恥ずかしい。
［新郎］　あの女が家具をけなしたからだよ。
［新婦］　それで無理やり誉めさせようとしたわけ！　じゃあ、とってもうまくいったわけね！

（間）

［新郎］　みんな自分のできないことを他人がやってのけるとやっかんで不機嫌になるものだ。自分たちが果せなかったことがすばらしいことだと分かった場合は特にだよ。そうなれば復讐してくる。もちろん連中には家具一つ作れっこないさ。批評できるのは設計や仕上げについてだけだよ。ところがほんのちょっとしたミス、たとえばボンドが良くなかったなんてことを鬼の首でも取ったように言いたてるんだ。もうこんなこと思い出したくもないよ。（戸棚のところに行き、開けようとする）
［新婦］　向こうはあんたのこと思い出すわ。あたしだってあんたのしたこと忘れやしないわ。

（すすり泣く）

［新郎］　ボンドがひどいということかい。
［新婦］　人をばかにすると神様に罰せられるわよ。
［新郎］　もう罰せられたみたいだ。畜生、いまいましい

錠め。こうなったらどうだっていい。

（彼は扉をぶち破り、扉が砕け散る）

［新婦］錠が壊れたからって、戸棚まで壊しちゃったわ！

［新郎］さあジャンパーを出したから、掃除していいぞ。まさか僕にこんなゴミための中を歩き回らせるんじゃないだろうな。

［新婦］（立ち上がり、掃除を始める）

［新郎］（戸棚のところでジャンパーを着て、お金を数える）安くはなかったぞ。地下室からワインなんか取ってくる必要はなかったんだ。

［新婦］このテーブル片足よ。脚が二本折れてるわ。

［新郎］ホットワインに食事。その上に修繕代ときちゃ。

［新婦］椅子に戸棚、ソファもよ。

［新郎］クソいまいましい豚野郎め。

［新婦］あんたの家具もよ。

［新郎］手作りの新居か。

［新婦］勝手知ったるわが家の家具！

［新郎］だからもっと大事に使わないと。

［新婦］（座って、手で顔を覆う）こんなに恥じかかされて！

［新郎］ウエディングドレスで掃除はないだろう。それじゃまた汚れるぞ。もうワインのしみがついてるじゃないか。

［新婦］ジャンパー着てるとあんたってなんて貧弱なの。顔もすっかり変わっちゃって。ひどくなってる。

［新郎］おまえだって老けてるよ。泣くとよく分かる。

［新婦］ありがたいものなんてもうなにもないわね。

［新郎］さあ新婚初夜だ。

（間。新郎はテーブルのところに行く）

［新郎］みんな飲んじまった。テーブルクロスのほうが僕よりたくさん飲んだみたいだ。ビンはどれも空っぽだ、でもグラスにはまだ飲み残しがあるな。これから節約しなきゃ。

［新婦］何してるの。

［新郎］グラスの残りを飲み干してるんだ。これなんかまだたっぷり入っているぞ。

［新婦］とてもそんな気にはなれないわ。

［新郎］何と言っても新婚初夜じゃないか。

［新婦］（グラスを取って、目をそらせて飲む）

［新郎］ 君の純潔に乾杯とはいかないけどな、妊娠してるんだから……。
［新婦］ それって今日の恥の総仕上げね。そこまで言えるかって言うの。一体誰のせいなのよ。あんたが盛りのついたヤギみたいに襲いかかってきたんじゃないの。
［新郎］ （動揺せず）さあ夜がやって来た。壁に囲まれた二人だけのわが家で……。
［新婦］ （辛らつに笑う）
［新郎］ ……子作りに励むべし。これは神聖な儀式だよ。
［新婦］ なかなか言うじゃない。
［新郎］ 君の健康を祝して乾杯、愛する妻よ。僕たちが幸せでありますよう。

（二人は飲む）

［新婦］ あんたの言うことがいつも正しいわけじゃないけど、今日みたいにめでたい日に思い通りにいかないっていうのは、当たってるわ。
［新郎］ もっとひどいことになってたかも知れんな。
［新婦］ あんたの友だちのせいでね。
［新郎］ おまえの親族だってひどかったぜ。
［新婦］ まだけんかしなきゃいけないの。
［新郎］ とんでもない。新婚初夜じゃないか。

（二人は何度も飲む）

［新婦］ 新婚初夜。（むせて激しく笑う）おかしい。なんてすばらしい初夜でしょう。
［新郎］ とにかくそうだろう。間違いない。乾杯。
［新婦］ あの歌はほんとに下品だったわ。（くすくす笑う）「強引にのしかかり……」男ってみんなそうね。「階段に押し倒した」。
［新郎］ （飛び上がり）それにお義父さんの話ときたら。
［新婦］ それに妹が廊下でさあ。死ぬほどおかしかったわ。
［新郎］ それにあのふしだら女が床に転びそうになったざまときたら！
［新婦］ 戸棚が開かなかったときの、みんなのぽかんとした顔も！
［新郎］ さいわいやつらに中はのぞかれずにすんだな。
［新婦］ あの連中がみんないなくなってくれてよかったわ。
［新郎］ うるさいうえに、部屋は汚すし。
［新婦］ 二人じゃ物足りない？

［新郎］やっと二人になれたんじゃないか。

［新婦］このジャンパー、かっこよくないわ。

［新郎］このドレスもだぞ。（前を引き裂く）

［新婦］これでだめになったわ。

［新郎］かまうもんか。（彼女にキスをする）

［新婦］ほんとに乱暴なんだから。

［新郎］きれいだよ。この白い胸。

［新婦］痛いじゃないのさあ、あんた。

［新郎］（彼女をドアのところへ引っ張っていき、ドアを開けると取っ手が手に残る）こりゃ取っ手だ、ハハハ。こいつもか。（取っ手を赤いランタンに投げつける。ランタンの光が消えて落下する）おいで。

［新婦］でもベッドが、ハハハ。

［新郎］それがどうした。ベッドがどうだって言うんだ。

［新婦］あれも壊れるわよ。

［新郎］かまうもんか。（彼女を引きずり出ていく）

（暗転）

（ベッドの壊れる音がする）

『長調による純潔のバラード』[2/2]

『長調による純潔のバラード』[1/2]

ゴビ砂漠殺人事件

［原題　例外と原則］

登場人物

商人
案内人
人足
警官一
警官二
宿場の主人
裁判長
人足の妻
第二のキャラバンの隊長
副判事A
副判事B

登場人物が思い思いに座り、芝居の準備をする。
歌手が登場し、ブレヒトソングを歌う。
パントマイムとストップモーションで殺人事件の再現

再現一　ゴビ砂漠での現実の殺人事件

卑屈なまでにへりくだり、水筒を与えようとする人足
顔を歪め、発砲する商人

（暗転）

再現二　商人が回想するゴビ砂漠での殺人事件

怒りの形相で、石を持って商人を襲う人足
恐怖のあまり、発砲する商人

（暗転）
（音楽）

［演技者たち］（一行ずつ交代で）
今から皆さんにお話するのは
ゴビ砂漠殺人事件。一人の資本家と
二人の労働者が旅行する。
この連中の行動をよく見てほしい。
見慣れたこともおかしいと
当たり前のことも不思議だと思え。
習慣でさえ疑ってほしい
単純に見えるちょっとした行動にも
不信の眼を向け、特に慣例になっていることが
正しいかどうかチェックしてほしい。
何よりお願いしたいのは、絶えず
起こっていることを当然だと感じないこと。
だって無秩序が秩序になり、横暴がはびこり
非人間的な人間がのさばるこの時代に、
こんな血みどろの争いの時代に、
当たり前のことなんてあるはずがない。
変わらないものなど何もないというのなら。

I　砂漠の競争

［商人］　急げ、怠け者、あと三日でハンの宿場に着かなきゃならん。やつらが追っかけてくる。何としてでも一日分のリードは保っておかねば。

［商人］　（観客に）私はカール・ラングマンという商人です。石油の利権の最終交渉をしにウランバートルへ向かっています。ライバルたちがすぐ後からやって来ます。先に着いたものが商売にありつけるというわけです。ここまでは普通の人の半分の日数で来られました。雇った人足には厳しい態度で臨みましたし、知恵とエネルギーを振り絞ってあらゆる困難を切り抜けてきました。でも残念ながらライバルも同じ速度で追ってくるみたいです。

右のコーラス

進め！　商人！　進め！
文明は競争によって開化する。速い者も
もっと速い者が出てくれば負ける。悪賢いやつも
もっと悪いやつにはかなわない。
世の中万事が競争。だから進め！　最大の利益を
もたらす者が、最大の報酬を得る。だから進め！
商人！　進め！

左のコーラス

ああ、あいつは速く走りすぎだ。
もっとゆっくり、人足！
賢い人足はゆっくり歩く。命取りになる速さに抵抗して。
力を蓄えることが勝利することなのだ。
人足よ、おまえから搾り取ろうとする者の競争は、
おまえの競争ではない。
もっとも役に立つ者がもっとも少ない報酬を受け取る。
だからゆっくり歩け、人足。

［商人］　（望遠鏡で後方を見る）見ろ、すぐそこまで来てるぞ。（案内人に）どうして人足にもっとはっぱをかけないんだ。おまえを雇ったのはあいつをせかせるためな

んだぞ。だのにおまえらときたら、私の金でピクニックにでも出かけた気分でいやがる。この旅行にいくら金がかかっているか考えてみろ。もちろんおまえらの金じゃないが。さぼったりしたら、ウランバートルの職業あっせん所に訴えてやるからな。

［案内人］（人足に）おい、もうちょいペースあげてくれへんか。

［商人］なんだ、その言い方は！　おまえは一人前の案内人には絶対なれないぞ。もっと高いのを雇えばよかった。やつらどんどん追いついてくるぞ。さあ、ひっぱたけ。殴るのは好きじゃないけど、こうなったら仕方がない。先に着かなかったらわしは破産だ。きさま、仲間を人足に連れてきやがったな。白状しろ、あいつはおまえの身内だろう。だからひっぱたけんのだ。おまえらが残忍きわまりない人種だということはお見通しなんだから。殴れ。さもなきゃクビだ。賃金のことで訴えてもかまわん。しまった、追いつかれる。

［人足］（案内人に）ええからどつけ。けど手加減してな。ハンの宿場にたどり着こうおもたら力セーブしとかなあかんねん。

［案内人］（人足を殴る）さあ、急ぐんだ、この野郎。

［後ろからの声］おおい、この道はウランバートルに行くのか。おおい、友だちよ、待ってくれ。

［商人］（答えず、振り返りもせずに）くたばっちまえ。さあ前進だ。三日間とにかくこいつらをせき立てないと。最初の二日間は怒鳴り続け、三日目には色々約束して、励ましてやります。なあにウランバートルに着いたらもうこっちのものです。ライバルは相変わらずすぐ後をついて来ますが、二日目は夜通し歩き続けてやつらが見えないところまで進むつもりです。三日目にはほかのどの連中よりも一日早くハンの宿場に到着してごらんにいれます。

（彼は「勝利の歌」を歌う）

眠らなかったから引き離せたのです。
せかせたから前進できたのです。
弱い者は取り残され、強い者こそ先に着く。

2　人通りの多い街道の果て

［商人］（ハンの宿場の前で）さあ、着いたぞ、ハンの宿場だ。やれやれ、ほかの連中よりも一日早い。人足たちは疲れ切っています。おまけに私に腹を立てているはずです。こいつらには人より早く着こうという気などまるでないんだから。とにかく競争心がない。地面にはいつくばった卑しいやからだ。むろん文句をいう勇気なんかありゃしない。ありがたいことにここにはまだ警官がいて、秩序を守ってくれる。

（二人の警官が近づいて）


［警官一］何か異常はありませんか、旦那さん。

［警官二］道中問題はありませんでしたか。

［警官一］使用人にもご満足ですか。

［商人］万事順調です。四日かかるところを三日で着いてしまいました。ひどい道だったけど、決めたことはやり抜く性分でしてね。ハンの宿場から先は道はどうですか。この先何があるのでしょう。

［警官一］この先は人のいないゴビ砂漠です。

［商人］そこでも警察は守ってくれるでしょうか。

［警官二］（立ち去りながら）いいや、われわれはあなたが会われる最後のパトロールです、旦那さん。

右のコーラス
聞いたか。警察はここまでだということを。
この先にもう秩序はない。

左のコーラス
聞いたか、商人！
ここから先は砂漠。おまえは人足と
砂漠に足を踏み入れる。
おまえはあいつとうまくやっていけるのか？
砂漠の恐怖が迫るとき、
おまえの連れは頼りになるのか？
広い道が切れたら、
おまえはどこへ行くのか？

右のコーラス

町が終われば
秩序も消える。
暴力なしには
治安もない。
警棒だけが
人間をおとなしくさせる。
この無秩序の時代、
混沌のご時世に
人間はオオカミになる。

左のコーラス
現代の町にも
秩序なんてない。
警棒で治安が
保障されるわけじゃない。
われわれにとって町ほど
居心地の悪い荒野はない。
われわれにとって警棒で守られたやつほど
凶暴なオオカミはいない。

3　ハンの宿場での案内人の解雇

［案内人］　どないなってんねん。宿場の前の通りで警官と話してからは、旦那は急にやさしゅうなって、人が変わったみたいや。けど旅の速度の方は一向に変わらん。こっからゴビ砂漠で、ここが最後の宿場ちゅうのに一日も休みくれへんのやから。人足は疲れ切っとるし、ウルガまで持つかどうか知らんで。とにかく旦那の馴れ馴れしい態度がごっつう気になるな。何を企んどるのやろ。あちこち歩き回ってなんや考え込んどるな。何か悪だくみでも浮かんだんやろか。けどあいつが何企もうと、俺も人足も我慢するしかしゃあない。そやないと給料もらえへんか、砂漠の真ん中でぽい捨てされるか、どっちかなんやから。
［商人］　（近づいて）タバコを吸わないか。巻紙もあるから。おまえら一服吸えるなら火の中、水の中どこへでも行くっていうじゃないか。煙を一杯吸い込ませてやったら、どんなお返しをしてくれるのかわしには見当もつかんが。ありがたいことにわしらのタバコはたくさん

ある。これだけあれば三回はウルガに行けるだろう。

[案内者]（タバコを取りながら）わしらのタバコやて。

[商人] まあ座ろうじゃないか、友人よ。どうして座らんのだ。こういう旅行はお互いを人間として近付けるものだ。でもいやなら立ったままでいいぞ。おまえらにはおまえらの習慣があるだろうからな。わしも普通はおまえなんかとは一緒に座らんし、おまえも人足とは一緒に座らんだろう。それが身分の違いっていうもんだ。世界は身分の違いのもとに成り立っているんだ。でもタバコぐらいは一緒に吸ってもいいだろう。いやか？（笑う）大好きだな、おまえのそういうところが。まあ意地のようなもんだな。さあ荷物を全部まとめてくれ。水を忘れんようにな。砂漠には井戸がほとんどないっていうから。それはそうとおまえに言っときたいことがある。気付いてるか、おまえが人足を殴りつけたとき、あいつがどんな目付きでおまえを見ていたか。あの目付きを見ていると、何か悪いことが起こりそうな気がする。ここ数日はおまえもあいつの扱い方を変えないといかんだろう。多分これから先はもっとスピードをあげないとだめだからな。あいつはとにかく怠け者だ。これから通る地域は、人は誰も住んでいないそうだから、あいつは本性を表すかもしれない。いいか、おまえはあいつとは身分が違うんだ。稼ぎもずっと多いし、荷物も担がなくていい。それだけでもあいつがおまえを憎むのに十分な理由だ。あいつとはあんまり親しくしない方がいいぞ。（案内人は開いているドアを通って隣の庭に行く。商人は一人座ったままでいる）おかしな連中だ。

（商人は黙って座ったままである。案内人は隣で荷作りをしている人足を監視している。それから腰を下ろし、タバコを吸う。人足も荷作りが終わるとそこに座り、案内人からタバコと巻紙をもらい、案内人と話し始める）

[人足]「この土地から石油が取れたら、人類は栄える」ちゅうのが旦那の口癖《ぐせ》や。こっから石油が出たら、鉄道も敷かれるし、暮らしもどんどんようなるていつも旦那はゆうてるやろ。けどここに鉄道ができたら、俺らなんで飯食うたらええんや。

[案内人] 心配すんなて。鉄道なんてそう簡単に敷けるもんやないで。聞いた話やけど、石油は見つけたと

たんまた隠しとくらしい。石油の出る穴をふさいどいて、口止め料をもらうみたいやで。そやから旦那はあんなに急いでるんや。あいつのほしいのは石油やのうて、口止め料や。

［人足］　わけ分からんなあ。

［案内人］　誰にも分からへん。

［人足］　砂漠の道はもっとひどいんやろなあ。足が持ったらええんやけど。

［案内人］　だいじょうぶやで。

［人足］　この辺は盗賊が出るんちゃうの。

［案内人］　今日だけは気ぃつけた方がええ。宿場の近辺は怪しげな連中がたむろしとるからな。

［人足］　それから先はどやねん。

［案内人］　ミール川さえ越したら、あとは泉に沿うて歩いていったらええねん。

［人足］　あんた道分かってんの。

［案内人］　おお。

（商人は話し声を聞きつけて。ドアの後ろで聞き耳を立てる）

［人足］　ミール川を渡んのは難しいんか。

［案内人］　この季節はほとんど問題ない。けど増水したら流れがはよなって、命がけや。

［商人］　あいつ、人足と話している。あの男とは一緒に座れるんだ。一緒にタバコを吸ってやがる。

［人足］　そんなときはどうすんねん。

［案内人］　危ない目に会いたなかったら、川渡んの一週間ぐらい待たなあかん。

［商人］　見ろ、入れ知恵をしてやがる。ゆっくり時間をかけてやれ、命が何よりも大切だと。危険な野郎だ。人足に肩入れするつもりだな。いずれにせよあいつじゃ、人足に決然たる態度は取れっこない。まあもっとたちの悪いことはやらかさないだろうけど。何てったって今日からは一対二だ。これから人のいない地域に入れば、自分の部下を厳しく扱うなんてことはせんだろう。こういう男は今のうちに処分しとかなきゃいかん。（二人のところへ入っていき）さっきちゃんと荷作りするよう監視しとけと言ったろう。言いつけ通りにやったかどうか見せてもらおう。（革のベルトをちぎれるまで引っ張る）これで荷作りしたと言えるのか。べ

ルトが切れたら、まる一日動けないんだぞ。でもそれがおまえの狙い目だな。ここを動かないのが。

［案内人］ここを動かんなんておもたことありません。無理に引っ張らへんかったら、ベルトなんて切れませんよ。

［商人］何だと、おまえ、口答えする気か。わしに面と向かって、ベルトはちぎれませんと言ってみろ。そもそもおまえはぜんぜん信用が置けん。まっとうに扱ってやったのが間違いだった。おまえらにはわしの善意が通じないんだ。だいたい部下からも尊敬されないような案内人はわしには用はない。おまえは案内人より、人足に向いてる。それにおまえは部下をそそのかしているふしもある。

［案内人］なんの根拠があるんです。

［商人］そうか、思い知らせてやる。おまえはクビだ。

［案内人］けど旅の途中でクビはないでしょ。

［商人］ウルガに着いてから、おまえを職業あっせん所に訴えないことだけでもありがたく思え。さあ、これがおまえの賃金だ。むろんここまでのだ。（宿場の主人を呼ぶ。主人出てくる）あんたが証人だ。この通りわしはこの男に賃金を払ったからな。（案内人に）今から言っておくが、ウルガにはもう姿を現さないほうがいいぞ。（案内人を頭のてっぺんから爪先まで見て）じたばたしたっておまえの思いどおりにはならんのだ。（主人と別の部屋へ行き）すぐ出発する。わしの身に何か起きたら、あんたが証人になってくれ。わしがそこの男（人足を指す）と二人っきりで今日ここを発ったということをな。

（主人は何も分からないというジェスチャーをする）

［商人］（驚いて）こいつ、言葉が通じないぞ。だとするとわしがどこへ向かったのか証言できる者は誰もいないことになる。それにいちばんまずいのは、証人が誰もいないのを人足が知っていることだ。

（商人は座って、手紙を書く）

［案内人］（人足に）おまえと一緒に座ったんが間違いやった。気ぃつけよ、あいつは悪いやっちゃ。（人足に水筒を与え）予備にこの水筒持っていけ。隠しとくんやぞ。道に迷たらどうするんや。あいつ、絶対おまえ

の水筒取り上げよんで。道をちゃんと教えとくから。

［人足］　やめてんか。おまえさんとしゃべってるの見られたらまずいんや。ここでクビにされたら、俺はおしまいや。あいつはおれに支払いを拒否しよるかも分からん。俺はおまえみたいに労働組合に入ってないもんな。何でも我慢するしかないんや。

［商人］　（主人に）明日ここに着いて、ウルガに向かう連中にこの手紙を渡してくれ。わしは人足と二人だけで行くことになったから。

［主人］　（うなずいて、手紙を受け取り）でもあいつは案内人とちゃいまっせ。

［商人］　（独り言）やっぱり分かってたんだ。さっきは通じないふりをしていただけだ。何もかも見抜いていやがる。こういうことの証人になりたくないんだな。（主人に荒々しく）人足にウルガへ行く道を教えてやってくれ。

（主人は外に出て、人足にウルガへ行く道を説明する。人足はいちいち熱心に首を振ってうなずく）

［商人］　さあ、いよいよ闘いだ。（ピストルを取り出し、手入れをしながら歌う）

病人はくたばり、強い者が闘う。

大地から石油を掘り出すのはなぜ。

人足に荷物を運ばせるのはなぜ。

石油を得るためには
大地と人足と闘わねばならぬ。

この闘いで重要なのは
病人はくたばり、強い者が闘うということ。

（商人は旅支度を整えて隣の中庭に入る）

［商人］　行き方は分かったか。

［人足］　はい、旦那。

［商人］　じゃ出発だ。

（商人と人足、出発する。主人と案内人がそれを見送る）

［案内人］　あいつほんまに分かったんかなあ。呑み込みが早すぎるように思うんやけど。

4　危険な地域での会話

［人足］（歌う）

俺は行く、ウルガへ
休まず行く、ウルガへ
泥棒が出ようと、ウルガへ
砂漠にも負けず、ウルガへ
ウルガにゃ食い物と金がある。

［商人］あの人足はなんて呑気なやつだ。このあたりは盗賊が出る地域だ。宿場の近くにはあらゆる手合いがたむろしているんだ。だのにあいつ、歌なんか歌いやがって。（人足に）あの案内人はどうも好かんかったな。馬鹿に手荒いかと思うと急にペコペコしたりする。ほんとに信用できないやつだった。

［人足］そや、旦那（まだ歌う）

道はきつい、ウルガまで
足がもつか、ウルガまで
苦しみ尽きぬ、ウルガまで
でもウルガにゃ安らぎと金がある。

［商人］どうして歌なんか歌うんだ。何がそんなに嬉しいんだ。盗賊が怖くないのか。何を取られようがおまえのもんじゃない。損をするのはわしだけだと思っているんだろう。

［人足］（歌う）

女房も待ってる、ウルガへ
ちいちゃな息子も待ってる、ウルガへ
それから……

［商人］（さえぎって）そんな歌は嫌いだ。第一歌う理由がない。ウルガまでおまえ歌い続けるつもりか。それじゃ悪党にどうぞ襲ってくださいというようなもんだ。明日になったら、また歌ってもいい。好きなだけな。

［人足］へい、旦那。

［商人］（先に立って歩く）荷物を奪われそうになっても、

あいつは抵抗もせんだろう。決してするもんか。危険が迫ったら、わしのものは自分のものだと考えるのが、人足《やっ》の義務じゃないか。けどそれはとうてい無理な注文だな。ひどい連中だよ。おまけに何もしゃべらん。これがいちばんたちが悪い。あいつの頭の中まではのぞけないからな。何を考えてやがるのか。おかしいことなんかないのに笑ってやがる。何がおかしいんだ。だいたいわしを先に行かせるなんてどういうこった。道を知ってるのはあいつじゃないか。いったいわしをどこへ連れていくつもりなんだ。（振り返って、人足が砂に残った足跡を消しているのに気付く）そこでいったい何をしてるんだ。

［人足］　足跡を消してますねん。

［商人］　どうしてそんなことするんだ。

［人足］　盗賊につけられんようにですわ。

［商人］　そうか、盗賊にな。そんなことより、おまえがわしをどこへ連れていくのか分かるようにしとかなきゃいかん。いったいどこへ連れていくつもりだ。さあ、先に歩け！（二人は黙って歩き続ける。商人の独り言）砂の上にはたしかにくっきりと足跡が残るな。足跡を消しながら行く方がいいには違いないが……。

5　激流のほとりで

［人足］　道は全然間違わんとここまで来れましたわ。旦那、そこに見えるんがミール川です。この季節はたいがい楽に渡れるんやけど、増水してたら流れがはよなって、命がけです。——ああ増水やわ。

［商人］　どうしても渡らにゃならんのだ。

［人足］　安全に渡れるようになるまで、一週間ぐらい待たなあかんことはようあります。今渡るのは死にに行くようなもんですよ。

［商人］　やってみないと分からん。一日も待つわけにはいかんのだ。

［人足］　そやったら浅瀬を探すか、小舟を見つけなあきません。

［商人］　そんな悠長なことは言ってられん。

［人足］　でも俺、泳ぎむちゃくちゃ下手なんです。

［商人］　川はそんなに深くない。
［人足］　（杖を突っ込んでみて）俺の背より深いです。
［商人］　水に入ったらおまえだって泳げるさ。泳がざるをえないからな。いいかおまえはわしみたいに先のことまでは読めん。どうしてわしらはウルガに行かなきゃならんのだ？　おまえのような間抜けには分からんだろうが、石油が地面から発掘されたら、人類に大いに役立つ。石油が取れれば、ここにも鉄道が敷かれて、みんな豊かになる。着るものも食べるものも、そのほか何でも手に入る。それをやってのけるのは誰だ。わしらだよ。すべてはわしらの旅行にかかっているんだ。考えてみろ、この国のすべての視線がおまえに注がれているんだぞ。おまえにだ。おまえのようなちっぽけな男《やつ》にな。それでもおまえは義務を果たすことをためらうのか。
［人足］　（商人がしゃべっている間、かしこまって何度もうなずいていたが）俺、うまく泳げんのですわ。
［商人］　わしだって命をかけてるんだぞ。（人足、うやうやしくうなずく）おまえという人間がわしには分からん。賃金は日割りで支払われてるからな。賤しい欲張り根性で、ウルガの町に急いで着くよりは、できるだけゆっくり着いたほうが得だと考えてるんじゃないか？　賃金さえ余分にもらえれば、こんな旅なんてどうでもいいと思ってるんだろう。
［人足］　（川岸に立ってためらいながら）どないしたらええねん。（歌う）

1

ここに川がある。
泳いで渡るのは危険
川辺に立つ男二人
一人は泳ぎ、もう一人は
ためらう。一方は勇敢で
もう一方は臆病なのか。一人は
川の向こうで金もうけが待ってる。

2

危険を冒して向こうへ着けば
一人はほっとするだろう。
自分の土地を手に入れて

ごちそうにもありつける。
だがもう一人は危険を冒しても
何にも得られない。
疲れた男を待ってるのは
新しい危険だ。二人とも勇敢か。
二人とも賢いか。
ああ、ともに流れに打ち勝っても
勝利者は二人ではない

3

俺たちと言うのと、おまえと俺と言うのと
決して同じじゃない。
俺たち二人で勝利しても
それはあんたが俺に勝つってことさ。

せめて半日だけでも休ましてください。荷物担いできたんでへとへとですわ。たっぷり休息取ったら、多分向こう岸に渡れると思います。

〔商人〕　わしはもっといいやり方を知ってるぞ。おまえの背中に銃を突きつけるんだ。これなら渡れること間違いなしだ。（人足を前に突き飛ばす。独白）金のせいでさっきは盗賊に脅えたけれど、そのおかげで今度は川の恐ろしさを忘れられる。

こうして人間は征服する。
砂漠を、激流を。
自分を、人間を。
そして必要とされる石油を手に入れる。

6　夜営

（晩。片腕を折った人足がテントを張ろうとしている。
商人は座ったまま見ている）

〔商人〕　今日はテントは張らんでいいと言ったろう。川を渡るときにおまえは腕を折ってしまったんだからな。（人足は黙って仕事を続ける）わしが川から引き上げてやらなかったら、おまえは溺れて死ぬとこだったんだぞ。（人足は仕事を続ける）おまえの怪我はわしのせいじゃない。あの木の株はわしに当たったかもしれんのだから。しかし一緒に旅行していて災難に会ったんだ、今は現金の持ち合わせがないが、ウルガに着けば銀行に預けてある金をやるぞ。

［人足］　へい、旦那さん。

［商人］　返事はそれだけか。あいつ、わしの顔を見るたびに「こんな怪我をさせたのはあんただ」という目付きをしやがる。人足なんてみんな腹黒いやつらだ。（人足に）おまえ横になっていいぞ。（人足は向こうへ行って、離れたところで座る）あいつはきっと自分の災難をわしほど気にしてないんだろう。こういうならず者は五体満足か傷物かなんてことはたいしたことじゃない。食い物にありつきさえすれば、あとはどうだっていいんだ。生まれつき弱虫なもんだから、自分のことさえ気にかからなくなってしまったんだ。こういう手合いは一度失敗したら、すぐ仕事を放り出してしまうし、自分自身に見切りをつけるのも早い。でき損ないめが。成功した人間だけが闘うんだ。

病人はくたばり、強い者が闘う。
それでいいんだ。
強い者には助けが、弱い者は見捨てられる。
それでいいんだ。
倒れるやつは突き放せ。それから蹴飛ばせ。
それでいいんだ。
戦いに勝った者だけ、食い物にありつく。
死んだ者には飯がない。
この世を作った神様は、主人と下僕を創造した。
運がいいのはいいやつで、運が悪いやつは悪いやつ。
それでいいんだ。

（人足が近寄ってくる。商人はそれに気付き、ぎょっとする）聞いてやがった。止まれ。動くな。何をしようってんだ！

［人足］　テントができました、旦那さん。

［商人］　夜中にこっそり歩くな。大嫌いだ。誰かに近付くときは足音をさせるもんだ。人と話すときはちゃんと目を見るもんだ。さあ、もう寝ろ。そんなにわしのことを気にせんでいい。（人足は戻っていく）待て、おまえはテントで寝ろ。わしはここに座って夜を明か

す。（人足はテントに入る）あいつどこまでわしの歌を聞きやがったか知りたいもんだ。（間）いったい何をしてやがるんだ。まだごそごそ何かやってやがる。

（人足が丁寧に寝床を敷いているのが見える）

［人足］ 旦那が気ぃ付けへんかったらええんやけど。片腕やったらうまいこと草刈れへんのや。

［商人］ 用心せんやつは馬鹿だ。人を信用するのは愚かだ。あいつはわしのせいで怪我をした。ことによったら一生治らんかもしれん。仕返しされたって文句は言えまい。それにどんな強い者でも眠ってしまえば、弱い者と変わりはない。人間はどうしても眠らなきゃいかんということもない。たしかに座るにしてもテントの中のほうがよかったな。このあたりは外にいるとどんな病気にかかるか分かったもんじゃない。でもどんな病気も人間ほど危険じゃない。あいつはわずかな金を稼ぐため金持ちのわしについて来た。そりゃ道中の辛さは二人とも同じだ。だのにあいつは疲れるとぶん殴られる。案内人はあいつと一緒にいたためにクビになった。あいつが砂に残った足跡を消していったとき、多分盗賊よけのためだったのに疑われた。川を渡るのを怖がったときも、わしに銃を突きつけられた。そんな目に逢わせた男と、どうして一緒のテントで眠られるか。あいつがわしの言うことを何でも聞くふりをしても、だまされるものか。中で何を企んでやがるか知りたいもんだ。（人足がテントでのんびり眠っているのが見える）今テントに入ったりしたら、それこそ大馬鹿者だ。

7 水の分配

a

［商人］ なぜ立ち止まるんだ。

［人足］ 旦那さん、道はここでおしまいです。

［商人］ だからどうなんだ。

［人足］ 旦那さん、どつくんやったら、折れた腕はやめてください。俺、分からへんのです、この先の道は。

［商人］ だってハンの宿場のおやじがおまえに道を説明

したじゃないか。
［人足］　へい、旦那さん。
［商人］　分かったかと聞いたら、はいと答えたじゃないか。
［人足］　へい、旦那さん。
［商人］　宿場のおやじのいうことが分からなかったのか。
［人足］　へい、旦那さん。
［商人］　じゃあ、どうして分かったと言ったんだ。
［人足］　怖かったんです、旦那さんにクビ切られるんが。俺にはただ泉に沿うて行ったらええいうことだけしか分からへんかったんです。
［商人］　それなら泉に沿って行け。
［人足］　それが分からんのや、どこにあるんか。
［商人］　どんどん歩け。わしをだまそうとしてもだめだ。ちゃんと分かってるんだから。おまえは前にもこの道を通ったことがあるだろう。

（二人は歩き続ける）

［人足］　でも後からくる連中を待ってたほうがええん違います。
［商人］　だめだ。

（二人は歩き続ける）

右のコーラス
人足は馬鹿だ。そうでなければ
ちゃんと道を見つけるのに！

左のコーラス
人足は馬鹿だ、そうでなければ
自分の道を進むのに！

b

［商人］　いったいどこへ行く気だ。今は北へ向かってるじゃないか。東はあっちだぞ。（人足はその方向へ行く）待て。何を考えてるんだ。（人足は立ち止まるが、商人の方を見ようとしない）なぜ、まっすぐわしの顔を見ようとせんのだ。
［人足］　東はこっちやおもたんです。
［商人］　待て、この餓鬼。案内の仕方を教えてやろう。（人足を殴る）分かったか、どっちが東か。

［人足］（叫ぶ）腕は堪忍してください。

［商人］東はどっちだ。

［人足］あっちです。

［商人］じゃあ泉はどっちだ。

［人足］あっちです。

［商人］（凶暴に）あっちだ⁉　おまえはこっちへ行こうとしたじゃないか。

［人足］行きませんよ、旦那さん。

［商人］そうか、こっちには行かなかったっていうんだな。こっちに行ったろう。（人足を殴る）

［人足］行きました、旦那さん。

［商人］じゃあ、泉はどこだ。（人足は黙っている。商人は平静を装って）だっておまえさっき言ったろう、どこに泉があるか知ってるって。知ってるんだな。（人足は黙っている。商人が人足を殴る）知ってるよな？

［人足］いいえ。

［商人］おまえの水筒をこっちへ寄こせ。（人足、水筒を商人に渡す）わしはこの水をみんな飲んでしまってもいいんだぞ。おまえが道を間違えたんだからな。だがわしはそんなことはしない。おまえにも水を分けてやる。さあ一口飲め。それから先に進むんだ。（独白）うっかり忘れてた。こういう場合、あいつを殴ってはまずいってことを。

右のコーラス
見よ、商人は分け与えた
苦境のもとで、最後の水を。
自分の奴隷に
友人として。

左のコーラス
商人は分け与えた。怖いからだ！
考えてみろ、おまえに重荷を背負わせているやつ、
そいつが水を分け与えるのだ、おまえに。

c

［商人］ここはさっき来た場所《とこ》じゃないか。見ろ、わしらの足跡だ。

［人足］ここへ来たときはまだそんなに道から外れてへ

んかったけどね。
［商人］　テントを張れ。わしらの水筒は空っぽになったぞ。わしの水筒にも水は一滴もない。
（商人は人足がテントを張っている間に、腰を下ろし、自分の水筒からこっそり水を飲む。独白）まだ飲物があることを、あいつに気付かれてはいかん。さもないとあいつの頭にほんの少しでも知恵が残っている限り、わしを殴り殺すのに決まっている。ちょっとでも近付いてきたら、撃ち殺してやる。（ピストルを抜いて、ひざの上に置く）さっきの泉にまた辿り着けさえすれば！もう喉が引っつきそうだ。人間はどれくらい喉の渇きに耐えられるものなのかなあ。
［人足］　宿場で案内人がくれた水筒を、旦那さんに渡さなあかんやろなあ。そうせんと発見されたとき、あの人が死にかかってるのに、俺だけがぴんぴんしてたら、訴えられるやろからな。
（人足は水筒を取って、商人の方へ行く。商人は突然目の前に現れた人足に、水を飲んでいるのを見られたかどうか分からない。人足は商人が水を飲んでいるところは見ていなかった。人足は黙って商人に水筒を差し出す。だが商人はそれが大きな石で、憤慨した人足が自分を殴り殺そうとしているのだと思い込み、叫ぶ）
［商人］　石を捨てろ。（それから人足が状況を理解できず、水筒を差し出し続けるので、ピストルの一撃で人足を射殺する）そうかやっぱり。この人でなしめ。ざまあ見やがれ。

8　裁判の歌

（演技者が法廷の場面の舞台転換をしながら、歌う）
盗賊どもを引き連れて
裁判官がやって来る。
無実の人間が撃ち殺されると
裁判官が死体の上に集まって、死んだ者を断罪する。
殺された男の墓の前で、
彼の正義も殺される。

裁判所の判決が
ギロチンの刃の影のように下る。
ギロチンの刃だけでも十分すごいのに、
どうしてごたいそうな判決まで添えるのだ。

見ろ、あの禿げたかはどこへ飛んでゆく。
餌のない砂漠から追いやられ
これからやつらに餌を
やるのは法廷だ。人殺しも逃げてくる。
お尋ね者でも安全だ。
泥棒だってここに盗んだものを隠すのだ。
法律の書いてある紙にくるんで。

9 裁判

(案内人と殺された人足の妻がすでに法廷に着席している)

[案内人] (人足の妻に) あんたやな、殺された人足のおかみさんは。俺はあんたの亭主を雇った案内人や。あんたがあの商人の処罰と損害賠償を裁判所に訴えてるて聞いたから、飛んできたんや。あんたの亭主が罪もないのに殺されたっちゅう証拠を握ってるからな。そいつはこの鞄に入ってるんや。

[主人] (案内人に) おまえさんは証拠を鞄の中に持ってるみたいやけど、悪いことは言わん、そいつはしまったまま置いとくこっちゃ。

[案内人] そやけど人足のおかみさんを手ぶらで帰すわけにはいかんやろ。

[主人] おまえさん、ブラックリストに載ってもええんか。

[案内人] あんたの忠告はよお考えてみるわ。

(裁判官たちが席に着く。被告の商人も第二のキャラバンの隊長、宿場の主人も着席する)

[裁判長] これより開廷する。まず被害者の妻に発言してもらいます。

[人足の妻] うちの人はこの旦那さんの荷物担いで、ゴビの砂漠越えようとしてたんです。旅の終わるちょっと

前に、この旦那さんにうちの人は撃ち殺されたんです。訴えてみたところで死んだ人は帰ってけえへんけど、うちの人を殺した男を罰してほしいんです。

［裁判長］ それに損害賠償も請求してますね。

［妻］ はい。なんでかというとちっちゃい息子とあたしを養ってくれるはずの夫を亡くしてしもたからです。

［裁判長］ （妻に）いいや、あなたを批判してるわけではありません。あなたが物質的な要求をしていることも決して恥ずかしいことじゃありません。（第二のキャラバンの隊長に）商人カール・ラングマンの後から別の隊がやって来ましたが、先頭の隊で解雇された案内人もこれに合流していました。そして正しいルートから一マイルと離れてない地点で、遭難したキャラバンを発見したとありますが、あなたが近付いたときに何を見ましたか。

［第二のキャラバンの隊長］ 商人の水筒には水がほとんど残っていませんでしたし、人足は射殺されて砂の上に転がっていました。

［裁判長］ （商人に）あなたですか、その男を射殺したのは。

［商人］ はい、ふいに襲いかかってきたもんですから。

［裁判長］ どんなふうに襲いかかってきたのですか。

［商人］ やつが背後から私を石で殴り殺そうとしたのです。

［裁判長］ なぜ人足があなたを襲ったのかその理由を説明できますか。

［商人］ いいえ。

［裁判長］ あなたは雇い人を過酷なまでにせき立てましたか。

［商人］ そんなことは決してありません。

［裁判長］ ここには旅行の前半に同行し、その後解雇された案内人が来ていますか。

［案内人］ 私です。

［裁判長］ 今の点について、あなたはどう思われますか。

［案内人］ 私が知ってる限りでは、商人は利権のことでできるだけ早うウルガに着こうと考えてたみたいです。

［裁判長］ （第二のキャラバンの隊長に）あなたの前の隊が、非常に急いでいたという印象をあなたは受けましたか。

［第二のキャラバンの隊長］ いや、そんな印象は持ちません

でしたね。われわれよりまる一日先を進んでましたが、その後ずっとこの状態を保っていましたから。

〔裁判長〕（商人に）そのためには随分雇い人をせき立てる必要があったのではないですか。

〔商人〕私は別にせき立てたりはしてません。それは案内人の仕事ですから。

〔裁判長〕（案内人に）被告はあなたに、せき立てるように強要しませんでしたか。

〔案内人〕人足を特にせき立てたりはしなかったですね。どっちかというと寛大なほうでした。

〔裁判長〕なぜあなたは解雇されたのですか。

〔案内人〕私が人足に親切過ぎるって、商人が思ったからでしょう。

〔裁判長〕すると親切にすべきじゃなかったのですね。それでその親切に扱うべきじゃないという人足は、あなたの印象では反抗的な人間に見えましたか。

〔案内人〕いいえ、どんな目にあっても我慢してましたね。私に話してくれましたが、仕事を失うんが怖いんですよ。あの男は労働組合にも入ってなかったからね。

〔裁判長〕どんな目にあっても我慢してたと言うのですね。長いこと考えてから答えるのはやめなさい。どうせ真実は明らかになるのですから。

〔案内人〕私はハンの宿場までしか一緒じゃなかったもんですから。

〔主人〕（独白）そや、その調子や。

〔裁判長〕（商人に）その後何か、人足の反抗を説明できるようなことが起きましたか。

〔商人〕いいえ、私の方からは何も。

〔裁判長〕いいですか、自分の潔白をことさらだてて言うのはうまくありませんな。そんな答弁じゃここでは切り抜けられませんよ。もしあなたが人足をそんなに丁重に扱っておられたのなら、人足があなたに憎しみを抱いていたことをどう説明されるのですか。人足の憎しみが信じられると説得できたときにはじめて、あなたの正当防衛も信憑性を持つわけですからね。よく考えることですね。

〔商人〕白状しなければいけないことがあります。一度だけ人足を殴ったことがあります。

〔裁判長〕はあ、たった一度殴られたぐらいで、人足がそれほどの憎しみを抱くとお思いなんですね。

〔商人〕　いいえ、実はピストルをあの男の背中に突き付けたんです。川を渡るのを怖がったものですから。それに川を渡るときにあの男は腕を折りました。それも私のせいです。
〔裁判長〕（微笑みながら）人足からみれば、そうなんでしょう。
〔商人〕（同じように微笑んで）もちろんですとも。実際には私が人足を川から救い出してやったのです。
〔裁判長〕　さて、それではと。案内人を解雇したあと、あなたは人足にあなたを憎む動機を与えた。それ以前はどうですか。（案内人に対して押しつけるように）あなただって人足が商人を憎んでいたことは否定しないでしょう。考えてみればこれはきわめて当然のことです。わずかな賃金で、しかも力づくで危険な仕事に追い立てられ、他人の利益のために身体に傷まで負わされたのですから。ほとんど無意味なことのために、自分の命を危険にさらす者が、相手を憎むというのは実によく分かります。
〔案内人〕　けどあの男は、この人を憎んでなんかいなかったですよ。
〔裁判長〕　では次にハンの宿場の主人を尋問します。商人と人足との関係について、大体の様子がつかめるような陳述が聞けるかもしれません。（主人に）商人は使用人をどのように扱っていましたか。
〔主人〕　よくしてやっていたようですな。
〔裁判長〕　ここにいる人たちを退廷させましょうか。真実を述べた場合、あなたのご商売に差し障りはありませんか。
〔主人〕　いいえ、この件では別にそんな必要はありません。
〔裁判長〕　どうぞご随意に。
〔主人〕　この旦那は案内人にタバコまでやってました。賃金だってその場でちゃんと払ってましたよ。それに人足にもよくしてやってましたなあ。
〔裁判長〕　あなたの宿場はこのルートで最後の警察駐在地でしたね。
〔主人〕　そうです。そこからは人のいないゴビ砂漠になりますから。
〔裁判長〕　ああ、なるほど。つまり商人の親切は事情に迫られた、多分一時的な、いわば戦術的な親切だったわけですね。戦争の場合でも、われわれの士官は、前線に近づくほど兵隊を人間的に扱いますから。そういう親しさはむろん問題にはなりません。

［商人］　あの男は、例えば、いつも歩きながら歌を歌っていました。でも川を渡らせようとしてピストルで脅してからというもの、あの男の歌を聞いたことは一度もありません。

［裁判長］　つまり彼は非常に憤慨していたということですね。それはよく分かります。戦争中のことを思い起こさねばなりませんが。部下の兵隊は、われわれ将校に向かって「あんたたちはあんたたちの戦争をしてるけど、おれたちはあんたたちの戦争をやらされてるだけだ」なんてよく言ったものですが、その気持ちはよく理解できます。それと同じように人足だって商人にこう言うこともできたはずです。「あんたはあんたの商売をしてるけど、俺はあんたの商売をやらされてるだけだ」と。

［商人］　もう一つ白状しなければいけないことがあります。道に迷ったとき、片方の水筒はあの男にも分けてやりましたが、もう一つの水筒は私一人で飲んでいました。

［裁判長］　おそらくあなたが水を飲んでいるところを人足に見られたのでしょう。

［商人］　あの男が手に石を持って私に迫ってきたとき、私もそうだと思いました。あの男が私を憎んでいるのも知っていましたから。人のいない地域に入ってからは私は昼も夜も用心していました。機会さえあればあの男は私に襲いかかってくるだろうと思っていましたからね。私があの男を殺さなかったら、あの男が私を殺したでしょう。

［人足の妻］　一言言わせてください。うちの人が旦那さんを襲ったりするはずがありません。人に危害を加えるようなことは一度だってしたことがありません。

［案内人］　安心せえて。おれはあいつの無実を証明する証拠をちゃんとこの鞄の中に入れてあるんやから。

［裁判長］　人足があなたを襲おうとした石は発見されましたか。

［第二のキャラバンの隊長］　この男が——（案内人を指して）——殺された男の手から取っていきました。

（案内人が水筒を示す）

［裁判長］　これがその石ですか。見てそれだと分かりますか。
［商人］　そうです、この石です。
［案内人］　だったらこの石に何が入っているか、見てください。（水筒の水を空ける）
［副判事Ａ］　これは水筒だ。石ではない。人足は商人に水を渡そうとしたのです。
［副判事Ｂ］　どうやら人足には商人を殺す意図はなかったようですね。
［案内人］　（殺された男の妻を抱いて）ほれみい、あいつの無罪を証明したったぞ。証明できたんは特別な事情があったからや。あいつが最後の宿場を出発するときに、この水筒をあいつにやったんです。この主人が証人です。これは俺の水筒なんや。
［主人］　（独白）馬鹿野郎。これであいつもおしまいだよ。
［裁判長］　この証言は真実ではありえない。（商人に）人足があなたに飲み水をくれるなんてことがあるでしょうか？
［商人］　石だったに違いありません。
［裁判長］　いや、石ではなかったのです。あなたもご覧になった通り、水筒だったのです。
［商人］　でも水筒だと考えることは私にはどうしてもできませんでした。あの男が私に水をくれる理由が見つかりません。私はあの男の友だちではなかったのですから。
［案内人］　それでもあいつは旦那に水をやろうとしたんや。
［裁判長］　なぜ水をあげようとしたのでしょう。なぜです。
［案内人］　きっと旦那が喉渇いてるとおもたからですよ。（裁判長、副判事は顔を見合わせて微笑する）多分あいつは人間らしい心を持ってたからでしょう。（裁判官たちはまた微笑する）おそらくあほやったからでしょう。そやかてあいつ旦那を憎んだことなんて一度もなかったんや。
［商人］　だったらあの男はよほどの間抜けだよ。あの男は私のせいで怪我をした。ことによったら一生治らんかもしれん。腕にだぞ。その仕返しをするのは当然じゃないか。
［案内人］　当然ですとも。
［商人］　あの男はわずかな金を稼ぐために、金持ちの私

にくっついて歩いたのです。でも道中の辛さは二人とも同じでした。
［案内人］　それはやつも承知です。
［商人］　あの男はくたびれると私にぶん殴られた。
［案内人］　それも覚悟していたはずです。
［商人］　人足が最初のチャンスに私を殴り倒さないなんて考えるのは、あの男に分別がないと考えるのと同じことですからね。
［裁判長］　あなたのお考えでは、人足があなたを憎んで当然だというわけですね。とするとあなたがある状況のもとで殺意のない者を殺害したのは、その男に殺意がないことをあなたが知りえなかったためだということになります。似たようなことは、わが国の警察などでもときどき見られます。警官が群集やデモ行進者、まったく平和な人々に向かって発砲するのは、ただ彼らが警官を馬から引きずりおろして、リンチしないなどということはとても信じられないからなのです。警官はほんとうは恐怖心から発砲するのです。警官が恐怖心を抱くのは、分別のある証拠です。あなたは人足が例外的な人間だったとは信じられなかったとおっしゃるわけですね。
［商人］　何事も原則に従うべきで、例外を基準にするわけにはいきません。
［裁判長］　そういうことですな。人足が自分を虐待する者に水をほどこす理由などどこにあるのです。
［案内人］　まともに考えたらありませんよ。
［裁判長］　（歌う）

眼には眼を、これが原則
例外を期待するのは愚か者
水をもらえるなんて
分別あるやつは思わない

（裁判官たちに向かって）では合議に移ります。
（裁判官たち退廷する）
［案内人］　（歌う）

やつらの作った社会では
人間らしさは例外だ

人間らしさを示せば
ひどい損害を被る
親切そうな人間がいたら
気を付けろといってやれ
誰かを助けようとする者には
そんなことはやめさせろ

隣に飢えたやつがいても
見ないふりをしろ
隣で誰かうめいていても
聞こえないふりをしろ
誰かが助けを呼んでも
体を動かすな
そこで熱くなったら
痛い目にあう
人間に水をやったつもりでも
飲むのは狼さ

［第二のキャラバンの隊長］　あんた、もう職にはありつけないかもしれないぞ。
［案内人］　ほんとのことを言わなおられへんかったんや。
［隊長］　（微笑みながら）そうか、言わずにはおれなかったか……。

（裁判官たちが席に戻る）

［裁判長］　（商人に）当法廷は被告にもう一つ質問します。あなたはあなたの人足を射殺したことによって、なんらかの利益を得ましたか。
［商人］　とんでもない。ウルガで計画していた仕事にあの男は必要だったのです。向こうで必要な地図や測量表をあの男に運ばせていたのですから。私一人ではあれだけの荷物はとても運べません。
［裁判長］　ではあなたはウルガの仕事はやれなかったのですか。
［商人］　もちろんだめでした。到着が遅れてしまいましたから。私は破産です。
［裁判長］　それでは判決を下します。当法廷は人足が石ではなく水筒をもって主人に近付いたことは立証されたと認めます。しかしその前提をもってしても、人足が主人に飲み水を与えようとしたと言うより、水筒

で主人を殴り殺そうとしたと言う方が、はるかに信憑性が高いと考えます。なぜならば人足は自分が不当な待遇を受けていると感ずるに足る階級に属しています。人足のような人たちにとっては、飲み水の分配などで丸めこまれないよう警戒することは、純粋な理性のなせる業《わざ》にほかなりません。このように非常に狭くて一面的で、現実のことにしかとらわれない立場に立つ人たちにあっては、自分たちの虐待者に復讐することは極めて当然のことと思うに違いありません。給料日には彼らはただお金を手にすることだけが重要でした。商人は人足の属する階級には属していません。したがって被告は人足からは最悪の事態しか予測できませんでした。商人は自ら証言しているように、自分が虐待した人足から友情の施しを受けようなどとは夢にも思わなかったはずです。被告の理性は、被告がきわめて危険な状況に置かれていることを告げていました。この地域に人が住んでいなかったことも、被告の不安を増大させたに違いありません。警察も裁判所もない地域にいることが、使用人を元気づけ、飲み水の分け前を強要することさえ可能にしたのです。被告が実際に脅迫されたか、あるいはただ脅迫されたと感じただけなのかは、この場合重要ではありません。被告の置かれた状況のもとでは脅迫されたと感じざるをえなかったのです。したがって被告の取った行動は正当防衛と見なされるべきものです。被告は無罪、死者の妻の訴えを却下する。

[演技者たち]

こうして
旅行の話は終わった。
お聞きの通り、ご覧の通り
当たり前のどこにでもある出来事だ。
それでも君たちにお願いしたい
見慣れたことを変だと
当たり前のことを不思議だと思え。
絶えず起こっていることに驚きの目を向けよ。
原則が悪用されていることを認識せよ。
この悪用を認識できれば
そこから生じた弊害を除去せよ。

闘いの歌（商人）2ヶ所
♩≒88
f
病人は、くたばり、 つよいものがた
1. accel.
たかう！
2.
たかう！
［それで いいんだ ］
accel.
※［ ］内はコロス（2回めのみ）
♩≒112
1. だいちからせきゆを はりだすのはなぜ？
2. つよいものにはたすけが よわいものはみすてられる［それでいいんだ］
にんそくににもつを はこばせるのはなぜ？
たおれるやつはつきはなせ そ それからけっとばせ［それでいいんだ］
せきゆをえるためには だいちとにんそくと たたかわねーば ならぬ この
たたかいにかったものだけ くいものにありつく しんだもの には めしはない この
たたかいで 重 要なのは びょうにんはくたばり つ
よをつくった か みさまは
2.は繰返す
しゅじんとげぼくを 創造した 運がいいのはーいいやつ で そ
1.
よいものがたたかうと いう こーと
うんがわるいやつは わるいや
2.
つ。［それで い い ん だ ］

『闘いの歌』

裁判の歌（コロス）
♩≒128 ff
gliss.
A
8va
1. 盗賊どもを引きつれて、さいばんかんがやってくる
2. さいばんしょの判決が、ギロチンのはの影のようにくだる
3. 見ろあのはげたかはどこへとんでゆく、えさのないさばくからおいやられ
4. ひとごろしもにげてくる。おたずねものでも安全だ
(1) むじつの人間が、うちころされると（→次へ）
(2) ギロチンの刃だけでも、じゅうぶんすごいのに（→次へ）
(3) これからやつらに、えさをやるのは法廷だ//（→𝄋）
(4) 泥棒だってここに、ぬすんだものをかくすのだ（→⊕）
2番
(1) さいばん官がしたいの上にあつまって（→次へ）
(2) どうしてごたいそうな判決までそえるのだ//（→A）
(1) しんだものを断罪する
piú
(1) ころされたおとこのはかのまえでかれのせいぎもころされる//（→A）
meno
prest
(4) 法律のかいてある（ア＞）かみにくるんで
8va
ゴーン（お寺の鐘）

『裁判の歌』

解説

共振する言葉と音楽——音楽劇としてのブレヒト劇

市川　明

本書ではブレヒトの四つの劇作品、『マハゴニー』（原題『マハゴニー市の興亡』）、『セチュアンの善人』、『小市民の結婚式』（『結婚式』）、『ゴビ砂漠殺人事件』（原題『例外と原則』）の上演台本を収めている。いずれも一九八七年から二〇〇八年の約二十年の間に私の翻訳・脚色により関西で上演されたものである。作品はブレヒトの青年期の一幕物、ワイマール共和国期のオペラ、教育劇、亡命期の寓意劇と多様だが、ブレヒトらしい特徴を備えたものである。『セチュアンの善人』のように複数の劇団（劇団大阪、人形劇団クラルテ、劇団往来）により上演されたものもあるし、『ゴビ砂漠殺人事件』のように大阪、徳島、韓国と場所を変えて再演され続けたものもある。上演の年代順に並べてあるが、『マハゴニー』と『セチュアン』は高田マミが、『小市民』は仙波宏文、『ゴビ砂漠』は加藤光一が音楽をつけている。四つの作品（上演台本）について解説し、ブレヒト作品が音楽劇としてどのように機能しているのか見てみたい。

Ⅰ　金さえあれば、マハゴニー！——享楽の町の光と影

i

ブレヒトは一九二〇／二一年頃に『ポケット版説教集』（第一詩集『家庭用説教集』の原版）の第四課に詩『マハ

ゴニーソング』を書いており、マハゴニーはその中で架空の歓楽の町として出てくる。同時期にベーカ社がアメリカのシミー（ラグタイムダンス）のレコード盤としてヒットソング『マハゴンへおいで』をドイツ市場に持ち込んでいる。ブレヒトはこれにヒントを得たのかもしれない。友人ミュンステラーの証言によると、この頃ブレヒトはマハゴニーという概念をかなり自由に使っていたという。

一九二三年七月の終わりにアルノルト・ブロネンにあてた手紙で、ブレヒトはネガティブな概念としてマハゴニーを用いている。「マハゴニーはバイエルン人をみんな追っ払ってしまう」とブレヒトは懸念する。この時期のヒトラーの台頭とナチスのミュンヘンへの進軍などを考えると、マハゴニーはヒトラーに置き換えて読むこともできる。「マハゴニーが来たら、僕は出て行く」とブレヒトはブロネンに語っている。

町の名であるマハゴニーは高級材マホガニーのドイツ語訳マハゴニー（Mahagoni）によるもので、「熱望の地に、木材の名にまつわる高貴でエキゾチックな雰囲気を付与するため」（G・ワーグナー『ヴァイルとブレヒト』）に付けられた。最終景で炎上し、崩壊していくマハゴニーは「ヨハネ黙示録」のマゴグ（Magog）から来たという説もある。神に対して反逆を試み、滅ぼされるマゴグは第二のバビロンである。このマゴグがバビロンと同じ三音節の語マハゴンに変わり、最終的にマハゴニーになったと指摘している。

ii

一九二四年七月の『日記』の記述によれば、この年にブレヒトはオペラの構想を立てていた。妻でオペラ歌手のマリアンネ・ツォフのために『マハゴニー・オペラ』を書くつもりだったが、実現されず一九二七年まで宙に浮いたままだった。

ブレヒトの第一詩集『家庭用説教集』には『マハゴニーソング』と名付けられた五つの詩が収められている。一九二七年三月、バーデンバーデンの音楽祭本部から七月に上演する一幕物のオペラを依頼された作曲家クルト・ヴァイルは、この詩を中心に新しい作品を作ることをブレヒトに提案した。ヴァイルは五つの詩を自由に並べ替えて、曲を書き、ブレヒトは小さなエピローグを付け加えた。こうしてソングプレイ『マハゴニー』が完成した。

二人の生存中にソングプレイは出版されず、一九二七年にウィーンのユニバーサル・エディションから歌のテクストが出たのみだった。二七年に大きな成功を収めたにもかかわらず台本は消失し、ブレヒトの遺稿の中にも資料は存在しない。一九六三年にダヴィッド・ドリューがこの作品を再構成（総譜とピアノ用スコア）し、ユニバーサル・エディションから出版している。

すでに作業の過程で、ヴァイルとブレヒトはソングプレイを発展させてオペラにすることで合意していた。一般に『小マハゴニー』と言われるこのソングプレイに基づいて一九二八／二九年にオペラ『マハゴニー市の興亡』が作られた。『三文オペラ』の仕事などで一時期作業は中断されるが、ブレヒトの要望で『三文オペラ』よりも早く作品は完成している。

『大マハゴニー』と呼ばれるこのオペラはブレヒトとヴァイルの共同作業の頂点をなすものである。初演は一九三〇年ライプツィヒで行われたが、ナチスが反対デモをかけ、上演を妨害するという一大スキャンダルを引き起こした。ライプツィヒ市当局の中止命令で、上演は結局四回しか行われなかった。初演後二人はこのオペラを改作、登場人物はドイツ名になり、今まで強すぎたアメリカ的雰囲気を弱くしようとしている。

私たちの上演テクストはブレヒトの『大マハゴニー』最終稿に拠っている。「（オペラの）美食的なものを損なうことなく…」「美食的なものを犠牲にしてでも…」、ブレヒトの発言は時によって前提を変えるが、帰結にあるのはいつも「（オペラの）内容に教訓的なものを与え、オペラをアクチュアルなものにする」ことだった。オペラの改革を目指したブレヒトとヴァイルだが、オペラ『マハゴニー市の興亡』を観た（聴いた）人は、やはり「オペラはオペラ」だと思うだろう。私たちは「荘厳な」印象を脱し、『マハゴニー』を明るくテンポのある音楽劇に変えようと試みた。高田マミが作曲したオリジナルに、加藤光一が補作のうえ若干のソングを付け加え、約三十曲からなるミュージカルが仕上った。

iii

作品は題名どおり、マハゴニー市の建設、繁栄、崩壊という三部構成になっている。町の話に絡めて、パウルと彼の友だちの話が語られる。

幕が開くと何かいわくありげな三人組、やもめのベグビク、支配人のウィリー、三位一体のモーゼスがオンボロ車に乗って登場。指名手配中の三人は荒野のただ中に歓楽の町マハゴニーを作り上げる。仕事に疲れ、都会の騒々しさから逃れたいと思っている人たちに、平和や安息、愛や享楽を売って大もうけしようとする算段だ。大勢の人がパラダイスを求めてこの町にやって来る。七年間アラスカの森で木を切り、小金を貯めこんだパウル・アッカーマンら四人の山林労働者もその中に混じっている。

だが自然児パウルは怠け者の天国マハゴニーに次第に飽き足らなくなる。規則、規則で縛られたこの町はあんまり平和すぎて、仲良しすぎて、受け身すぎて退屈なのだ。「何かが足りない」。ちょうどその時ハリケーンの襲来が告げられるが、マハゴニーは奇跡的にハリケーンから逃れる。このハリケーンはヒトラー・ファシズムの嵐なのか、世界恐慌なのか。今なら第三次世界大戦とも取れよう。どうせハリケーンが破壊するなら自分たちが破壊してもかまいはしない。パウルは幸福の法則を発見する。それは「何をやってもいい」ということだ。

飲み食い、セックス、ボクシング、みんなし放題、ただしそれは金のある間だけである。「パラダイス」であるはずのマハゴニーは自分たちが逃げ出してきた資本主義社会の尖鋭化されたものに他ならない。金しか人と人を繋ぐものがないこの町で、素朴な山林労働者は次々に滅んでいく。ただ一人非情の論理を身につけたハインリヒを除いて。

一文無しになったパウルは無銭飲食で捕まってしまう。町の創設者の三人が裁判を一切握っており、裁判にも金・賄賂が不可欠だ。この「公正」な場所でも「金のないこと、それは最大の犯罪」なのだ。金を用立ててほしいというパウルの求めに、親友のハインリヒ（ハイニ）も恋人のジェニーも耳を貸さない。「踏みつけるのは俺、踏みつけられるのはてめえ」（楽譜参照）と歌ったパウルは、皮肉にも信頼していた友から「踏みつけられる」。死刑判決を受けたパウルが「神さまのバチが当たるぞ」と怒鳴ると、ベグビクたちは「マハゴニーの神の劇」を演じて見せる。信仰がすでに壊れたウィスキーびたりのマハゴニーに神が現われ、「地獄に落とすぞ」と脅すが何の効果もない。この町の連中にとっては金が神であり、自分たちはもう地獄にいるのだから何も怖くないというわけだ。

最終景で、人と人とが助けあえないマハゴニーは炎上し、崩壊していく。住民はそれに気付かず、この享楽の町のさらなる繁栄を願い、それぞれプラカードを掲げて請願デモをする。このオープンな幕切れにブレヒトの資本主義否定のメッセージが隠されている。

iv

私たちのミュージカル『マハゴニー』の最初のナンバーは、第1場「マハゴニー市の誕生」の『網の町』。「マハゴニー、その意味は網の町。私たちは網を張る。素敵なかもを捕まえるために」（楽譜参照）とベグビクが歌う。第2場「マハ行きさん」では、急速に大きくなったマハゴニーの町に「強欲なサメたち」がやってくる。ジャパ行きさんならぬ、ジェニーと六人の若い娼婦で、彼女たちが『アラバマソング』を歌う。このナンバーだけはヴァイルのオリジナルを借りている。第3場「おいでよ、マハゴニー」では、大都会の労働者が『町の下には下水がある』を歌い、マハゴニーとは対照的な灰色の町の様子を紹介する。第4場「行こうマハゴニーへ」で四人の山林労働者が歌う同名の歌は明るく軽快なメロディで、それだけいっそう彼らの没落が悲惨に写し出される。

ほとんどすべての場面にソングが散りばめられている。ソングが筋を先取りし、結末を暗示する。「ああ考えてよ、三〇ドルで何が買えるか」とジェニーが歌うハバナソング（第5場）、ベグビクら三人の詐欺師たちが「ああー、このマハゴニーじゃ商売にならない」と嘆く歌（第7場）などは、現代の私たちにもぴったり当てはまる。

パウルにはいくつも自己の心情を吐露した「演説」の歌が用意されている。アラスカで七年間働いてお金を貯めてやってきたのに、「ここはなんとひどいことばかり、最大の失敗」と歌い上げる『アラスカの白い雪』(第9場)もその一つである。『誘惑に乗るな』(第11場)には、彼岸への誘惑に乗らず、この世で享楽をむさぼれというブレヒトの思いが込められている。パウルとジェニーのデュエット『二人は恋人』は大きな弧を描いて飛ぶ二羽の鶴と、寄り添うように流れる雲を描いたもので、ブレヒトの「愛の詩」として名高い。それにしてもお金で結ばれた二人が純愛の歌を歌うのはアイロニー以外の何ものでもない。

『マハゴニーにい続けたら』(第16場)や『ある灰色の朝』(第19場)などはソングプレイにも収められ、ヴァイルの有名な曲があるが、すべて高田マミが新しい曲に書き直した。「ある灰色の朝、ウィスキーびたりの町マハゴニーへ神様がやって来た」(楽譜参照)で始まるナンバーは、四人の男、モーゼス、ジェニーが掛け合いで歌い、ちょっぴりコケティッシュな雰囲気をかもし出している。劇中劇を構成しているのだが、薄い幕を使った踊りで、『セチュアンの善人』の神様の登場と『ファウスト』の「ワルプルギスの夜」をない混ぜたようなシュールなシーンを現出させた。

「金さえあればマハゴニー/こんなすてきな町はない/何でも買える/何でもできる…」、「金がなけりゃマハゴニー/こんなむごい町はない/誰もが知らん顔/何にも手に入らない…」。最終景のデモ行進で歌われる歌『お金がすべての、この町では』(楽譜参照)は、この作品のテーマソングである。高田は「暗くならず、シンプルで覚えやすいメロディで、かつ醒めていて、あっけらかんとしたもの」を目指したという。

統一後のオシー(旧東ドイツの人たち)や植民地化された第三世界の人たちは、マハゴニーの原理・原則を身を持って体験しただろう。だがこの歌は、現代の日本に生きる私たちにも鋭く突き刺さる。「金がなけりゃマハゴニー…」の嘆きは、ますます切実なものになっている。

V

マハゴニー、異国情緒あふれる町、ブレヒトのアメリカニズムが生み出した町、聖書の涜神の町、ナチスが跳梁する町……バビロンが異教都市ローマの隠喩であったように、マゴグ（マハゴニー）も黄金の二〇年代のベルリンを表すのかもしれない。いろいろなイメージを束ねながら、この町は高度に進んだ資本主義の都市、現代日本の町へと連なっていく。

無数の小パウルがいる現代日本。アフリカではたくさんの人たちが飢えで毎日死んでいるというのにグルメ日本人は栄養の取りすぎで肥満気味。お金をかけてダイエットやエアロビクスに励んでいる。エイズ騒ぎも何のその、セックス産業花盛り。夜の街はネオンで眼がくらむ。無数の飲み屋・バー、酒はこの世の潤滑油とばかり鯨飲する。野球、サッカー、競輪、競馬に熱狂的なファンが押しかける。駅のくずかごはスポーツ新聞とゴシップ週刊誌の山。地球の温暖化は自分たちの贅沢が引き起こしたものなのに知らん顔。

だがそんな日本も雲行きが怪しくなってきた。全世界を襲う不況の嵐は、金満日本をも直撃している。相次ぐ企業の倒産・吸収合併、就職内定の取り消しや派遣切り、ネットカフェ難民とホームレスの増加等など、報道される話題は暗いものばかりだ。一方でお金や株の操作、インサイダー取引などで巨大な利益を上げ、逮捕された人もいる。「格差社会」がみんなにぴんと来るようになったのだ。

世界でいちばんデモの少ない国と言われる日本の観客は、最終景のデモをどのように受け取めただろうか。「黄金時代の永続に賛成」「地上の財産の不公平な分配に賛成」「無防備の者を寄ってたかって襲うことに賛成」……崩壊する町とのコントラスト鮮やかに、行列のプラカードが強烈なアイロニーを発散させている。「資本家の世の中は安泰。揺らぐ気配もなし」とまだお思いだろうか？　だがこれほどまでにお金万能の世の中では、もう人間が人間でなくなってしまう。人と人とが敵対しあう社会、われわれの日本も、マハゴニーのように崩壊していくかもしれないのだ。

何も学ばないマハゴニーの連中を見ながら、観客は何かを学びとってほしい。

II　変身のオピウム（阿片）——ジェンダー劇としての『セチュアンの善人』

i

「心を鬼にして」「シビアに割り切って」「ビジネスライクに徹して」等など、仕事の場ではよく聞かれる言葉である。お金本位の資本主義社会にあって、温情主義は身の破滅というわけだ。宝くじや何かで大金が転がり込んだ場合、「友人」にたかられることも珍しくない。こんな時にも「いい顔ばかりはしておれない」と痛感するだろう。ブレヒトの寓意劇『セチュアンの善人』は善良で優しい娼婦のシェン・テが、神様に一晩の宿を提供したお礼に、ちょっとしたお金を手に入れ、悩み苦しむ話である。

天上にいる三人の神様は、殺人、事故、自殺など世の中の乱れを聞かされ、神の道徳（十戒）が役に立たぬのではないかと心配し、地上に降りてくる。一人でも善人を発見すれば、自分たちの掟の正しさが証明されると思い、必死で善人を探す。やっと巡り合えたのがシェン・テで、彼女のおかげで神様はその存在を全面否定されずにすんだ。それを思えば宿賃は安い「報酬」に過ぎない。彼らはシェン・テに善良であり続けるように言い、姿を消す。

シェン・テは神様から授かったお金で小さなタバコ屋を開くのだが、噂を聞いて押し寄せる知人や親戚……。開店の日にシェン・テはもう破産の危機に瀕する。何ごとにもノーと言えないシェン・テだが、居候《いそうろう》の八人家族の助言により、厳格な従兄シュイ・タを作り上げ、この店の本当の持ち主だと偽る。冷酷な資本家に時々成り代わることによってしか生きていけないことが、シェン・テにはよく分かったからだ。

善良なシェン・テから冷酷なシュイ・タへの転換をシェン・テは当初、どうしても必要な場合に、しかも短期間に限って認めていた。だがパイロット崩れのヤン・スンの子どもを宿したことなどもあり、次第にシュイ・タでいる時間が長くなっていく。シュイ・タはタバコ工場を設立し、貧民を搾取し、セチュアンのタバコ王と呼ばれるようになる。だが「場末の天使」シェン・テのあまりにも長い不在を不審に思った長屋の連中は、シュイ・タがシェン・テを殺したのではないかと騒ぎ出す。

裁判が開かれる。裁判官として現れた神様の前で、シュイ・タはまずみんなを退廷させるよう要求し、真実を語ることを約束する。シュイ・タは変装を解いて、自分がシェン・テであることを明かし、「善良であれ、しかも生きよ、というあなた方の命令があたしを真っ二つに引き裂きました」と叫ぶ。だが神様は何の解決も与えることができず、逃げるように天上に去っていく。

ii

「暗黒の時代／そこでも人は歌うだろうか／そこでも人は歌うだろう／時代の暗黒を」。海峡越しにドイツを臨むデンマークの町スヴェンボリで、ブレヒトは友たちの闘争を見守りながらこう書いた（『スヴェンボリ詩集』一九三三〜三八年）。だが暗黒はますます広がり、歌声もかき消された。

一九三九年にスウェーデンに逃れたブレヒトはアメリカへ向かおうとしビザを申請するが、ナチスの軍隊はビザの取得よりもはるかに速いスピードでブレヒトに迫ってきた。四〇年四月にナチスがデンマークに侵攻したのを聞き、ブレヒトは妻ヘレーネ・ヴァイゲルと子ども、共同作業者のマルガレーテ・シュテフィンを連れて船でフィンランドに渡った。家具や本はスウェーデンの友人のところに置いたまま、原稿の入ったトランクだけを抱えての脱出だった。彼らは亡命者というよりはむしろ難民だった。

『セチュアンの善人』はデンマークを出るほんの数日前に書き始められ、完成を見ないまま、スウェーデン、フィンランドへと仕事は持ち越された。三九年から四一年にかけて転々と渡り歩いた北欧の亡命地で、この作品は難航の末、書き上げられた。もちろん上演のチャンスはまったくなかった。「世の中が変われば、この作品が上演できるようになるかしら。でもこの作品を上演することによってしか、世の中が変わらないとすれば…」。協力者シュテフィンの嘆きは、シェン・テの嘆きに重なる。

『セチュアン』の成立史は二〇年代にさかのぼる。町へやって来て食事にありつけなかった三人の神々をモチーフにした詩『ドレスデンのマチネー』が一九二六年に書かれている。二七年には一人の娼婦がタバコ店主に成り上がる『ファニー・クレッス』の構想が練られ、三〇年にはこの脚本の最初の稿である『愛という商品』のための覚書が出された。

初演は一九四三年二月にスイスのチューリヒで行われた。ドイツ初演は五二年で、ハリー・ブクヴィッツがフランクフルト市立劇場で演出している。ブレヒトが亡命から帰還した東ドイツでの初演は五六年で、ベルリーナー・アンサンブルでは五八年にやっと舞台に乗る。ブレヒトは自分の劇場での上演を観ることなく五六年に亡くなっている。

iii

この作品の見せ場はなんといってもシェン・テ／シュイ・タの転換・早変わりだ。男中心の金権社会にあって女手一つで生きる困難さから、女シェン・テは男シュイ・タに三度変身する。最初はタバコ屋を親戚のたかりから守るため、二度目は恋人にお金を工面するため、そして最後はタバコ工場を開いて、みんなをそこで働かせるために。ジェンダーの越境が繰り返される。

シェン・テを大阪弁、シュイ・タを東京弁に翻訳して、上演してみようと思い立った。詩やソングは標準語を使っている。シュイ・タと神様以外はみな大阪弁をしゃべる。なぜ大阪弁を使ったのか？　長屋的な雰囲気や庶民の活力がよく出る。自然な話し言葉のリズムが出て、芝居がテンポよく進む。せりふの部分と韻文（詩）の部分の区別ができる、などさまざまな利点があげられよう。

大阪弁の使用でもう一つ重要なことは、善良なシェン・テと冷酷なシュイ・タが言葉ではっきりと区別されることである。そのためにシェン・テが無理な声色を使ってシュイ・タになる必要はなくなった。さらに日本語には欧米語にはない男女の言葉の区別がある。シェン・テ＝女言葉・大阪弁、シュイ・タ＝男言葉・東京弁という組み合わせを交差させれば、さまざまな言葉遊びが可能だ。ジェンダーの揺らぎもこうした操作によって行える。

例をあげよう。第9場の「シェン・テのタバコ屋」は子どもを身ごもって体調の悪いシェン・テ／シュイ・タと、すべての事情を知った女性、シンとの会話である。シンは干されていたズボンの行方を探るうち、シェン・テとシュイ・タが同一人物であることが分かり、今では妊婦の面倒を見ている。シュイ・タであるはずのシェン・テはシンのやさしい言葉（大阪弁）につい自分の性＝ルーツに戻ってしまう。

［シン］……わてがちゃんとついてるから、安心し。誰かて人の手ぇ借りなやっていかれへんのや。ええよ、お産のときもそばにいたるから。

［シュイ・タ］（弱々しく。シェン・テに戻って大阪弁で）あてにしてもええのん、シンのおばちゃん。

シュイ・タが思わぬところで大阪弁の女言葉に戻ったので、爆笑が起きた。ジェンダーのかく乱が思わぬ効果をあげたわけだ。部屋に入ってきたスンがシンの腕に抱えられたシュイ・タを見てびっくりし、「邪魔やったかな」とつぶやくときにも、ジェンダーの倒錯はまだ治まっていない。こうした言葉の仕掛けが笑いを呼ぶとともに、新しい解釈を可能にする。お金万能の社会では善良な人間は生きていけないという、「資本主義批判」のこの戯曲は、男性社会にあって女性が生きていくには男にならざるをえないというジェンダー劇とも読めるのである。

一昔前に俳優座による千田是也演出、栗原小巻主演の『セチュアンの善人』を見たが、三時間半の上演がとても長く感じられた。ブレヒトお気に入りの「結婚式」と「裁判」の場面が両方とも取り入れられているし、「ごちそう」（ブレヒトが教えようとするもの）が多すぎて焦点がぼやけてしまうのだ。私の上演台本では音楽を多く用いると同時に、ワンの間狂言を短くしたり、パントマイムにより、不要な部分はカットしたりして、スピーディな展開にしてある。

iv

『セチュアン』の音楽は、初演時にはスイスの作曲家フリューのものが用いられたがブレヒトは満足せず、クルト・ヴァイルとの共同作業を強く望んだ。結局この構想は実現せず、五二年のドイツ初演以降、パウル・デッサウの音楽が用いられている。アメリカ亡命中にブレヒトと親交を結んだデッサウは、以降ブレヒトの重要なパートナーとなり、『セチュアン』『肝っ玉おっ母とその子どもたち』『コーカサスの白墨の輪』などの音楽を担当している。デッサウの証言によれば『セチュアン』の音楽は、四七／四八年にカリフォルニアで作られた。彼の曲は七つの劇中ソング、序曲、神様や水売りワンが登場するときの音楽などからなっている。

この上演のために高田マミに音楽を書いてもらった。デッサウの音楽はすばらしいのだが、日本人には難しくて馴じみにくい。身振りと自然に結びつくような、明るく、軽快なメロディを私は望んだ。観客がすぐに覚え、唱和できるような歌を高田は作ってくれた。『煙の歌』（第1場）はニーチェのニヒリズムに通じ、怒りにも似た無力感がシェン・テにたかる者たちから発散される。『雨の中の水売りの歌』（第3場ほか）ではワンが観客に語りかけるように歌う。歌の内容はマルクスの過剰生産恐慌の理論と合致し、貧しい者がますます貧しくなっていく様子が示される。旧約聖書のソドムとゴモラの町の破滅を暗示した『神々と善人の無防備の歌』（第4場）では、シェン・テとシュイ・タが同一人物であることが明らかになり、民衆の怒りや抵抗を表した第一幕のフィナーレとなる（楽譜参照）。『永遠に来ない日の歌』（第6場）は悪人は罰せられ善人は報われるという聖書の教えの強烈なパロディである。シェン・テとの結婚式で飛行士スンが、「永遠に来ない」シュイ・タを待ちながら歌う。『八頭目の象の歌』（第8場）

はチャプリンの『モダンタイムズ』を思わせる。ゆっくりしたテンポで始まり、次第に音楽のテンポを上げることによって「八頭目の象」に監視され、搾取される労働者の実態が浮かび出る。さびの部分は特にスピード感を意識し、「だのにもうすぐ…」というメロディで、流れるリズムをより強調している（楽譜参照）。タバコ工場での奴隷的な仕事が、軽快なメロディの中で対照的に浮かび上がる。曲中どこでテンポを変えていくかは演出家、表現者で工夫してほしい。最後の『雲間に消える神々の三重唱』（第10場）も、神々を笑いものにするゴスペル調の歌である。ちょっとおかしみのあるズッコケ神様の雰囲気を出したい。「たたえましょう（休止）、たたえましょう（休止）、セチュアンの善人を（休止）」（楽譜参照）……このフレーズが何度も繰り返され、テンポアップしていく。カーテンコールでも全員がこの歌を歌う。出演した小さな子どもたちがリズムを取りながら楽しそうに歌うのを見て、音楽が成功していると感じた。

V

それにしてもこの作品は何と現代の社会を巧みに映し出していることだろう。二つの顔を使い分けなければならない主人公の苦悩は、現代人の誰もが共有している。他にもこの作品のキーワードをあげてみよう。

・シングルマザー――子どもができてもシェン・テは男など物ともせず子どもと二人で生きていく道を探っている。
・援助交際――お金持ちのシュー・フー旦那は、シェン・テに「お金による」「清らかな交際」を求めている。
・就職氷河期――スンは飛行学校で学んだものの、就職できない。職を得るためには賄賂も必要なのだ。
・超過保護ママとマザコン――スンの母親は超過保護で、息子のために奔走し、シェン・テに協力を約束させる。スンはシェン・テに対してはプレイボーイ風に振舞うが、母親に対してはまったくマザコンである。
・猛烈社員――スンはやがてシュイ・タの協力を受け、タバコ工場で労働者を監視し搾取する猛烈中間管理職になる。

・結婚願望――「永久就職」としての結婚に憧れ、一時はシェン・テもみんなの勧めを受け入れ、「お金」と結婚しようと思う。

・インチキ商法――ワンは二重底の升で水を売っている。二重底（ダブルスタンダード）でしか生きていけない現実。

ブレヒトが言おうとしたことはお金本位の社会（資本主義）において、善良であることは破滅を意味する。だから社会を変革すること（社会主義の実現）によってはじめて、人間は善良であり続けることができるということだった。その後社会主義体制は崩壊し、シェン・テが発した根本的な疑問は解決されないままになっている。安易な二者択一でなく、新しい社会への模索が始まったと言えよう。複雑な現代においてこの作品は様々に読み解かれる。

・ジェンダーのドラマ――男性中心社会において、女性が生き続けるためには、ときどき男性に成り代わるしかない。

・変身のドラマ――現実を否定し、なりたい願望、変わりたい願望を芝居空間で実現する。

・権威否定のドラマ――神様の無力が暴かれ、権威が地に落ちる。

次は、はるな愛さんのようなニューハーフの主演で『セチュアンの善人』をやってみたい。絶対に男にだけは戻りたくないと思って女になったのに、シュイ・タになることを余儀なくされるシェン・テ。思いもかけず子どもまで授かって（！）幸せの絶頂のはずなのに、女で生きていくことの難しさ……。本当の意味での早変わりの楽しさやジェンダーの苦悩、人間の優しさが分かってもらえるかもしれない。

III　壊れていくのは家具だけ？――『小市民の結婚式』の不条理性

i

『小市民の結婚式』はブレヒトの「一幕物」と呼ばれる作品群の一つで、一九一九年の秋に書かれた。二一歳のときの青春の書だが、当初は『結婚式』というシンプルなタイトルだった。ブレヒトはこの時期に五つの一幕物を立て続けに書いているが、友人ミュンステラーの証言によれば、出来上がったばかりのタイプ原稿を見てほしいとブレヒトに頼まれたという。『魚獲り』を除いて、『結婚式』『物乞い、あるいは死んだ犬』『悪魔祓い』『闇の光明』の四作が友人の手に渡った。

ブレヒトはアウクスブルクで年に二度行われる「プレラー」という民衆祭の小屋がけ芝居に足繁く通い、グックカステンビューネ（のぞき箱舞台）に大きな興味を覚えた。下町に自分の人生を見出していたブレヒトは舞台裏にも出入りし、多くの芸人の素顔に触れる。因習的な制約にとらわれず人生を送る彼らの姿に、バールのような破天荒な活力を見ていたのかもしれない。一幕物の上演には見世物小屋の雰囲気が欠かせない。

ブレヒトに大きな影響を与え、叙事詩的演劇の礎《いしずえ》を築いたのはミュンヘンの寄席芸人カール・ファレンティンである。一九二〇年にブレヒトはファレンティンと知り合い、一座に出入りするようになる。ファレンティンの小屋の前で、「親方」とともにクラリネットを吹くブレヒトの写真から、二人の密接な関係がうかがわれる。もちろん個人的に知り合う以前からブレヒトはファレンティンの芝居を読んだり観たりしており、そこから民衆喜劇の伝統を学びとっていた。

ファレンティンの小屋には、タバコを吸い、お酒を飲みながら、ゆったりと劇の動きを追う観客がいた。舞台上の出来事や登場人物の行動に批判を差し挟めるような雰囲気がブレヒトを捉えた。矛盾を誇張して表現するファレンティン流のひねくれた弁証法は異化効果に繋がっていく。一九二〇年六月の日記にブレヒトは、「喜劇人K・ファレンティン論を構想している」と書いている。一幕物の五作品はファレンティンから影響を受け、彼に捧げられたものである。

ii

一九一九年に完成した一幕物のうち『小市民の結婚式』は最もよく知られた、最も完成度の高い作品である。二〇年代後半に『結婚式』から現在のタイトルに改められた。おそらくこの作品を映画にする話が当時あり、改題したものと思われる。計画は残念ながら実現しなかったが、作品のストーリーは映画『クーレ・ヴァンペ』の挿話として用いられている。

舞台はごく普通の市民の結婚パーティである。最近結婚したばかりの夫妻の新居で行われたものだが、実在と仮象(見せかけ)、現実と理想の「ズレ」「コントラスト」が笑いを呼ぶ。純白のウェディングドレスに身を包んだ純潔の花嫁は、すでに妊娠している。父親は披露宴の場にはふさわしくない話を落語家のように次々に披露する。話題は嘔吐、病気、便所……せっかくのご馳走も台無しだ。一方若い男は素晴らしいスピーチをするが、本を丸暗記したことがばれる。友人が歌う「純潔のバラード」は題とは似ても似つかぬエロ歌だし、ダンスを始めると夫婦のペアとは違う「愛のカップル」が誕生する。

作品のドタバタを演出するのは、新郎が作った家具だ。出来合いのものを拒否し、手作りのものをひたすら追い求める姿からは、個性を失った時代や疎外された社会に対する対決さえ感じられる。少なくとも新郎は新居の家具を「これは自分が作った製品だ」と誇らしげに語ることができる。だがそれもつかの間、机や椅子の脚が折れ、家具は次々と音を立てて崩れ、二人の壊れた関係が次第に明らかになる。セックスだけが二人を救うかと思えたが、そのベッドさえも壊れる音がして暗転となる。

本来、和合・調和を生み出す結婚（式）が根底から崩れ、成立しない状況は、以後ブレヒト作品の定番となる。『夜打つ太鼓』『三文オペラ』『セチュアンの善人』『プンティラ旦那と下僕マッティ』などで同じような場面が変奏され、きわめて喜劇的に描かれている。ブレヒトの最初の喜劇である『小市民の結婚式』も、結婚というブルジョア的、因習的な制度を茶化す笑劇となっている。

『小市民の結婚式』は劇中の新郎が作った家具のように、荒削りでどこか破壊的であり、挑発力にあふれている。ファレンティンや『ドン・キホーテ』を書いたセルバンテスの世界が垣間見える。家具の崩壊が偽りの人間関係や愛情などをパラレルに映し出していくさまは、イオネスコの不条理劇を先取りしているようにも思える。

iii

『小市民の結婚式』にはストーリーと言えるようなものはない。「食事」「世間話、昔話」「スピーチ」「家具の鑑定」「ダンス」「バラードの弾き語り」「『バール』の風刺」「家具の破壊」「帰っていく客」「残された新郎新婦」……作品にモザイクのように埋め込まれた様々な要素が劇を進行させていく。

それにしても結婚式というのはどうしてこうも赤裸々に「家」や「人間」を表出させるものなのだろう。新郎の母親も新婦の父親も典型的なKY（空気が読めない人）である。「ヤーコプ、尻尾の方をお取り」「ヤーコプ、あんたのグラスをちょうだい」「ヤーコプ、チョッキのボタンをちゃんとおかけ」……母親の頭にあるのは自分の息子のことだけである。みんなが静かに食事をしているのに、長々と場違いの話を続ける父親。娘はひどく不機嫌になるが、新郎は「お義父さんのお話はすばらしいと思うけど」とフォローする。

結婚七年目という新婦の友だち夫妻もうまくいっていないことが明らかになる。妊娠している「純白の花嫁」に、「ドレスが上手に作ってあって、外からは全然分からない」と妻が嫌味を言うと、男は怒ってテーブルの脚をもぎ取り妻に投げつける。男はDVの原因や家庭の様子を暴露し、「女はみんな同じ」「結婚式の日から男は仕えの身」と嘆く。

客がすべて帰った後、お金の勘定をし「安くなかったぞ。地下室からワインなんか取ってくる必要はなかった」と愚痴る新郎。ワインのしみがついたウェディングドレスで掃除を始めようとする新婦。「これから節約しなきゃ」と新郎は言い、客が残したグラスの残りを次々に飲み干す。

何気ない会話の中に、ごく普通の人のごく普通な日常が浮き彫りにされ、「ワカルー!」と思わずうならされてしまう。シュールな様相を呈したこの作品は実はリアリズム劇なのだ。

[新婦] ジャンパー着てるとあんたってなんて貧弱なの。顔もすっかり変わっちゃって。ひどくなってる。

[新郎] おまえだって老けてるよ。泣くとよく分かる。

今まで見えなかったものが次々に見えてくる。「勤勉」「質素・倹約」「純潔」「無私」などの美徳が、実は「貧困」「吝嗇」「わいせつ」「自己中心」だったことが明らかにされていくのだ。ブレヒトの既成道徳に対する批判・反抗が透けて見える。

iv

この作品ではブレヒトの初期の戯曲『バール』について登場人物が論じている。一種の文化論争のようなものが展開されるのだ。

[若い男] 『バール』っていうお芝居をごらんになりました?

[男] ええ、卑猥な芝居ですよ。

[若い男] でも力強いでしょう。

［若い男］　だったら力強い卑猥です。弱い卑猥よりもたちが悪い。卑猥なことを書いても、才能があれば許されるのですかね？　あんな作品は許されませんよ。

（静寂）

［父］　近頃の作家ときたら、家庭のことなんかくそみそに言ってますな。これこそわれわれドイツ人がいちばん大切にしてきたものなのに。

バールは作品の主人公で、ブルジョア社会からはみ出た浮浪者の詩人、シンガーソングライターである。バールは作者ブレヒトと同一ではないが、若いブレヒトの人生哲学を歌い上げている。会話からドイツ的な「古きよきもの」のアナーキーな破壊が想像され、それは『小市民の結婚式』の世界へと連なるのである。

シンガーソングライターであったブレヒトは、自ら作曲し、歌うために詩を書いた。彼の最初の歌曲集は『ベルト・ブレヒトと彼の友だちによるギター用歌曲集。一九一八年』と名づけられ、八つの歌と、ブレヒトがメモ帳に残した歌詞のない二つの楽譜草稿からなる。ブレヒトがメロディをつけたほとんどの楽譜は消失してしまったが、『長調による純潔のバラード』もこの歌曲集に収められた一曲である。

仙波宏文が今回の上演では曲をつけている。「男と女は愛で溶けてしまいそう／…／おお、男の甘く巧みな指の戯れ／おお、女の心は激しく燃え上がる…」（楽譜参照）。ポップス演歌のような、日本的な「飲み屋の歌」に仙波は仕上げている。仙波が指示するように「声楽的な歌唱よりも、芝居的な語り調の歌い方」でパフォーマンスされる。ブレヒト大全集には収められていないこの歌を復活させることによって、「純潔」信仰に対する強烈なアイロニーが沸きあがる。歌はこの一曲だが、作品全体のテーマを表象していることからきわめて重要である。

v

『小市民の結婚式』は、初期の一幕物のなかで唯一ブレヒトの生存中に上演された作品である。一九二六年一二月一一日にフランクフルトの劇場で、メルヒオール・ビッシャー演出で初演されている。上演はあまり成功せず、反響も少なかったが、このジャンルの作品では例外的に上演の可能性を残した作品と言えよう。日本でもベケットやイオネスコなどの不条理劇がブームとなり、こうした追い風を受けて六〇年代、七〇年代に何度か上演されている。

近年ではベルリーナー・アンサンブルでフィリップ・ディーデマンが演出し、注目を集めた。新郎側と新婦側に分かれた席取りではなく、長いテーブルに全員が横一列に座り、観客と向き合う。テーブルの下に伸びた足の動き・表現がエロスを発散させ、強烈な印象を与えた。音楽をたくさん取り入れた芝居で、軽やかで大いに笑えた。日本版にもこの演出を取り入れてみた。

今や小学生でさえ「作者の言いたいことは何か」と聞きたがる時代だ。そんなことを考え出すとこの作品はブレヒトの「迷い子」的なものとして片隅に追いやられてしまうだろう。純粋にファルス（笑劇）としてこの作品を楽しんでほしい。ドタバタ喜劇、ずっこけコント、かみ合わない対話劇がかもし出す「ビミョー」な世界が、グックカステン（のぞき箱）から飛び出してくるだろう。そこから既成の道徳に抗う、若きブレヒトの姿が見えてくる。

IV　階級社会における「例外」と「原則」――『ゴビ砂漠殺人事件』の異化的結末

i

ブレヒトには教育劇と名付けられた一連の作品がある。『リンドバーグたちの飛行』（改題『大洋飛行』）、『了解についてのバーデン教育劇』『イエスマン／ノーマン』『処置』『例外と原則』『ホラティ人とクリアティ人』の六作である。教育劇は従来「演ずる者と観る者がともに学ぶ演劇」あるいは「演ずる者のための演劇」と解釈されてきたが、ブレヒト自身が明確な定義付けをしているわけではない。

教育劇とは、二〇年代後半の新しい音楽を求める運動に呼応して書かれたもので、一九二九年から三五年にかけて成立した。最初にあげた二つの作品は、一九二九年のバーデンバーデン室内音楽祭のために作られた。祭典はベルリンに場所を移し、新音楽祭として引き継がれていくが、教育目的のために音楽を用いるという重点は変わっていない。教育劇とは（素人）集団が、歌（コーラス）と演技に参加する音楽劇なのである。

クルト・ヴァイル（『リンドバーグ』『イエスマン』）、パウル・ヒンデミット（『リンドバーグ』の一部、『バーデン教育劇』）、ハンス・アイスラー（『処置』）、クルト・シュヴェーン（『ホラティ人』、一九五五年に作曲）など一流の音楽家が作曲し、むしろ彼らが主役の感がする教育劇にあって、『例外と原則』はいささか肌合いが違う。この作品は音楽劇として構想されたものではなく、ブレヒト自身も教育劇の中に入れていなかった。

一九三四年頃に「左のコーラス」「右のコーラス」という立場が逆のコーラスを付け加えることによって『例外と原則』は教育劇に加えられた。このコーラスにより多くの素人の俳優や歌手が上演に参加し、ほかの教育劇と同じスタイルを有するようになったからだ。だがブレヒトは一九三七年の出版時にコーラスを削除してしまった。私たちの上演台本ではこのコーラスを復活させ、二つの立場の葛藤、せめぎあいをより鮮明にした。ソングも多く取り入れ、音楽劇としての性格を強めている。

ii

『例外と原則』がいつどのようにしてできたかは不明の部分が多い。最初に公表されたのは一九三七年九月で、モスクワで発行の『国際文学』第九号に掲載された。そこには「一九三〇年に書かれた」との覚書が付されている。ブレヒトの共同作業者であったエリーザベト・ハウプトマンの記憶によれば、『処置』の作業は『例外と原則』の作業と重なっており、一九三〇年にいったん後者の作業を終えたものと思われる。近年の研究では草稿ができたのが三〇年、作品が最終的に完成したのが三一年とされている。

この頃ブレヒトは共同作業者のハウプトマンの翻訳を通してアジア演劇への接近を強めていた。アーサー・ウェイリーの英訳をハウプトマンがドイツ語に重訳した能『谷行』から教育劇『イエスマン』が生まれた。クルト・ヴァイルがこの作品のために作曲し、二〇世紀最初の「学校オペラ」ができあがった。一方『例外と原則』は中国にルーツを持つ作品のフランス語訳をハウプトマンがドイツ語に直し、紹介したものである。この二つの作品を見る限り、ブレヒトの愛人と言われたハウプトマンの貢献は大きく、第二の作者と言ってもいいだろう。

もとになった中国の作品のタイトルは『マントの二つの片側』だが、翻訳者のハウプトマンの表題は二転三転している。レーニンの引用を用い、『誰が誰を。ある旅の物語』などとしているが、これは作品の根底にある階級対立を際立たせようとしたからであろう。だが一三世紀にできた中国の古い物語では、社会的格差は問題とされていない。悪事を働く犯罪者も、それによって破滅する家族もともに商人の階層であり、悪党が裁かれるのは、長い間切り離されていた「マントの二つの片側」が一致するという偶然によるものなのだ。「善は栄え、悪は滅びる」。ハッピーエンドで作品は終わる。

「人間の性格は天与のものであり、社会的なものではないのか?」「悪事がはびこる階級社会に、正義を打ち立てることができるのか?」中国の原典はブレヒトを挑発し、新たな作品へと向かわせた。ブレヒトは貧しい商人を人足に変え、人足が豊かな商人を殺害し、裁判で弁明を行う「階級対立のドラマ」に変えた。最後にブレヒトは設定を逆にして、商人が人足を殺すという大改革を行っている。さらに裁判では正当防衛だとする商人の主張を入れ、殺害者を無罪にしている。

作品全体に、ブレヒトによって発展させられた異化効果の理論が先取りされている。「見慣れたこともおかしいと／当たり前のことも不思議だと思え。／習慣でさえ疑ってほしい／…」「だって無秩序が秩序になり、横暴がはびこり／非人間的な人間がのさばるこの時代に／こんな血みどろの争いの時代に／当たり前のことなんてあるはずがない／…」。このプロローグでまず異化効果が説明され、それに続く七つの場面で展開される事件と裁判の結末が説明を裏付けていく。エピローグではプロローグが繰り返される。

作品の中心をなす登場人物は一人の資本家（搾取者）と二人の労働者（被搾取者）、すなわち商人と、商人に雇われた案内人・人足である。ゴビ砂漠の向こうで石油が発掘されたという噂を聞き、商人が案内人と人足を連れて目的地に向かう。最初に到着したものが利権を買い取ることができる。後ろからはライバルの一行が迫ってきており商人は必死だ。弱肉強食の競争論理がもろに表れる。砂漠の地理を知り尽くした案内人の知力と、重い荷物を運ぶ人足の体力なしに、商人は競争に勝利することはできない。主人は下僕の労働によって存在を保証されるという、ヘーゲルが『精神現象学』で述べた主従の関係がそのまま表れている。

生き延びるために水飲み場を探さねばならないという極限状況になれば、案内人と人足が同盟を結んで自分にそむくのではないかと商人はおびえる。けっきょく商人は人足と仲良くした案内人を解雇し、人足と二人で旅を続ける。氾濫したミール川を前にしたとき、泳げないのでひるむ人足に、商人は銃を突きつけ無理やり渡らせる。商人は腕を骨折した人足から恨みを買っているのではないかと心配する。二人は砂漠の真ん中で道が分からなくなり、迷ううちに水筒の水も尽きようとする。人足は案内人が残していった水筒を商人に与えようとして差し出す。だがそれを石だと勘違いし、身の危険を感じた商人は人足を射殺してしまう。人足の妻の訴えで裁判が始まる。

作品は二部に分かれている。殺人事件と裁判場面である。第二部「裁判」ではブレヒトが「叙事詩的演劇」の基本モデルであるとする「交通事故の見物人の説明」のように、事件が一つずつ再現・解明されていく。法廷で人足の妻は、殺人者の処罰と損害賠償を求める。裁判官の「忠告」で、商人は人足から恨みを買うに十分な虐待を繰り返してきたことを証言する。案内人が出廷し、証拠品として水筒を示す。彼の勇気ある証言で、人足は石で襲撃しようとしたのではなく、水筒を差し出したことが立証される。

だが、虐げられた者には「殺意あり」が「原則」で、「殺意なし」は「例外」だという。「例外を期待するのは愚か者で、敵から水をもらえるなんて分別ある人は思わない」と裁判官は言う。妻の訴えは退けられ、商人は無罪を勝ち取る。なにやらブッシュのイラク戦争の「大義」とやらを連想させる。「殺人者は裁かれる」という「常識」を覆すブレヒトの異化効果をみんなはどう感じるのだろう。できごとの後ろのできごとを見てとってほしい。

iv

『例外と原則』は教育劇の中でもっとも多く上演される作品である。特にアフリカやアジア、ラテンアメリカでの上演は多く、反植民地主義、反帝国主義を掲げる演出が目に付く。初演は三八年、イスラエルのキブツでヘブライ語で上演されている。四三年以降、ブレヒトの音楽上のパートナーであったパウル・デッサウが曲をつけており、ブレヒトも学校関係者などにこの作品の上演を推奨したという。ベルリーナー・アンサンブルの上演としてはチリ人のカルロス・メディーナ演出の上演（八〇年）が目を引く。ボクシングのリングのような四角い舞台。ラウンドごとに場面が数字で表示され、砂漠の競争が繰り広げられる。圧巻は氾濫した川を渡る場面で、ビニールの大きな横断幕を上下に揺らし、濁流と格闘する人足の様子を、水中カメラで見るように示している。

スタジオを酒場風に改造し、ブレヒトや現代の演劇を上演する「ブレヒト酒場」の試みの一つとして、私たちはブレヒトの教育劇に取り組んだ。シャンソン歌手夏原幸子のブレヒトソングを芝居に挟み込みながら、ブレヒトの戯曲をミュージカル仕立てで演じてみた。タイトルも原題の『例外と原則』から『ゴビ砂漠殺人事件』に変えた。作品中のウルガはウランバートルのことだが、ほかはすべて架空の地名で場所をモンゴルに限定する必要はないのだが、作品の内容を分かりやすく、しかも観客に親しみやすくするために『ゴビ砂漠殺人事件』という表題にした。

音楽は加藤光一が担当している。商人が歌う「ど演歌」もあれば、人足の歌うポップスもある。コーラスやソングにより、競争原理により利益を得るのは資本家だけであることが明らかになる。「石油が開発されれば、鉄道が敷かれ、暮らしは豊かになる」と商人は言うが、人足は職を失うことになる。しかも商人は発見した石油の穴をふさぎ、口止め料をもらい、石油の価格を引き上げるという。砂漠の旅はなにやらマネーゲームの様相を呈してくる。川岸で人足は歌う。「危険を冒して二人で川を渡っても、勝利者は一人…」(第5場)。そこにははっきりと階級社会の本質が描かれている。

「俺は行く、ウルガへ／…／ウルガにゃ食い物と金がある」(第4場)。重い荷物とは対照的に、はねるような軽快なリズムで人足は明るい歌声を響かせる。それがかえって商人を不安にさせ、商人はいっそう居丈高になる。「病人はくたばり、強い者が闘う／それでいいんだ／…」(第6場)。商人は第3場に続いて再び『闘いの歌』を歌う(楽譜参照)。商人はまず大声で恫喝したかと思うと、半ば浮き浮きしたリズムに乗り、その軽薄な本性をあらわにする。コロスさも満足げに、かつ傲慢に自分の本音を押し付けて回るのだ。この場面では第3場と違い、コロスが加わる。コロスは商人に同意し、まったく無批判に「それでいいんだ」と唱和する。「その軽薄極まりない立場を示すために、短調の曲だが、コロスは長調で歌い出すように作った」と加藤は言う。

裁判の場面は、演技者が法廷の場面の舞台転換をしながら歌う『裁判の歌』で始まる(第8場、楽譜参照)。ラッパがけたたましく鳴り響いたかと思うと、そのまま躍動的なリズムが始まり、オクターブの跳躍で始まるエネルギッシュなメロディが歌われる。「(殺したものではなく)殺されたものが断罪され、彼の正義も抹殺される」。裁判の本質を歌うこの曲は、人としての悲痛な叫びを含みながら、とんでもない事実の数々を明確な言葉で語る。加藤のメロディは力強く、挑戦的である。コロスがゆっくりと、「法律の書いてある紙に(休止)くるんでーー」と歌い、走り去ると、お寺の鐘がゴーンと鳴り、裁判が始まる。「眼には眼を、これが原則／例外を期待するのは愚か者／…」。裁判官の朗唱風の歌に続き、案内人が「やつらの作った社会では／人間らしさは例外だ／人間らしさを示せば／ひどい損害を被る／…」と歌う（第9場）。歌は筋を総括するうえでも重要な役割を果たしている。

本書では商人が歌う『闘いの歌』と、裁判の始まりの場面で民衆全員がミュージカル風に歌う『裁判の歌』の楽譜を掲載している。なお『ゴビ砂漠殺人事件は』は私が代表を務める演劇創造集団ブレヒト・ケラーにより、韓国公演を行っている。作品の解説や音楽の分析については『ブレヒトと音楽』第二巻『ブレヒト　音楽と舞台』の私の報告に詳しい。こちらも参照していただきたい。

V

「例外」と「原則」について補足すれば、人足が商人に水筒を差し出したのは、「例外」的な善意（友情や隣人愛）からではない。発見されたとき、「商人が死にかかっているのに自分だけがぴんぴんしてたら訴えられる」という恐れからだ。ブラックリストに載せられ、職を失うという忠告にも関わらず、案内人が「勇気」ある証言をしたのは、労働組合に入っているので身分が保証されることを見越しての行動だとも考えられる。

余談だが、人足が案内人に「俺はおまえみたいに労働組合に入ってないからな。なんでも我慢するしかないんや」と言うと以前はどっと笑いが起きた。今はとても静かで、日本では労働組合が死語になってしまったのかもしれない。だが裁判官にとって彼らの「計算」はどうでもよいことで、判決に影響を及ぼさない。あくまで例外は例外、すなわち階級社会において、階級の和解はありえないことなのだ。和解の幻想を断ち切ること、文字通りの「異化」がこの作品では示されている。

『ゴビ砂漠殺人事件』（『例外と原則』）で描かれた「人間らしさが例外」で「眼には眼をが原則」の社会、こうした社会の無効性を信じ、この作品が昔々の物語になることをブレヒトは願っていたはずだ。だがブレヒトが対岸に描いた平和と友愛の社会はまだ対岸にとどまり続けている。強者と弱者が存在し、搾取が貧困を増大させ、内戦や国際紛争が収まらない現在、この作品の今日性は失われていない。

TEXT:

定本として以下の全集を用いた。

Brecht, Bertolt: *Werke. Große kommentierte Berliner und Frankfurter Ausgabe.* Hg. v. Werner Hecht, Jan Knopf, Werner Mittenzwei, Klaus-Detlef Müller. 30 Bde. u. ein Registerbd. Frankfurt a. M. 1988-2000.（以下 GBA と略記）

四作品の原題と所収の巻数、ページ数を示す。

Aufstieg und Fall der Stadt Mahagonny. GBA 2, 333-392.

Der gute Mensch von Sezuan. GBA 6, 175-281.

Die Hochzeit. GBA 1, 241-267.

Die Ausnahme und die Regel. Lehrstück. GBA 3, 235-260.

あとがき

「ブレヒトと音楽」シリーズの第三巻として、『ブレヒト　テクストと音楽――上演台本集』をお届けする。

第一巻ではブレヒトの詩と音楽の共生を、第二巻ではブレヒトの演劇と音楽の関係を研究したが、本書ではブレヒトの戯曲がどのように上演されるかを、台本テクストと音楽を検討する中で探っている。第一巻、第二巻が理論編だとすると、第三巻、第四巻はいわば実践編である。第四巻（二〇一〇年六月刊行予定）ではブレヒトのテクストを音楽として定着させる試みに挑みたいと思う。

戯曲はしばしば読みにくいと言われるが、そうした側面があるにせよ、表現者の立場に立った翻訳が少ないことも事実である。芝居の現場で俳優から「このせりふは読めない」「内容が分からない」とクレームがつけば、その大半は誤訳か、翻訳のまずさから来るものだ。稽古場は未熟な翻訳者としての私の修練の場であり、稽古を通じてテクストはより練られたものになっていく。作品の翻訳は原作に忠実に、原作の香りを損なわないようにという思いと、翻訳は第二の創作であり、翻訳者の解釈が必要だとする思いのせめぎ合いの中で生まれるものである。どこまで意訳は許されるのか、意訳と誤訳は紙一重と考えながら、「反則ぎりぎり」の思い切った訳をしたこともある。

時がたつにつれてこうした苦労の結晶である上演台本をみんなの前に提示したいという思いが強くなった。また私は芝居には音楽が必要と言い続け、自前のソングを要求してきた。上演台本の劇中ソングは、ほぼすべて歌われたテクスト（楽譜に付けた歌詞）を掲載している。ごくわずかだが音楽を優先し、書かれたテクスト（原作）の一部を変えたり、省略したものもある。作られた音楽は上演が終わった後、資料の管理の悪さから消失したものも少なくないが、今回できるだけ多くの楽譜を集め、その中から代表的なナンバーを本書で紹介しようと思い立った。『マハゴニー』と『セチュアン』で明るく、しゃれた音楽を提供してくれた高田マミ、『ゴビ砂漠』の作曲や『マハゴニー』の補作のみならず、歌唱指導も含め上演に関わってくれた加藤光一、『小市民の結婚式』の仙波宏文らに、この場を借りて感謝したい。

演出の堀江ひろゆきをはじめ、上演の過程で固定的なスタッフチームが出来上がったが、ずいぶん多くの劇団俳優の力を借りてきた。一九八七年の劇団大阪による『マハゴニー』では、主人公のパウルを北尾利晴、ベグビクを夏原幸子が演じ、大阪新劇フェスティバルの作品賞を得た。一九九八年の『セチュアン』ではシェン・テ／シュイ・タを山内佳子、水売りを清原正次が演じている。人形劇団クラルテの上演も人形特有の造作を最大限に生かしたものだったし、二〇〇八年の劇団往来の上演では主役の若木志帆が光った。子連れのワンを演じた要冷蔵も狂言回しとして大いに笑わせてくれた。『小市民の結婚式』では新郎新婦を北尾利晴と小石久美子が演じ、ベテラン河東けいが新郎の母親として参加してくれた。『ゴビ砂漠』では齋藤誠が商人を演じ続けたが、二〇〇八年の韓国公演からは阿部達雄に代わった。人足は小石久美子がすべて演じている（初演は岡部紀子とダブルキャスト）。全員の名をここで挙げるわけにはいかないが、本書は上演に関わったすべての人たちに、感謝の気持ちを込めて捧げられたものである。

なお本書は日本学術振興会・科学研究費補助金、基盤研究（B）「ブレヒトと音楽――演劇学と音楽学の視点からの総合的研究」の研究報告書3『ブレヒト上演台本集――言葉と音楽』（二〇〇八年三月）を一般書として改訂したものである。第二巻、第三巻をほぼ同時に配本することができたが、それは本書の組版とレイアウトを松本工房の松本久木氏が担当してくれたことが大きい。この場を借りて深謝する。

最後に出版事情の悪い折、全四巻というシリーズの刊行を快く引き受けてくださった花伝社社長、平田勝氏、編集の柴田章氏に改めてお礼申し上げる。

二〇〇九年初夏、大阪にて

市川　明

翻訳
市川 明（いちかわ あきら）
大阪大学大学院文学研究科教授。科研費プロジェクト「ブレヒトと音楽」の研究代表者。専門はドイツ文学・演劇。

作曲
高田マミ（たかだ まみ）
シンガーソングライター。九州在住。子どものためのお芝居の曲を多く手がける。現在、一年に一度、チャリティコンサートを開いている。『マハゴニー』『セチュアンの善人』の音楽を担当。

加藤光一（かとう こういち）
大阪市立こども文化センター、チーフマネージャー。声楽家（バリトン）。各種の合唱指導や音楽監督を歴任。『ゴビ砂漠殺人事件』の音楽を担当。高田の上記２作の補作も手がける。

仙波宏文（せんば ひろぶみ）
作曲家、キーボード奏者。関西在住。ミュージカルから新劇、小劇場系の芝居まで幅広いジャンルの舞台作曲を手がける。大阪音楽大学作曲科卒業。『小市民の結婚式』の音楽を担当。

ブレヒトと音楽３　ブレヒト　テクストと音楽 —— 上演台本集

2009年６月22日　初版第１刷発行

訳者 —— 市川　明
発行者 — 平田　勝
発行 —— 花伝社
発売 —— 共栄書房
〒101-0065　東京都千代田区西神田2-7-6 川合ビル
電話　03-3263-3813
FAX　03-3239-8272
E-mail　kadensha@muf.biglobe.ne.jp
URL　http://kadensha.net
振替　00140-6-59661
組版 —— 松本工房
装幀 —— 渡辺美知子
印刷・製本 — 中央精版印刷株式会社

ISBN978-4-7634-0549-4 C0074